90's वाला प्यार

(कहानी-संग्रह)

90's वाला प्यार

शरद त्रिपाठी

हिन्द युग्म

ISBN : 978-81-948443-7-2

प्रकाशक:
हिंद युग्म
सी-31, सेक्टर-20, नोएडा (उ.प्र.)-201301
फ़ोन- +91-120-4374046

मुद्रक : थॉमसन प्रेस, दिल्ली
कला-निर्देशन : विजेन्द्र एस विज

पहला संस्करण : 2021
मूल्य : ₹150

90's Waala Pyar
A collection of short stories by *Sharad Tripathi*

Published By
Hind Yugm
C-31, Sector-20, Noida (UP)-201301
Phone : +91-120-4374046
Email : sampadak@hindyugm.com
Website : www.hindyugm.com

First Edition : 2021
Price : ₹150

अम्मा प्रभा त्रिपाठी, बाबूजी यमुना प्रसाद त्रिपाठी
और शाहरुख़ ख़ान के लिए

90's की दुनिया

90's की दुनिया, यानी टीवी एंटीना को आड़ा-टेढ़ा घुमाकर 'आया क्या?' वाले सवाल पूछने का दौर। यामाहा RX100 और मारूति 800 को जीवन का लक्ष्य और सपना मानने वाला वक़्त। महाभारत, चंद्रकांता, अलिफ़ लैला और शक्तिमान जैसे धारावाहिकों वाले रोमांच का सफ़र। और सबसे स्वीट तो 'किसमी बार' और '5स्टार' की मिठास वाला दौर।

मतलब यह वो वक़्त था जब स्कूल बैग जमाना, यूनीफ़ॉर्म प्रेस करना, जूते चमकाना, नाख़ून काटना वगैरह किसी मिलिट्री मिशन जैसा लगता था। गलियों-पार्कों में क्रिकेट ने 'Eyes-Spy' और 'Seven Stone' जैसे खेलों की जगह लेनी शुरू कर दी थी क्योंकि शारजाह में सचिन तेंदुलकर के छक्कों ने हम सब के भीतर एक सचिन जगा दिया था। तो समझ लीलिए बस उसी दौर की बातें हैं, इस '90's वाला प्यार' में।

यह कोई साहित्यिक या वैचारिक कहानियों का संग्रह नहीं है। बस इतना समझ लीजिए कि हम सबके पास बचपन के क़िस्सों का एक पिटारा है जिसमें से कुछ कहानियाँ लेकर हम आ गए आप लोगों के बीच सुनाने के लिए। क्या है कि भले ही इन कहानियों में आपको सब कुछ अच्छा ना लगे, पर कुछ न कुछ तो ज़रूर जमेगा। क्योंकि इन में 90's का वो दौर है जिसे या तो आपने जीया है या फिर दूसरों को जीते हुए देखा है। महानगरों के लोग और मेट्रो मिलेनियल्स तो खैर अभी आयुष्मान खुराना की फ़िल्में देखकर स्माल टाउन को समझने की कोशिश कर रहे हैं, पर इन कहानियों में उन्हें भी वो 90's

वाला दौर थोड़ा-सा ही सही, मगर दिखेगा ज़रूर।

वैसे सच्चा प्यार क्या होता है, यह तो 90's में सबने सीख लिया था क्योंकि उस दौर में आईं शाहरुख़ ख़ान की फ़िल्मों ने हमें प्यार करना सिखा दिया था। इसलिए तब हर सिमरन अपनी ज़िंदगी जीने के सपने देखने लगी थी। और हर राहुल जिसका कोई 'नाम सुना हो या ना सुना हो', पर उसे 'कुछ कुछ होता' ज़रूर था। तो जैसा कि शाहरुख़ ने DDLJ में कहा है- Come fall in Love... और क्योंकि आपकी ज़िंदगी में भी- Somewhere someone is made for you मिल गया है तो उसका साथ, और अगर आप अब भी उसे ढूंढ रहे हैं तो उसकी याद में पढ़िए और एंज्वॉय कीजिए- 90's वाला प्यार।

आभार

इस किताब के लिए मैं जिन लोगों को धन्यवाद कहना चाहता हूँ, वो लिस्ट सच में बहुत लंबी है। मेरे सफ़र में अगर इन सबका साथ न होता तो ये कहानियाँ शायद किसी डायरी के पन्नों में अनाथ होतीं।

मेरे बड़े भैया डॉ. प्रकाश चंद्र त्रिपाठी, वो इंसान जो मेरी सबसे बड़ी हिम्मत और ताक़त हैं, जिन्होंने घर से भागकर राइटर बनने के मेरे फ़ैसले पर अकेले मेरा साथ दिया। बड़े भैया यानी घर के निर्विरोध राजाबेटा और हमारी सबसे बड़ी प्रेरणा!

मेरी भाभी, बहनें और भांजे-भांजियाँ सब लोग हमेशा मेरे लिए दुआ करते हैं और मेरा सहयोग भी।

वेद राज श्रीवास्तव, जिन्होंने मुझे प्रयागराज से चुनकर मुंबई के बालाजी टेलीफ़िल्म्स में काम दिलाया।

धीरज सरना, जो लेखन कला के मेरे गुरु और मेरे भाई समान हैं, जिन्होंने बहुत सारा प्यार और सहयोग देकर मुझे आगे बढ़ने की राह दिखाई।

अभिजीत सिन्हा, मेरा जज़्बाती दोस्त, अब उसके लिए क्या बोलूँ... एकदम पागल है वो।

निहाल पराशर, जिन्होंने एक्चुअली मुझे इस किताब को आप तक पहुँचाने की पहली सीढ़ी दिखाई। विश्वास शर्मा, जिन्होंने एक कहानी में अपने कुछ अंश डाले हैं।

रोहित सिंह, मेरे सुदामा, जो ख़ुद में एक पूरी कहानी है।

कोमल, अपने साईं बाबा की दुआओं के लिए।

अमित उपाध्याय, मेरे रॉबिन, जिसने निस्वार्थ भाव से हमेशा मुझे किताब लिखने के लिए प्रेरित किया।

आर्या, सोनाली, ख़ुशबू, शिल्पा, जिन्होंने मेरी कहानियों को सुना, उन्हें दुरुस्त किया और मेरा मनोबल बढ़ाया।

ललित मोहन सर, आपके सहयोग और सभी प्रयासों के लिए। बांटू दादा, अभिषेक बासु हमेशा मुझे प्रोत्साहन देने के लिए। हेली शाह और रंदीप राय इस किताब की कहानियों के किरदारों का चेहरा बनने के लिए और इसे और ख़ूबसूरत बनाने के लिए।

और फिर मुंबई का इकलौता, विजय- दि किंग... जो एक है और सबसे नेक है, जिसकी वजह से मुंबई और भी ज़्यादा अपनी लगती है।

मेरे जज़्बात को शब्दों की शक्ल में किताब बनाने की कोशिश में अपना सहयोग देकर कामयाब बनाने के लिए आप सभी का बहुत-बहुत शुक्रिया!

शरद त्रिपाठी

फ़रवरी, 2021

कहानी-क्रम

इस कहानी के सभी पात्र काल्पनिक हैं

सुबह से तीसरी बार अलार्म पूरा बजकर ख़ामोश हो चुका था। पर मैं बिस्तर पर बेहोश पड़ी टस से मस नहीं हुई। तभी ग़ुस्से में भुनभुनाती हुई मम्मी जी आईं और आते ही चादर खींचकर चीख़ पड़ीं- "तन्वी, उठ जा। क्यों परेशान करती है मुझे इतना ? पापा पूजा पर बैठ गए हैं। उठते ही चीखेंगे कि तन्वी स्कूल जाने के लिए तैयार नहीं हुई ?"

स्कूल का नाम सुनते ही अचानक जैसे मेरे शरीर में किसी ने स्प्रिंग लगा दिए हों। झट से उठकर मैं बाथरूम की तरफ़ भागी।

वैसे देर तक सोते रहने की वजह वो कमीनी नेहा है। इतना मना किया लेकिन फिर भी कल ज़बरदस्ती वो रोमांटिक वाला नॉवेल मेरे बैग में डाल दिया जो सच में इतना अच्छा था कि तीन बजे रात जाकर ख़त्म हुआ। वैसे, प्लान दो दिन में पढ़ने का था। लेकिन मैंने कहा ना वो कमीनी नेहा है। नॉवेल देते हुए कहती है कि इस को पढ़ते हुए मुझे रोहन की याद आएगी। और बस, वही हुआ। हर पन्ने पर रोहन की शक्ल याद आती रही। तो रोक नहीं पाई ख़ुद को और पढ़ती गई। रात तीन बजे नॉवेल ख़त्म हुआ। और उसके बाद रोहन के बारे में सोचते-सोचते नींद आने में चार बज गए तो सुबह सात बजे कैसे उठ पाती।

वैसे, रोहन बोस का इंट्रो बस इतना है कि ये वो लड़का है जिसे देखकर मन बाग़ी हो जाता है और वो सारी हरकतें करना चाहता है जो हमारे समाज ने फ़ीमेल जनता को करने की परमिशन नहीं दी है। रोहन वो वजह है कि स्कूल पिकनिक-सा लगता है और वहाँ जाना पार्टी जैसा। फटाफट तैयार होकर शीशे

के सामने खड़ी थी, तभी मम्मी ने आवाज़ दी- "तन्वी ड्रेसिंग टेबल वाला बल्ब लग गया है, अब वहीं तैयार हो जा। बाथरूम ख़ाली कर दे। अम्मा को नहाना है।"

अजीब विडंबना थी। हमारे यहाँ घर में तीन-तीन लेडीज़ थीं मगर घर में तैयार होने के लिए सही से एक जगह नहीं थी। माँ का ड्रेसिंग टेबल था पर ऐसी जगह सेट किया गया था कि दिन में भी पूरी लाइट नहीं होती थी वहाँ। और जो उसमें अटैच्ड बल्ब था, वो फ़्यूज़ हुआ तो पिछले एक साल से बदलने की नौबत नहीं आई। जैसे-तैसे बाथरूम वाले शीशे में ख़ुद को देखकर काम चलाते थे। लेकिन आज जैसे ही मम्मी ने ख़ुशख़बरी सुनाई कि नया बल्ब लगाया जा चुका है, एक दम मज़ा ही आ गया। अब फ़ुल साइज़ अपने-आपको आईने में देख पाऊँगी। ड्रेस कैसी लग रही है, जूते सही लग रहे हैं, सब अच्छे से समझ आएगा। और सबसे बड़ी बात उस ड्रेसिंग टेबल में रखी माँ की क्रीम, पाउडर और मेक-अप को भी यूज़ कर पाऊँगी। वैसे तो मैं हमेशा तैयार होते हुए माँ की फ़ेयरनेस क्रीम चुपके से निकालकर लगा लिया करती थी। जिसका ज्ञान माँ को है और जिस बात को वो हमेशा इग्नोर कर देती हैं। लेकिन आज इतने बड़े ड्रेसिंग टेबल वाले आईने में अचानक क्रीम लगाते हुए अपने चेहरे को ध्यान से देखा तो मुझे जो दिखा, वो मैं इगनोर नहीं कर पाई। और फिर चेहरा ही उतर गया मेरा। दरअसल, टीवी हो या मैगज़ीन, आज तक मैंने लड़कियों को हमेशा ऐसे एकदम निखरी त्वचा के साथ, चमकते-दमकते ही पाया था। और ख़ुद को भी मैंने कभी किसी हीरोइन से कम नहीं समझा। इसलिए हमेशा अपने-आपको उसी लेवल पर रखा। लेकिन आज वो कॉन्फिडेंस हिल गया क्योंकि इतने बड़े से ड्रेसिंग टेबल के आईने में बल्ब की चमकती रौशनी में आज मुझे अपने चेहरे पर ऊपर वाले होंठ के दोनों तरफ़ हलके-हलके रोयें दिख गए। रोयें इसलिए कह रही हूँ क्योंकि वो अभी सुनहरे और मुलायम से थे। पर उनकी वजह से चेहरे पर हलकी-सी रेखा बनती थी होंटों के ऊपर, जैसे वो बड़े मामा के लड़के पिंटू भैया के पड़ती थी कुछ दिनों पहले। पर वो शेव करने लगे हैं। तो मतलब क्या ये मूँछें हैं? मेरे चेहरे पर मूँछें उग रही हैं? मुझे भी पिंटू भैया और पापा की तरह अब शेव

करना पड़ेगा... छी!

तुनककर फ़ौरन मैं माँ के पास पहुँची और रोनी सूरत बनाकर पूछा- "माँ क्या लड़कियों के भी मूँछें आती हैं?"

"नहीं तो, क्यों?" माँ ने पापा के टिफ़िन में आठवाँ परांठा ठूँसते हुए पूछा।

मैंने कहा- "वो देखो ना, मेरे ये होंटों के अगल-बग़ल ये बाल..." और माँ ने हँसकर बोला- "ये बाल नहीं, रोयें हैं। ये तो कब से हैं। तूने आज देखा क्या?" और माँ की इस बात से धक से दिल बैठ गया कि मतलब इतने दिन से शक्ल पर घास उगाए घूम रही हूँ और मुझे ख़बर ही नहीं। धीरे-धीरे दिल को अब यक़ीन होने लगा था कि हो-ना-हो यही वजह है कि रोहन मेरी तरफ़ आँख भरकर नहीं देखता। उसे मेरे ये बाल या माँ की ज़बान में कहूँ तो रोयें चुभते होंगे। ये सब सोचते हुए अचानक मेरी आँखों से ये बड़े-बड़े आँसू गिरने लगे। माँ जो अभी-अभी पापा का टिफ़िन पैक कर के हटी थी उन्होंने देखा तो घबरा गई और पूछने लगी- "तन्वी! क्या हुआ बेटा?"

"माँ मुझे ये मूँछें नहीं चाहिए अपने चेहरे पर। मैं इस तरह स्कूल नहीं जाऊँगी।"

और फिर मेरी इस बात पर माँ हँस पड़ी। कहने लगी- "बस, इतनी-सी बात। चलो, अभी इलाज कर देते हैं।"

बस माँ लोगों की यही बात तो सबसे अच्छी होती है। अपने बच्चों की हर मुश्किल का इलाज होता है उनके पास। ऐसे ही थोड़े माँ शब्द को साहित्य की दुनिया में इतना प्रिविलेज और सम्मान हासिल है। अपने ड्रेसिंग टेबल के एक ख़ुफ़िया दराज़ से माँ ने वो मटमैला-सा डब्बा निकाला और उसके अंदर से कोई क्रीम निकालकर मेरे चेहरे पर हलकी-सी लगाई और और फिर एक छोटा-सा गोल-सा आलू टिक्की जैसा आकार का ब्लोटिंग पेपर टाइप का कुछ लिया और हमारे मुँह पर चुपड़ी उस क्रीम को ऐसी सफ़ाई के साथ तेज़ी से फैलाया जैसे दीवार पोती जाती है और फिर दो मिनट बाद इशारा किया कि आईने में देखूँ ख़ुद को।

सच में उस दिन ख़ुद को ऐसे हलके मेक-अप के साथ जब देखा तो

मुझे तो ख़ुद से ही प्यार होने लगा। मेरी मूँछें दिखनी बंद हो गई थीं और पूरे चेहरे पर एक अलग-सी चमक और चिकनाई आ गई थी। माँ से मैंने इस जादू के बारे में पूछा तो उन्होंने कहा कि कुछ नहीं बस ज़रा-सा बेस लगाया है, और मैं किसी की भी क़सम खा के कह सकती हूँ कि मुझे ये बेस नाम के जादू की कोई जानकारी नहीं थी। पर उसे लगा के जो कॉन्फ़िडेंस आया था मन में कि अगर अभी शाहरुख़ ख़ान भी आकर प्रोपोज़ मारे तो एक बार हम तुनक जाएँगे।

वैसे शाहरुख़ से याद आया। शाहरुख़ तो हमें बाद में पसंद आया, रोहन और शहरुख़ से पहले हमारी ज़िंदगी में कुछ दिनों के लिए गोविंदा था। उसका डांस, उसकी क्यूट स्माइल, उसके एक्सप्रेशन, हमें वो इतना ज़्यादा पसंद था कि हम मायापुरी पत्रिका से उसका एड्रेस निकालकर उसको लेटर और कार्ड्स भेजते थे। गुलाबी लिफ़ाफ़े में परफ़्यूम छिड़ककर, एक चॉकलेट के साथ। और साथ में अपनी पासपोर्ट साइज़ फ़ोटो भी डाल देते थे कि मान लो कभी आमना-सामना हुआ तो पहचान सके हमें।

लेकिन 10th बोर्ड के बाद न्यू एडमिशंस में जब बोस मैम का भतीजा रोहन बोस आया तो हम गोविंदा को भूल गए या यूँ कहें कि हमने रोहन में अपना गोविंदा ढूँढ़ लिया और सेटल हो गए। पूरे छह महीने बीत चुके हैं इस एकतरफ़ा आशिक़ी को और अब तक हर संभव प्रयास कर डाला है ख़ुद को रोहन के आस-पास रखने का। पर समझ नहीं आ रहा रोहन हमें नोटिस क्यों नहीं कर रहा। ऐसा भी नहीं है कि उसका किसी से चक्कर है। वो सब भी पता लगा लिया है। ख़ुद को ज़बरदस्ती रेड हाउस में डलवाया क्लास टीचर से ज़िद्द करके क्योंकि रेड हाउस का कप्तान रोहन था। लेकिन आज तक ऐसा कभी कोई मौक़ा नहीं आया जब हमने आमने-सामने एक-दूसरे से बात की हो। ख़ैर, ये सब गुज़रे ज़माने की बातें थी क्योंकि आज हमारी चाल में अलग तेज़ी थी और वजह थी मम्मी का वो बेस जो अपने चेहरे पर चुपड़ के हम ख़ुद को श्रीदेवी से कम नहीं समझ रहे थे।

क्लास में पहुँचते ही सबसे पहले सामना हुआ था नेहा से। और हम बोलना नहीं चाहते लेकिन बोलना ही पड़ेगा कि उसका नाम नेहा मिश्रा नहीं,

कमीनी नेहा ही होना चाहिए। पूरी क्लास के सामने हमें देखकर चीखी थी- "अरे तन्वी, ये शक्ल इतनी कैसे चमक रही है? मम्मी का मेक-अप लगाया है क्या?"

और उसकी इस बात पर पूरे क्लास का ध्यान हम पर आ के केंद्रित हो गया। जैसे वो बड़े सिंगर या परफ़ॉर्मर्स नहीं होते, जब स्टेज पर आते हैं तो एक बड़ी-सी लाइट कहीं से ठीक उनके ऊपर होती है। क्या कहते हैं उसे- स्पॉट लाइट। तो हम पूरे क्लास की नज़रों वाली स्पॉट लाइट झेलते हुए खड़े थे। और उसके बीच मैंने देखा कि रोहन ने भी मुझे देखा। और जाने कहाँ से अचानक कॉन्फ़िडेंस आ गया और मैंने फ़ुल ऐटीट्युड में नेहा को देखा और बोला- "हाँ तो। अच्छा लग रहा है ना? इसलिए कर लिया, मेक अप! कोई प्रॉब्लम है?"

नेहा को क्या प्रॉब्लम होगी। वो तो बकलोल थी पूरी। चालू हो गई- "ख़ुद से किया मेक-अप? थोड़ा लिपस्टिक भी लगा लेती।" और मैंने घुड़ककर पूछा था- "तुम सच में बैल हो क्या? ऐसी बैल बुद्धि टाइप की बातें? मामा की शादी में आए हैं कि लिपस्टिक पाउडर लगा के आएँ?"

"तो मेक अप क्यों किया?"

"है कोई वजह। अब छोड़ो और प्रेयर के लिए चलते हैं। असेंबली का टाइम हो गया है।"

वैसे सुबह-सुबह की होने वाली इस पैंतालीस मिनट लंबी असेंबली ने हमारे आधे से ज़्यादा स्कूल को नास्तिक बना दिया था। मैं और नेहा भी उनमें से एक थे। लेकिन अगर असेंबली मिस करके क्लास में बैठे पाए गए तो बड़े नाटक होते थे। पहले क्लास टीचर से सॉरी बोलो और फिर हाउस कप्तान के साथ प्रिंसिपल के कमरे में जाकर ज़लील हो। फिर क्लास में आ कर बोर्ड पर सॉरी नोट लिखो, पूरी क्लास के सामने कि आइंदा ऐसी ग़लती नहीं होगी। और रोहन के सामने मुझे अपनी ऐसी बेइज़्ज़ती नहीं करवानी थी। इसलिए ठीक टाइम पर असेंबली पहुँच जाते थे।

हाउस कप्तान होने के नाते रोहन स्टेज पर खड़ा होता था। और उसके साथ खड़ी होती थी वो चुड़ैल रौशनी। चुड़ैल इसलिए क्योंकि हमारी क्लास मॉनिटर थी, इसलिए बड़ी अकड़ में रहती थी और रोहन के जस्ट बाद उसका

रोल नंबर आता था इसलिए मेरी तुलना में वो हर तरह से रोहन के ज़्यादा क्लोज़ थी। स्टेज पर, हिंदी प्रेयर, इंग्लिश प्रेयर, सॉन्ग ऑफ़ द डे, डेली न्यूज़ अपडेट, थॉट ऑफ़ द डे और नेशनल एंथम के बाद प्रिंसिपल मैम की स्पीच के साथ ड्रम की बीट पर जोकर्स की तरह मार्च करते हुए हमें वापस क्लास में जाना पड़ता था जबकि रौशनी इठलाती हुई रोहन के साथ स्माइल करते हुए हम सबको मॉनिटर करते हुए ले जाती थी। आज भी मुँह में चुइंगगम को स्टाइल से चबाते हुए वो रोहन के साथ जा रही थी कि अचानक उसकी नज़र मुझ पर पड़ी। जिस तरह घूरकर उसने मुझे देखा, समझ नहीं आया कि ये लड़की करना क्या चाहती है। जवाब दस मिनट बाद मेरे सामने था। जब वो मेरा हाथ पकड़ के प्रिंसिपल मैम के ऑफ़िस के सामने खड़ी थी और साथ में हमारी क्लास टीचर शुक्ला मैम।

प्रिंसिपल मैम ने आते ही पूछा- "गर्ल्स! व्हॉट हैपेंड?"

मैं जो कि इस वक़्त कठघरे में अपराधी की तरह क्लास टीचर और रौशनी के बीच खड़ी थी, मैं कुछ बोल पाती उससे पहले ही रौशनी बोल पड़ी- "मैम, ये मेक-अप करके आई है।"

इस वक़्त ये मुझे वाकई अदालत वाला सीन लग रहा था और जैसे ही रौशनी ने ये बात बोली, प्रिंसिपल मैम ने मुझे ग़ौर से देखा और पूछा- "क्या ये सच कह रही है?"

मैंने हाँ में सर हिलाया। प्रिंसिपल मैम ने कहा- "और ये मेक-अप तुमने ख़ुद किया है?"

मैंने ना में सर हिलाया और कहा- "नहीं मैम, मेरी मम्मी ने।"

अब बारी इन तीनों के चौंकने की थी। रौशनी जिसको लगा था कि मैं शायद सबसे छिपकर सज-सँवरकर आई हूँ उसका पूरा प्लान फेल हो गया। प्रिंसिपल मैम ने फिर से पूछा- "मम्मी ने?"

मैंने हाँ में सर हिलाया और सब कुछ सच-सच बता दिया। मेरी बात सुनकर प्रिंसिपल मैम मुस्कुराई और बोला- मुझे तुम्हारी औनेस्टी पसंद आई तन्वी। तुम क्लास में जा सकती हो और अपनी माँ को कहना बहुत अच्छा और नेचुरल मेक-अप किया है उन्होंने, पर कल से ये अलाउड नहीं होगा।

प्रिंसिपल मैम की बात सुनते ही मुझे बहुत अच्छा लगा और मैंने हाँ में सर हिला दिया लेकिन टेंशन हो रही थी। वो भी दो बातों की- पहली ये कि अगर मेक-अप नहीं किए तो चेहरे पर उग रहे रोयें जो मूँछों की शक्ल ले लें शायद उनका क्या करूँगी। और दूसरी थी रौशनी, जिससे अनजाने में दुश्मनी हो गई थी मेरी।

वैसे लाइफ़ में मुझे शायद ही कभी किसी से कोई प्रॉब्लम रही हो पर जाने क्यों पहले से ही रौशनी से जमी नहीं थी, क्योंकि वो आज कल की भाषा में क्या कहते हैं- वाइब। हाँ वाइब मैच नहीं होती थी हमारी। तो जिस रिश्ते में कभी गर्मजोशी नहीं थी, अब वहाँ कोल्ड वाइब्स का सिलसिला शुरू हो गया।

नेहा बड़ी बेसब्री से मेरा इंतज़ार कर रही थी। मुझे देखते ही पूछा- "क्या बोली प्रिंसी?"

यही कि माँ ने बड़ा अच्छा मेक-अप किया है।

मैंने देखा रोहन अब भी मेरी तरफ़ देख रहा था और उसका मुझे यूँ एकटक देखना बड़ा अजीब लग रहा था। इंटरवल में हमेशा की तरह मैं और नेहा एक कॉर्नर में अपना टिफ़िन लेकर बैठे थे और रोहन को घूर रहे थे। मुझे रोहन के बाल बड़े पसंद थे। सिल्की और स्ट्रैट। जब वो चलता था तो एक बाउंस आता था उन बालों में और वो लहराकर उसके माथे पर गिरते थे, एकदम गोविंदा की तरह।

तो इस वक़्त मम्मी के दिए परांठे सब्जी को जैसे-तैसे खाने की कोशिश कर रही थी, तभी रोहन की आवाज़ सुनाई दी- "तन्वी..." और मेरे हाथ-पैर सुन्न होने लगे। मैंने हड़बड़ाकर उसे देखा और फिर उसके बाद नेहा को देखा। लेकिन नेहा ठहरी बैल बुद्धि फिर से चीख़ पड़ी- "मुझे क्या देख रही है? तुझे बुला रहा है, जा! सुन ले!"

मैं उठी और अब बहुत ज़्यादा कोंशियस होकर रोहन की तरफ़ बढ़ रही थी। समझ नहीं आया कि वो क्या बोलने वाला है। कहीं मेरे मेक-अप को लेकर मज़ाक़ तो नहीं उड़ाएगा। ख़ैर, अब क्या कर सकते हैं। अब तो मेरा मेक-अप टॉक ऑफ़ द टाउन बन चुका था। रोहन के सामने जाकर खड़ी थी। क्लास में पहली बार एक-दूसरे से हमारा इतने क़रीब से आमना-सामना

हुआ था।

"हाँ बोलो।" मैंने अंदर से काँपते हुए लेकिन बाहर से फुल कॉन्फ़िडेंस में बोला था।

"आज लास्ट के दो पीरियड फ्री हैं। गेम्स सर ने कहा है कि बास्केट बॉल कोर्ट ओपन करवा देंगे। तो टीम ज्वॉइन करनी है? मैंने सुना है तुम अच्छा खेलती हो।"

"चलो, इसी बात पर अपने बारे में एक और जानकारी दे दूँ। मेरे पापा राकेश शर्मा नेशनल लेवल एथलीट हैं। एशियन गेम्स में बैडमिंटन में उन्हें सिल्वर मैडल मिला है। कॉमन वेल्थ में सिल्वर और नेशनल लेवल की हर चैंपियनशिप में गोल्ड जीता है उन्होंने, लेकिन घर की ज़िम्मेदारी के चलते और दादा जी की जल्दी डेथ हो जाने के कारण रेलवे की जॉब करनी पड़ी। लेकिन आज भी passion इतना है कि अपने साथ-साथ मुझे भी ट्रेन करते हैं। और स्पोर्ट्स शायद ख़ून में था इसलिए बैडमिंटन ही नहीं, बास्केट बॉल और वॉली बॉल में भी चैंपियन रही हूँ मैं।"

रोहन ने शायद सिर्फ़ सुना था। उसने कभी मेरा गेम देखा नहीं था इसलिए बड़े ही अन्श्योर तरीक़े से पूछा- "क्या ये मैच खेलोगी? बी सेक्शन से गेम है। और हमारी इज़्ज़त का सवाल है।"

रोहन ने जिस तरह से ये बात कही थी, मुझे लगा कि अब उसकी इज़्ज़त बचाने की सारी ज़िम्मेदारी सिर्फ़ मेरे कंधों पर है और मैंने झट से हाँ कह दी।

बास्केट बॉल कोर्ट में जब मैं और नेहा पहुँचे तो जितनी तेज़ी से मेरा दिल धड़क रहा था उतनी ही ज़ोर-ज़ोर से नेहा चीख़ रही थी क्योंकि उसको ऐसा लग रहा था कि आज ही बास्केट बॉल कोर्ट पर मेरा और रोहन का हनीमून होने वाला है। रोहन पूरी गर्ल्स टीम के साथ वार्म-अप कर रहा था और मुझे भी फ़ौरन वही करने का इशारा किया। रौशनी की तबियत अचानक से ख़राब हो गई थी। या उसने बहाना किया था क्योंकि वो सेक्शन बी की धाकड़ टीम को फ़ेस नहीं करना चाहती थी। वजह जो भी हो, वो इस वक़्त मेरे और रोहन के बीच नहीं थी और ये बात मुझे बहुत सुकून दे रही थी। मैच शुरू हुआ। और जाने कौन-सी ज़िद्द, जाने कैसा जुनून सवार था मुझे कि पहले दस मिनट में

ही मैंने अकेले पूरे बी सेक्शन का डिफ़ेंस तोड़ते हुए दस-बारह बास्केट कर डाले थे। लोगों को कुछ समझ नहीं आ रहा था कि ये हो क्या रहा है। सच कहूँ, तो मुझे भी समझ नहीं आ रहा था। बस, दिख रहा था तो उस भीड़ के बीच कोर्ट के बाहर खड़ा रोहन जो ताली बजाकर हर बार मेरे बास्केट पर मुझे चीयर-अप कर रहा था और मैं दीवानों-सी पूरी कोर्ट में बॉल लिए दौड़ रही थी जैसे कि ये बॉल नहीं मेरा दिल है, जो सिर्फ़ रोहन की बास्केट में जा कर गिरेगा। मैच ख़त्म हुआ और शायद स्कूल के इतिहास में सेक्शन बी की ये सबसे शर्मनाक हार थी। मैं और नेहा बैठकर कूल डाउन कर रहे थे तभी रोहन भागते हुए आया और मैं कुछ बोलती उससे पहले ही उसने बड़ी-सी स्माइल के साथ बोला- "वाउ ! मुझे नहीं पता था तुम प्लेयर नहीं जादूगर हो। मतलब हराना छोड़ो, उनका मोरल तोड़ दिया तुमने। बहुत कमाल खेली यार तुम।"

और इन सारी बातों के बीच मैंने बस वो एक शब्द सुना- 'यार'। रोहन ने मुझे यार बोला और स्माइल करके जाने लगा। मन नहीं था कि वो जाए पर स्कूल ओवर हो चुका था तो घर जाना ही था। लेकिन जाते-जाते वो रुका और पलटकर वापस मेरी तरफ़ आया और मैंने उसी वक़्त अपने पसीने से डूबे चेहरे को टॉवेल से साफ़ किया था। मेक-अप वाला बेस खारे पसीने और तौलिए की खुरदुरी फ़ैब्रिक से पूरी तरह साफ़ हो चुका था। मैं डर गई क्योंकि बिना मेक-अप वाले मेरे चेहरे को इतनी क़रीब से आज पहली बार देख रहा था रोहन। मैंने मन-ही-मन ख़ुद को कोसने लगी कि क्या ज़रूरत थी इस तौलिए से मुँह पोछने की? और ऐसे में रोहन ने बड़ी सादगी के साथ स्माइल करते हुए मुझे देखा और बोला- "सुनो, तुम्हें मेक-अप करने की ज़रूरत नहीं है। तुम ऐसे ही बहुत सुंदर हो।" मतलब ये टेलीपैथी थी क्या, जो रोहन ने मेरे दिल के डर को समझ लिया। मन की बात पढ़ ली। तो बताओ इस वक़्त क्या करूँ? नाचूँ? कस के रोहन के गले लग जाऊँ या ख़ुद को दाँत काटकर देखूँ कि ये जो जस्ट अभी हुआ ये सपना नहीं, हक़ीक़त है। पर नहीं। मैंने ऐसा कुछ भी ना करते हुए बड़े ही शांत स्वभाव के साथ फ़ुल एटीट्यूड में सिर्फ़ इतना बोला- "थैंक यू!"

रोहन भी शायद जाना नहीं चाहता था तभी उसने फिर से पूछा- "अच्छा

तुम्हें समोसे पसंद हैं?"

मुझसे पहले नेहा ने जवाब दिया था- "मुझे पसंद हैं।"

समझ आ गया न कि क्यों मैं उसे कमीनी नेहा बुलाती हूँ? क्योंकि इस बैलबुद्धि को पता ही नहीं कब क्या बोलना चाहिए। अब नेहा ने हाँ बोल दी है। रोहन ऑकवर्ड हो चुका था तो बीच-बचाव करने के लिए मुझे बोलना ही पड़ा-"हाँ पसंद हैं, क्यों?"

रोहन ने कहा- "चलो ना फिर, राधे तिवारी स्वीट्स पर समोसे खाते हैं। मेरी ट्रीट।"

वैसे तो, मेरे यहाँ मम्मी ने समोसा कचोरी चाट टिक्की पानी पूरी सब पर रोक लगाई हुई थी क्योंकि वो स्वास्थ्य के लिए हानिकारक होते हैं इसलिए हमारे घर बूढ़ों वाला सादा भोजन बनता था। पर वो घर की बातें हैं। मम्मी वाली बातें। यहाँ रोहन ने मुझे ज़हर भी पीने को कहा होता तो उसकी ये मीराबाई कभी मना नहीं करती, ये तो फिर भी समोसे की बात थी।

इशारे से, चिकोटी काटकर और फ़ाइनली जब रोहन अपनी बाइक लेने गया तो आँख दिखाकर मैंने नेहा से कहा- "कोई ज़रूरत नहीं है समोसे के लिए साथ चलने की। आज तू रिक्शा से अकेले घर जा। मैं रोहन के साथ समोसे खा के घर चली जाऊँगी। और ख़बरदार जो किसी को कुछ बताया।"

वैसे तो है ये कमीनी नेहा लेकिन अचानक से बड़ी अंडरस्टैंडिंग हो गई वो और मुस्कुराते हुए मुंडी हिलाकर बिना कोई सवाल किए चली गई। अपनी बाइक ले के रोहन जब आया तो उसने भी नेहा के बारे में पूछा और मैंने बोल दिया कि उसे घर जाना था इसलिए वो साथ नहीं आ रही। वैसे भी बाइक पर तीन लोग अलाउड कहाँ हैं।

एक्स्ट्रा तीखी चटनी के साथ समोसा खिलाकर घर ड्रॉप करने आया था रोहन। लेकिन घर से एक गली पहले ही उतर गई थी मैं क्योंकि पता था कि ऐसे किसी लड़के की बाइक से उतरने पर मोहल्ले और मम्मी के सौ सवाल होंगे फ़िलहाल मैं जिनका जवाब देने के मूड में नहीं थी।

पूरी शाम और रात मुस्कुराते हुए बीती थी मेरी। मम्मी ने पूछा तो बास्केट बॉल मैच की अपनी परफ़ॉर्मेंस के बारे में बता दिया और फिर रोहन को

रौशनी का नाम देकर मम्मी से रोहन की ढेर सारी बातें की कि कैसे रौशनी ने मेरी तारीफ़ की। मुझे चीयर-अप किया। मेरे साथ समोसे खाए। मुझे घर ड्रॉप किया। वैसे, मेरा मन तो बिलकुल नहीं था कि रोहन से जुड़ी किसी भी जज़्बात पर रौशनी का नाम क्या उसकी परछाई भी पड़े लेकिन मम्मी लोगों के सामने अगर जेंडर स्त्रीलिंग हो तो वो हर बात अच्छे से सुनती हैं और इस वक़्त मुझे रोहन की ढेरों बातें करनी थीं। तो नाम भले उस चुड़ैल रौशनी का ले रही थी पर मन में तस्वीर और ख़याल सिर्फ़ रोहन के चल रहे थे।

अगले दिन से मैंने अपने होंटों के ऊपर वाले रोयें को एक्सेप्ट करना सीख लिया क्योंकि रोहन ने कहा था कि बिना मेक-अप मैं सुंदर लगती हूँ। उससे बड़ा ब्यूटी सर्टिफ़िकेट भला और क्या होता! अब क्लास में मैं ज़्यादा मुस्कुराती थी, क्योंकि रोहन असेंबली में रोज़ हाय-हैलो करता था और लंच टाइम में कभी-कभी हमारे साथ टिफ़िन शेयर करता था जब उसके डब्बे में मछली या नॉनवेज आइटम नहीं होता था। एक हफ़्ते में हम अजनबी से अच्छे दोस्त हो गए थे और आज रोहन ने घर से एक गली पहले मुझे छोड़ते हुए पूछा- "क्या मैं तुम्हें फ़ोन कर सकता हूँ? क्या है कि कभी ऐसे ही शाम को या रात को बात करने का मन हुआ तो?" रोहन ने मेरे दिल की बात छीन ली थी लेकिन फ़ोन नंबर?

घर का लैंडलाइन हॉल में रखा था और उसका रिंगर इतना लाउड था कि पड़ोस वाले अस्थाना अंकल को भी पता होता था कि दिन में हमारे यहाँ कितने फ़ोन आए। और अगर वो फ़ोन लड़के का हुआ तो समझो घर में बवाल होना पक्का है, इसलिए अपनी सारी मजबूरियों का वास्ता देते हुए मैंने रोहन को सॉरी बोल दिया और उसने भी एक समझदार दोस्त की तरह मेरी बात को समझा।

अगले दिन स्कूल पहुँचने पर रोहन बहुत ही ख़ुशी के साथ चहकते हुए मेरे पास आया और मुझे बोला- "कल के लिए रेडी हो ना?" अचानक से इस सवाल को सुनकर मैं थोड़ा चौंक गई थी क्योंकि आजकल मुझे रोहन के अलावा और कुछ याद ही नहीं रहता था। ऐसे में मैंने पूछा- "क्यों? कल क्या है?" रोहन अचरज भरी नज़रों से देखते हुए बोला- "स्कूल ट्रिप। भूल

गई? हम एक हफ़्ते के लिए हरिद्वार और मसूरी ट्रिप पर जा रहे हैं। मैम ने अनाउंस तो किया था।"

और मैं सच में भूल गई थी। मैम की वो अनाउंसमेंट भी और नेहा की लगातार मुझे याद दिलाने की कोशिशें भी। ख़ैर, अब भी देर नहीं हुई थी। जैसे ही रोहन ने बताया ट्रिप को लेकर सारे सपने सजा लिए मन में। मतलब पहली बार बिना स्कूल ड्रेस के कैजुअल कपड़ों में मैं और रोहन पूरे एक हफ़्ते के लिए घर से बाहर होंगे। मन-ही-मन मैं अपनी सारी ड्रेसेस सेलेक्ट कर रही थी कि किस दिन कौन-सा वाला फ्रॉक पहनूँगी। कौन-सी जैकेट, कौन-सा सलवार सूट, मसूरी में कौन-सा स्वेटर और कैप। ऑलमोस्ट मेरी सारी पैकिंग पहले पीरियड के ख़त्म होने तक ख़त्म हो चुकी थी। अब बस घर जाकर माँ से बोलकर वो सामान बैग में डालना रह गया था। पर कहते हैं अगर क़िस्मत आपके मज़े लेने पर उतारू हो तो आप ज़िंदगी में मस्ती करने के बारे में सोच ही नहीं सकते।

फ़ोर्थ पीरियड ख़त्म होने ही वाला था। इंटरवल में मैं रोहन को अपने सारे प्लान बताने वाली थी कि ट्रिप पर हम क्या-क्या कर सकते हैं। स्कूल बस में हम दोनों साथ में ही बैठेंगे और आगे वाली सीट पर नेहा और श्रुति को बिठाएँगे। मैं घर से snacks ले के आऊँगी, और साथ में पापा का वॉकमेन भी, जिसमें साथ में गाने सुनेगे दोनों। लेकिन!

लेकिन ठीक इंटरवल की घंटी बजने से पाँच मिनट पहले अचानक मेरे पेट में मरोड़ उठनी शुरू हुई। फिर पिंडलियों में दर्द उठा। समझ ही नहीं आया कि अचानक कब और कैसे लेकिन भरी क्लास में मेरी चीख़ निकल गई थी। जब केमिस्ट्री मैम ने मेरी तरफ़ देखा था तो मैं लगभग रोने की हालत में बड़ी बेचारगी से उनकी तरफ़ देख रही थी और मैम को समझ आ गया कि ये मेरे महीने के उन दिनों की शुरुआत है।

लेडीज स्टाफ़ रूम में इस वक़्त सिर्फ़ रोज़ी मिस थीं जो हमारे स्कूल की सबसे सुंदर और स्मार्ट टीचर थीं और कंप्यूटर की क्लास लेती थीं। इस ट्रिप पर वो भी साथ जाने वाली थीं और क्योंकि हमारी जमती थी तो वो मेरे लिए काफ़ी एक्साइटेड थीं। लेकिन अभी इस वक़्त जो उन्होंने कहा उसके बाद मेरी

जान सूख गई। मैम का कहना था कि पीरियड्स में ऐसी लंबी ट्रेवेलिंग सही नहीं है। शरीर में कमज़ोरी होती है और ऐसी ठंडी जगह पर जाने से तबियत ख़राब हो सकती है।

हरिद्वार और ऋषिकेश में मंदिर की विज़िट्स भी प्लांड हैं, जहाँ मेरा जाना भी नहीं हो पाएगा, क्योंकि ये मेरे अशुद्ध दिन चल रहे हैं। ऐसे में बेहतर होगा मैं घर पर ही रेस्ट करूँ। नहीं जाने पर ट्रिप की फ़ीस भी रीफ़ंड हो जाएगी। फिर मुझे चीयर-अप करते हुए मैम ने कहा कि वैसे एक हफ़्ते का वेकेशन मिल रहा है तुम्हें। आराम से टीवी देखना और घर पर मस्ती करना।

ये सब सुनना बिलकुल अच्छा नहीं लग रहा था मुझे। नहीं चाहिए था मुझे रीफ़ंड। नहीं चाहिए थी ये पेप टॉक। मस्ती तो मुझे रोहन के साथ करनी थी। गेम्स खेलने थे। उसका हाथ पकड़कर मसूरी में घूमना था। शाम को घर पर मम्मी के सामने बहुत मिन्नतें की, ये जताने की भी कोशिश की कि मैं ठीक हूँ, लेकिन फिर रात को जो बुख़ार चढ़ा है, अगले दिन उठने का भी होश नहीं था। चेहरा सूज आया था। पेट बहुत दुख रहा था। मम्मी गरम पानी की बोतल लाकर दे रही थी कि उसे पेट पर रखूँ, तभी आराम मिलेगा। लेकिन मेरा इन सब में बिलकुल मन नहीं लग रहा था। मन में बस एक ही सवाल था कि जाने वहाँ रोहन क्या कर रहा होगा। कैसे होगा।

ऐसे अशुद्ध होकर मैं मंदिर तो जा नहीं सकती थी इसलिए घर वाले मंदिर के बाहर ही बैठकर शंकर जी को अपना टारगेट बनाया और ग़ुस्से में पूरा बच्चन साहब वाला मोनोलॉग चिपका दिया- कि ख़ुश तो बहुत होगे तुम आज। लेकिन जो बातें ग़ुस्से से शुरू हुई थी वो धीरे-धीरे प्रार्थना में बदलती गई और मैंने भगवान से इतना तक कह दिया कि दो दिन बाद ठीक कर दो ताकि हरिद्वार ना सही, ऋषिकेश और मसूरी के लिए मैं स्कूल बस ज्वॉइन कर सकूँ। पापा को ऋषिकेश ड्रॉप करने के लिए मना भी लिया था लेकिन ना भगवान सुनने के मूड में थे और ना ही मेरे ये मंथली मेहमान। तीन दिन में अमूमन फ्री हो जाती थी, लेकिन इस बार पाँच दिन लंबा कार्यक्रम चला और ऐसा फ़्लो कि बहुत कमज़ोरी-सी फ़ील हो रही थी। बुख़ार लगातार शरीर में बना था। मैं हर रोज़ नेहा के घर फ़ोन करके उसकी ट्रिप के बारे में उसकी मम्मी से पूछ

रही थी। वो ख़ुश है, मज़े कर रही है जैसी बातें सुनकर मेरे बुख़ार का तापमान और बढ़ जाता था। मम्मी थोड़ा घबराई थी। लेकिन हमारी अनीता आंटी जो सरकारी अस्पताल में डॉक्टर हैं उन्होंने कहा कि ये नार्मल सीज़नल बुख़ार है। तीन-चार दिन में ठीक हो जाएगा। और वही हुआ। सात दिन बाद उधर स्कूल ट्रिप ख़त्म हुई और इधर मेरा ये टॉर्चर। पहले सोचा रात को ही नेहा को फ़ोन करके ट्रिप के बारे में पूछूँ लेकिन फिर लगा कल सुबह स्कूल में रोहन के मुँह से सारी डिटेल्स पता करती हूँ। अगले दिन सुबह भगवान के सामने हाथ जोड़कर, अखंड ज्योति जलाकर बहुत ही लड़ाई-झगड़े वाले मूड के साथ सवाल किया था मैंने, जैसे कि रूलिंग पार्टी के सामने विपक्ष के विधायक लोग सवाल करते हैं, कि आख़िर क्यों भगवान, क्यों दिया है तुमने हम लड़कियों को ये दर्द? वो भी हर महीने? कहते हैं बच्चा पैदा करते हुए बहुत दर्द होता है। शादी के बाद ससुराल विदा होते हुए बहुत दर्द होता है। यही नहीं बेटी बनकर पैदा हो तब भी सबको आपके पैदा होने से दर्द होता है। ऐसे में इतने दर्द के बीच ये हर महीने का दर्द देना ज़रूरी था क्या? बंद क्यों नहीं कर देते ये सिस्टम? और किसी का ना सही तो कम-से-कम मेरा दर्द तो ले लो प्रभु। कैंसिल कर दो ये सुविधा। आपको जो भी रीफ़ंड चाहिए होगा मिल जाएगा।

मम्मी ने पीछे से आकर टपली मारते हुए कहा- "इतना क्या भगवान को घूर रही हो तब से! स्कूल नहीं जाना क्या?" मैंने झट से अपना बैग पकड़ा और भाग पड़ी पापा के स्कूटर की तरफ़। आज एक हफ़्ते बाद रोहन को देखने वाली हूँ।

स्कूल पहुँचते ही मेरी नज़र रोहन को ढूँढ़ रही थी लेकिन सामने आई कमीनी नेहा जो आते ही मुझसे लिपट गई और फिर शुरू हो गई उसकी बक-बक। हरिद्वार में हर की पौड़ी से लेकर चोटीवाला रेस्टोरेंट के खाने तक, ऋषिकेश का राम झूला लक्ष्मण झूला के साथ परमार्थ आश्रम की गंगा आरती की डिटेल्स। फिर देहरादून के रास्ते मसूरी की बस ट्रिप के साथ क़िस्से। मसूरी में पड़ती ठंड का डिटेल्ड explanation और इन सबके बीच bon-fire, गाने-शाने और गेम्स। दिल धक-सा बैठ गया मेरा कि ये सब मतलब एक-एक चीज़ मैंने रोहन के साथ सोच के रखी थी। ये ट्रिप शायद मेरी ज़िंदगी

की सबसे यादगार और मज़ेदार ट्रिप होती जिसके क़िस्से मैं अपने पोते-पोतियों को सुनाती लेकिन अफ़सोस ऐसा नहीं हुआ। अब तक सिर्फ़ बुरा लग रहा था लेकिन नेहा की बक-बक सुनने के बाद रोना आने लगा कि इन कम्बख़्त पीरियड्स को अभी ही आना था।

मुझे अब किसी भी हाल में रोहन से मिलना था और मुँह से सुनना था कि इस ट्रिप में उसे ज़्यादा मज़ा नहीं आया, क्योंकि मैं नहीं थी उसके साथ, लेकिन आज वो स्कूल ही नहीं आया। और वही नहीं, कैमिस्ट्री मैम ने भी छुट्टी ली थी और क्लास के काफ़ी बच्चे भी एब्सेंट थे।

साफ़ समझ आ रहा था कि ट्रिप की थकान उतारी जा रही है लेकिन रोहन क्यों नहीं आया? क्या उसे मुझसे मिलने की कोई एक्साइटमेंट नहीं है? मेरे सवाल चेहरे पर परेशानी और आँख में आँसू का आकार ले ही रहे थे कि नेहा वापस से आ गई। चहकते हुए और बड़े शरारत के साथ बोला कि हमने वहाँ अंताक्षरी के अलावा ट्रुथ एंड डेयर भी खेला। मुँह एकदम छोटा हो गया था मेरा। लगने लगा कि जैसे मेरे पास अब जीने की वजह ही नहीं बची। सब कुछ तो ये लोग जी आए। मैं ही बस घर पर पड़ी बिस्तर तोड़ती रही।

ख़ैर, ग़ुस्से के साथ-साथ मन में क्यूरोसिटी भी थी तो पूछ ही लिया कि रोहन पर कोई ट्रुथ या डेयर आया क्या? तो नेहा लगी मुस्कुराने। अच्छा बेस्ट फ्रेंड्स का ये मज़ाक़ मुझे बिलकुल नहीं पसंद कि जब तुम्हें पता है कि मुझे कुछ जानना है तुमसे क्योंकि उसमें मेरी जान अटकी है तो इन्हें इतराना क्यों होता है? लड़कों का सही है। वो फ़ौरन आकर एक-एक बात बता देते हैं, लेकिन लड़कियों में जाने कौन-सा सौतिया-डाह चलता है कि उन्हें सामने वाले की जान जलानी ही होती है। चोटी पकड़कर वापस बिठाया और जब ग़ुस्से से आँख दिखाते हुए नेहा से पूछा था तब जाकर कमीनी ने सारी बात उगली- "दो बार डेयर लिया था रोहन ने। जिसमें एक बार गाना गाया और एक बार ठंडी में टी-शर्ट उतारकर सलमान ख़ान वाला- ओ ओ जाने जाना, ढूँढ़े तुझे दीवाना पर डांस किया।"

"अच्छा गाना कौन-सा गया?"

इस पर नेहा मुँह बनाते हुए बोली- "वो पुराना वाला। पल पल दिल के

पास तुम रहती हो।"

"वो तो मेरा फ़ेवरेट है। पापा के साथ उनकी कार में सुनती हूँ। और ये बात मैंने रोहन को बताई थी। मतलब वहाँ रहकर भी रोहन मुझे मिस कर रहा था। हाय, ये सब देखने के लिए मैं क्यों नहीं थी वहाँ?"

ख़ैर, मुझे मेरी इनफ़ॉर्मेशन मिल गई थी लेकिन नेहा के मुँह का इंजन अब दौड़ पड़ा था। सबके कारनामे बताते हुए सबसे धमाकेदार बात उसने लास्ट के लिए बचा कर रखी थी। इसलिए कमीनी की उपाधि मिली है उसे। बताने लगी कि गेम में जब रौशनी का ट्रुथ आया तो उसने अपने क्रश का नाम रोहन लिया।

क्या? मेरे रोहन पर उस डायन की नज़र है? मुँह ना नोच लूँ उसका। पर जो ग़ुस्सा मन के अंदर था वो बाहर कैसे लाऊँ? जब मुझे ख़ुद ये नहीं पता कि रोहन मेरे बारे में क्या सोचता है। या ये कहूँ कि मैं ख़ुद पूरी तरह से रोहन के बारे में क्या सोचती हूँ। वो अच्छा लगता था। उसके साथ समोसे खाना अच्छा लगता था। बाइक से घर तक का वो ड्रॉप अच्छा लगता था लेकिन उसके आगे कुछ सोचा ही नहीं था। कमीनी नेहा ने ही आइडिया दिया कि फ़्लेम्स नाम का गेम ट्राय करो, जवाब मिल जाएगा। फिर ख़ुद ही रफ़ कॉपी के लास्ट पेज पर तन्वी एंड रोहन के नाम पर फ़्लेम्स निकाला गया और लेटर आया- एम यानी कि मैरिज।

पहली बार, पहली बार नेहा पर इतना प्यार आया था कि मैंने उसे कमीनी नेहा नहीं, मेरी जान नेहा कहकर बुलाया। वह भी मुझसे गले लग गई।

जैसे-तैसे स्कूल ख़त्म करके मैं और नेहा निकले थे और रिक्शा रुकवाने ही वाले थे कि पीछे से हॉर्न की आवाज़ सुनाई दी। मुड़कर देखा तो एक पैकेट के पीछे छिपा चेहरा दिखा। जो हटा तो सामने बिखरे हुए बालों में गॉगल्स लगाए रोहन। हाय! इस वक़्त जो वो लग रहा था न, गोविंदा, शाहरुख़, सब फ़ेल थे उसके आगे। नेहा बिना बोले बात समझ गई और चुपचाप रिक्शा पर बैठकर निकल गई। रोहन मुस्कुराते हुए मेरी तरफ़ देखे जा रहा था। मैं चुपचाप जाकर उसकी बाइक पर बैठ गई। और उसने वो पैकेट मुझे पकड़ाते हुए कहा- "ये पकड़ो, समोसे।"

"क्यों? आज दुकान पर चलकर नहीं खाओगे?"

उसने कहा नहीं- "कहीं और चलकर खाएँगे।"

मेरा दिल ऐसे ज़ोर-ज़ोर से धड़कने लगा। मतलब स्कूल और राधे तिवारी स्वीट्स के बाद ये तीसरी और बिलकुल नयी जगह होगी जहाँ हम साथ होने वाले हैं।

गंगा ब्रिज- शहर का वो हिस्सा जहा से गंगा नदी शहर में दाख़िल होती थी। बड़ा-सा ब्रिज। उससे लगा हुआ पार्क और पास में ही बोटिंग और खाने-पीने की सुविधा। ये जगह शहर वालों के लिए छोटा-सा पिकनिक स्पॉट थी लेकिन इस वक़्त दोपहर में यहाँ भी सन्नाटा हुआ करता था। जब हम वहाँ पहुँचे तो थोड़ी धूप थी और मुझे समझ नहीं आ रहा था कि हम वहाँ क्यों आए हैं। तभी बाइक से उतरकर रोहन ने मेरा हाथ पकड़ा और मुझे अपने साथ लेकर आगे बढ़ चला। मैं भी बिना सवाल किए चुपचाप उसके साथ चलती रही और अचानक वो हमें ब्रिज से हटकर एक जगह ले आया और बोला- "ये लाइट हाउस देख रही हो? हम वहाँ ऊपर चलकर बैठने वाले हैं।" मेरा दिल अचानक से डर गया क्योंकि लाइट हाउस तो अक्सर भूतिया फ़िल्मों में देखा है। डरावना-सा होता है जहाँ बुरी आत्माएँ भटकती हैं। समझ नहीं आया मुझे कि मैं रोहन की इस बात पर ख़ुश हो जाऊँ या डर दिखाऊँ। पर रोहन ने हाथ पकड़ा तो सब डर ख़त्म हो गया और फिर हम सीढ़ियाँ चढ़ने लगे। रोहन ने बताया कि ये तक़रीबन डेढ़ सौ साल पुराना लाइट हाउस है जो अंग्रेज़ों ने बनवाया था। दिन के वक़्त यहाँ कोई नहीं होता। और वैसे भी यहाँ के लोकल इंजीनियर को वो जानता है तो इसलिए कोई आया भी तो प्रॉब्लम नहीं होगी। लेकिन हम लाइट हाउस क्यों आए हैं इसका जवाब मुझे थोड़ी देर में मिलने वाला था।

लगभग दस मिनट चढ़ने के बाद अपनी चढ़ी हुई साँसों पर क़ाबू करते हुए हम ऊपर पहुँचने ही वाले थे कि रोहन ने जल्दी से अपना रुमाल निकालकर मेरी आँखों पर पट्टी बाँध दी और कहा कि अब एकदम ऊपर पहुँचकर ही ये पट्टी खुलेगी। आगे के कदम टटोलते हुए धीरे-धीरे मैं ऊपर पहुँची। अपनी पट्टी खोलने के लिए हाथ बढ़ाया ही था कि अचानक रोहन ने

मेरा हाथ थामा। फिर पीछे कंधे के पास से मुझे पकड़ा और हलके से रुमान हटाते हुए मेरे कान में बोला कि अब धीरे से अपनी आँखें खोलो। ज्यों-ज्यों मैंने अपनी आँखें खोलनी शुरू कीं ऐसा लगने लगा जैसे कि मैं किसी और ही दुनिया में हूँ। जब पूरी तरह आँखें खुली तो वहाँ से शहर का जो नज़ारा दिखा, वो देखना तो दूर बहुत कम लोगों ने सोचा होगा। लगभग पाँच मंज़िल के बराबर ऊँचा लाइट हाउस था ये, जहाँ से हवा की सरसराहट और ठंडक दोनों महसूस की जा सकती है। मैंने लाइट हाउस के उस प्लेटफ़ॉर्म पर चारों तरफ़ चक्कर काटा जहाँ से शहर का 360 डिग्री का व्यू मिल रहा था। ऐसा लगा मानो किसी ने पंख दे दिए हों और मैं एक लंबी उड़ान पर हूँ। इस पल को अपने ज़ेहन में बिठाकर जब मैंने मुड़कर रोहन की तरफ़ देखा तो वो मुझे देखकर मुस्कुराए जा रहा था।

कैसा लगा सरप्राइज़?

और मैं कुछ नहीं बोल पाई। बस, जाकर रोहन के गले लग गई। इसके बाद वो हुआ जो कभी सोचा नहीं था। रोहन ने धीरे से मेरे चेहरे को पकड़ा और मेरे क़रीब आया और बस उस पल में कुछ होश ही न रहा। रोहन के होंट मेरे होंटों पर थे और जाने कितनी देर तक बस हम एक-दूसरे के उतने क़रीब उसी हालत में खड़े रहे। फिर अचानक हवा का झोंका था या शायद दिल की धड़कनों का शोर, जिससे हमें एहसास हुआ कि हम कहाँ और किस हालत में हैं। तो बस किसी तरह ख़ुद को रोहन से अलग किया। पर उसके होंटों का स्वाद मेरे होंटों से जा नहीं रहा था। उसने कोई मिंट वाली चुइंग गम खाई थी शायद जिसका हल्का-सा स्वाद मेरे मुँह में रह गया था। होंट एक-दूसरे से अलग हो चुके थे लेकिन बोलने को अब भी कुछ नहीं था। ऐसे में रोहन ने समोसे का पैकेट आगे बढ़ाया और बोला- "समोसे?"

और बिना कुछ बोले मैंने एक समोसा उठा लिया।

उस दिन हमने कुछ बात नहीं की। बस, चुपचाप शहर को देखते रहे। पर हाँ, अब हम दूर-दूर नहीं थे। रोहन की बाहों को पकड़कर मैंने उसके कंधे पर सर रखा था और हवा चल रही थी। कोई एक घंटे बाद रोहन ने धीरे से कहा- "चलें?" तब जाकर होश आया कि चार बज चुके हैं। जल्दी-जल्दी

हम सीढ़ियाँ उतरे और रोहन की बाइक सड़क पर दौड़ पड़ी। आज मेरे और रोहन के बीच मेरा बैग नहीं था। सच में बहुत क़रीब आ चुके थे। घर से एक गली पहले रोहन ने मुझे ड्रॉप किया तो जेब से एक की-चेन निकाली जिसमें पाइन फ्रूट लगा था और उसमें एक तरफ़ मेरा नाम लिखा था- तन्वी, साथ में एक दिल बना था। रोहन ने कहा ये तुम्हारे लिए। मुझे समझ ही नहीं आया कि रोहन के इस गिफ़्ट के बदले मैं क्या करूँ। मन तो था कि गले लगकर फिर से एक किस कर लूँ, लेकिन मोहल्ले के जिस रेड ज़ोन में हम खड़े थे वहाँ ऐसा करना ख़तरे से ख़ाली नहीं था। तो मैंने झट से रोहन को देखा और बोल दिया- 2437910. रोहन ने चौंककर पूछा- "लेकिन लैंडलाइन पर कॉल किया तो मम्मी-पापा को कोई प्रॉब्लम? और वो अस्थाना अंकल?" मैंने कहा- "जब याद आए तो एक रिंग मार दिया करना। और अगर बहुत ज़्यादा याद आए और बात करने का मन हो तो दो रिंग मारकर पाँच मिनट का वेट करना। तब तक मैं फ़ोन के पास आ जाऊँगी और तुम फ़ोन कर लेना। फ़ोन मैं ही उठाया करूँगी और हमारी बात हो जाया करेगी।"

"लेकिन मान लो किसी और ने फ़ोन उठाया तो?" रोहन ने पूछा।

"तो बिना कुछ बोले रख देना। कॉलर आइडी नहीं है हमारे यहाँ।" ये बोलकर मैं घर की तरफ़ दौड़ पड़ी।

उस रात कई बार एक-एक घंटी बजी थी मेरे फ़ोन की। और हर बार हर घंटी पर मुस्कुराई थी मैं। करवटें बदल-बदल के आँखें मीच-मीच के हर कोशिश कर ली लेकिन नींद नहीं आ रही थी। रोहन का वो किस होंटों से दिमाग़ में आकर छप गया था। मुझे लग रहा था कि अब अगर रौशनी रोहन के क़रीब आने की कोशिश करेगी तो मुझे पता है कि किस हक़ से उसे रोहन से दूर हटाना है।

सुबह जब मैं स्कूल पहुँची तो सब लोग मुझे ऐसे घूर-घूर कर देख रहे थे जैसे मैं कोई सेलेब्रिटी हूँ। सबकी आँखों में अजीब से भाव थे। मुझे समझ नहीं आ रहा था कि आख़िर हुआ क्या? तभी भागती हुई नेहा आई और चीख़कर बोली- "कहाँ थी तू? सब तेरे बारे में बात कर रहे हैं।"

"मेरे बारे में क्यों?"

"अरे तू चल प्रिंसिपल ऑफ़िस। फिर पता चल जाएगा।"

प्रिंसिपल ऑफ़िस का नाम सुनते ही अचानक फिर से मेरे पैर काँपने लगे। सौ तरह के ख़याल दिमाग़ में चलने लगे कि कहीं मेरी और रोहन वाली बात किसी को पता तो नहीं चल गई ? लेकिन मैंने तो किसी को नहीं बताया। फिर कैसे ? कहीं रोहन ने तो ? नहीं, नहीं। वो ऐसा नहीं है। पर फिर क्या बात हो सकती है ?

सौ सवाल थे मन में। लेकिन जब प्रिंसिपल ऑफ़िस के पास पहुँची तो स्टूडेंट्स की भीड़ जमा थी और जैसे ही सब लोगों ने मुझे देखा, एक तरफ़ हट गए और सामने नोटिस बोर्ड की तरफ़ नेहा ने इशारा किया। मैं धीरे-धीरे वहाँ पहुँची तो- थॉट ऑफ़ द डे के ठीक नीचे किसी ने कैपिटल वर्ड्स में- 'आई लव यू तन्वी शर्मा- क्लास 11-सी' लिखा था। सब शॉक्ड थे कि आख़िर ये किसकी हरकत हो सकती है। लेकिन मैं मन-ही-मन मुस्कुरा पड़ी। क्योंकि मैं जानती थी रोहन के अलावा ये कोई हो नहीं सकता।

तभी पीटी सर वहाँ आए और अनाउंस किया- "इस घटिया हरकत करने वाले स्टूडेंट का पता चल चुका है और आप सब लोग असेंबली हॉल पहुँचिए। प्रेयर के बाद उस नाम का ख़ुलासा होगा।" अब तक रोहन की जो हरकत मुझे इतनी रोमांटिक लग रही थी वो अचानक उसकी बेवक़ूफ़ी लगने लगी। दिल बैठने लगा सोचकर कि अगर सबके सामने ये बात आएगी तो पापा-मम्मी को पता चलेगा, फिर मेरा क्या होगा ? डर से मेरी हालत ख़राब होने लगी और ऐसे में रोहन भी कहीं नज़र नहीं आ रहा था। नेहा को उस वक़्त कुछ नहीं बोल पा रही थी मैं क्योंकि उसे कल लाइट हाउस के बारे में कुछ बताया भी नहीं था। पूरी प्रेयर में रोहन मुझे कहीं नहीं दिखा और जैसे ही प्रेयर ख़त्म हुई पीटी सर ने आकर माइक थाम लिया। मैं डर रही थी कि मेरी छोटी-सी लव स्टोरी अभी ओवर होने वाली है। तभी स्टेज पर पीटी सर ने सागर को आगे किया और घूरती हुई नज़रों से बोला- "बोलो जो बोलना है।"

सागर ? सागर क्या बोलेगा ? और रोहन कहाँ है ? सागर ने कहीं हमें साथ तो नहीं देखा ? या फिर उसने रोहन को आई लव यू लिखते हुए देखा है क्या ? बात क्या है ? और बात ये थी कि वो नोट सागर ने लिखा था नोटिस बोर्ड पर,

क्योंकि ट्रुथ एंड डेयर के एक गेम में ये उसका डेयर था, जो उसे हर हाल में करना था। इस बात के लिए वो ना सिर्फ़ शर्मिंदा है बल्कि अपने पेरेंट्स के साथ प्रिंसिपल मैम से भी मिलने वाला है और एक हफ़्ते का सस्पेंशन भी झेलने वाला है। सबके सामने सॉरी बोला था उसने और बड़प्पन दिखाते हुए मुझे सिर्फ़ 'इट्स ओके' बोलना पड़ा। एक टेंशन मिट गई कि चलो मैंने जो सोचा वैसा नहीं था। रोहन को ये सब नहीं झेलना होगा। पर ये टेंशन बढ़ चुकी थी कि रोहन क्या सोच रहा होगा मेरे बारे में? कहीं उसे ऐसा ना लगे कि मैं ऐसी वैसी लड़की हूँ, जिसके बारे में लड़के ऐसी गंदी बातें लिखते रहते हैं। कहीं रोहन को ऐसा ना लगे कि सागर का मेरे साथ भी कुछ है। हे भगवान!

और कल किस के बाद मैंने कुछ बोला भी तो नहीं। रोहन मुझे गंदी लड़की समझकर छोड़ तो नहीं देगा? नहीं, नहीं, ऐसा नहीं होना चाहिए। नेहा को अपने सारे डर बता दिए मैंने। बस किस की बात अब भी छिपा रखी थी। नेहा को लगा कि मुझे रोहन से जाकर ये बात क्लियर करनी चाहिए। लेकिन आज पूरे दिन रोहन ने मुझसे ठीक से बात नहीं की। लंच शेयर करने भी नहीं आया। छुट्टी के बाद बाइक से ड्रॉप करने के लिए भी नहीं पूछा। रास्ते भर नेहा का सर खा गई थी सवालों से। लेकिन जैसे ही घर पहुँची, छोटी-छोटी दो घंटियाँ आईं फ़ोन पर और अचानक ही मेरे दिल की घंटी बज गई। झट से फ़ोन के पास जाकर अपना बैग रखा और बैठ गई। पाँच मिनट बाद जैसे ही फ़ोन की घंटी बजी, फ़ौरन उठाकर हेल्लो बोला था मैंने।

रोहन ने बड़े प्यार से पूछा था- "कैसी हो?"

"मैं ठीक हूँ। पर तुम बात क्यों नहीं कर रहे हो? नाराज़ हो? देखो मेरा सागर का कुछ नहीं। वो..."

और अचानक से रोहन के ज़ोर-ज़ोर से हँसने की आवाज़ आने लगी। मुझे कुछ समझ नहीं आ रहा था। तब रोहन ने बताया कि उसे सब पता है।

इनफ़ैक्ट सागर को भी उसी ने पकड़वाया था और दिनभर बात इसीलिए नहीं की क्योंकि पीटी सर सारे स्टूडेंट्स पर नज़र रख रहे थे।

और अचानक से मेरे टेंशन के गुब्बारे को पिन मारकर रोहन ने फुस्स कर दिया। ऐसा लगा जान में जान आ गई। तभी मम्मी ने आकर बोला- "आते

ही फ़ोन पर लग गई। कौन है?" मैं हड़बड़ा गई थी लेकिन यहाँ भी रोहन ने सँभाला और फ़ौरन समझाते हुए कहा कि बोल दो रौशनी है।

और मैंने झट से बोल दिया- "मम्मी वो रौशनी है।"

"हाँ तो उससे कहो बाद में बात करे। तुम अभी चलकर फ्रेश हो जाओ।"

"ओके बाय रौशनी" कहकर मैं फ़ोन रखने वाली थी कि रोहन ने कहा- "सुनो, कल कैमिस्ट्री लैब में मिल सकती हो? असेंबली टाइम में? तुम्हारे लिए सरप्राइज़ है।" रोहन मेरे लिए एक पहेली बनता जा रहा था। उसका हर बार का सरप्राइज़ देने का ये तरीक़ा मुझे जितना पसंद था, साथ ही उतना ही बेचैन भी कर देता था कि आख़िर वो क्या करने वाला है।

अगले दिन पेट दर्द का बहाना बनाकर मैं क्लास में रुक गई। वो चुड़ैल रौशनी कनविंस्ड नहीं थी। और कमीनी नेहा को भी मेरे साथ रुकना था, लेकिन मैंने उसे ज़बरदस्ती भेजा ताकि रौशनी को कोई शक ना हो। और जैसे ही सब असेंबली हॉल में गए, मैं भागकर कैमिस्ट्री लैब पहुँच गई।

पैंतालीस मिनट लंबी प्रेयर का पहली बार हम फ़ायदा उठाने जा रहे थे। और क्योंकि ये वो दौर था जब स्कूल्स में सीसीटीवी कैमरे नहीं लगे थे इसलिए आई ऍम श्योर ऐसे कई सारे क़िस्से स्कूल की दीवारों में क़ैद होंगे। मुझे लगा शायद लैब में भी रोहन मुझे किस करने वाला है। मैं दिमाग़ी रूप से उसके लिए तैयार थी और ये सोचकर ख़ुश हो रही थी। लेकिन आज रोहन के ख़ुराफ़ाती दिमाग़ में कुछ और ही चल रहा था। लैब में पहुँची तो देखा चार छोटे-छोटे बीकर थे, जिनमें कुछ केमिकल्स थे और रोहन स्माइल करते हुए खड़ा था। इससे पहले कि मुझे कुछ समझ आता उसने अपने हाथ में लिया हुआ एसिड जैसा लिक्विड उन बीकर्स में उड़ेल दिया और चारों तरफ़ गुलाबी रंग का धुआँ उठने लगा और इस धुएँ के बीच इस वक़्त मैं और रोहन थे। रोहन अपने घुटने के बल नीचे बैठते हुए मेरी तरफ़ हाथ बढ़ाते हुए बोला- "आई लव यू तन्वी शर्मा, 11-सी। अमी तोमाके भालो बाशी। और ये बात कहने का हक़ सिर्फ़ और सिर्फ़ मेरा है।"

कभी करंट लगा है आपको? बिजली का? उससे भी बड़ा लेकिन मज़ेदार झटका था ये। किस करके भी ये वाली ख़ुशी नहीं मिली थी जितना

रोहन की इस बात से ख़ुशी मिली थी कि उसने हमारे रिश्ते को नाम दे दिया था। अब हम गर्लफ्रेंड-ब्वॉयफ्रेंड हैं। वो मुझसे प्यार करता है और अब हम एक-दूसरे को आई लव यू बोल सकते हैं। एक बार नहीं, बार-बार, हज़ार बार। और मैं झट से जाकर रोहन के गले लग गई और हमने फिर से किस किया, ढेर सारा किस।

अगले दो हफ़्ते ऐसे गए हैं जैसे मैं कोई सपना देख रही हूँ। हम कभी लाइट हाउस जाते। कभी कैमिस्ट्री लैब में मिलते। कभी लायब्रेरी के सन्नाटे में मिलते और जब जहाँ मिले, ख़ूब सारा किस करते। घर पर मिस कॉल्स आने का सिलसिला बढ़ चुका था। मेरा फ़ोन पर बात करना बढ़ चुका था। मम्मी झल्लाने लगी थी। लेकिन कमीनी रौशनी का नाम काफ़ी मददगार साबित होता था। पर ऐसे प्यार में हज़ार मुसीबतें होती हैं। घर पर मेहमानों के सामने फ़ोन पर बात करते हुए रोहन अक्सर मुझे आई लव यू बोलने का डेयर देता था लेकिन क्योंकि प्यार सच्चा है, इसलिए मुँह फेरकर या बहुत ही धीमी आवाज़ में आमी तोमाके भालो बाशी बोलकर मैंने हमेशा अपना डेयर पूरा किया।

पहले तुम फ़ोन काटो, नहीं तुम काटो वाला गेम हम हर रोज़ खेलते थे। अब नोट्स फ़ोटोकॉपी करवाने के बहाने, मंदिर जाने के बहाने, सब्ज़ी लाने के बहाने, या फिर प्रैक्टिकल फ़ाइल ख़रीदने के बहाने छिप-छिपकर मार्किट जाने लगी थी। ताकि रोहन से दस मिनट के लिए ही सही, लेकिन मिल सकूँ।

वो भी बाइक की एक ख़ास स्टाइल वाले हॉर्न के साथ मेरी गलियों के चक्कर काटने लगा था और मैं खिड़की से उसे देखकर एक्स्ट्रा हँसने मुस्कुराने लगी थी। सच कहूँ, ज़िंदगी फ़िल्मों जैसी हो गई थी।

आज क्लास में जब बैठी तो कमीनी नेहा ने बालों में जाने कौन-सा शैम्पू किया था पर ख़ुशबू बड़ी अच्छी आ रही थी। मैंने पूछा तो कहने लगी नया हर्बल शैम्पू है। पीरियड्स ओवर हुए तो आज इसी से बाल धुल लिए। और अचानक बायोलॉजी पीरियड के बीच इस मंथली पीरियड की बात जैसे ही छेड़ी उसने, ऐसा लगा जैसे किसी ने मेरी दुखती राग पर हाथ रख दिया हो। मैंने चिढ़ते हुए कहा- "यार ये पीरियड ना ही हो तो अच्छा है। दिमाग़ ख़राब हो जाता है। और अच्छी बात है कि इस बार मेरे पीरियड्स नहीं आ रहे।"

और मेरी इस बात पर नेहा भड़क गई- "तू पागल है ? पीरियड्स बहुत ज़रूरी होते हैं और वो नहीं होते तो मतलब आप प्रेग्नेंट हो।"

कमीनी नेहा वैसे तो कुछ ख़ास पढ़ने-लिखने में अच्छी नहीं है पर दीन-दुनिया की कुछ ज़्यादा ख़बर रहती है उसे।

मैंने कहा- "प्रेग्नेंट तो मम्मी लोग होती हैं ना ?"

"हाँ लेकिन लड़कियाँ भी प्रेग्नेंट हो जाती हैं। फ़िल्मों में नहीं देखा ? किस करते हैं तो फिर हीरोइन प्रेग्नेंट हो जाती है।"

और बस नेहा की ये बात मेरा दिमाग़ ख़राब कर गई।

नॉर्मली 28 दिन की साइकिल थी मेरी। और एक-दो दिन आगे-पीछे होकर हमेशा रेगुलर रहे हैं पीरियड्स। लेकिन आज जैसे ही नेहा ने ये बम फोड़ा मेरा सर फटने लगा। मैंने जोड़ना शुरू किया कि ट्रिप वाले दिन को 30 दिन से ऊपर हो चुके हैं। मतलब अब तक पीरियड्स आ जाने चाहिए थे लेकिन ऐसा नहीं हुआ। उल्टा पीरियड ख़त्म होने के 4 दिन बाद से मैंने किस करना शुरू किया और इतने दिनों में 10-15 बार ये क्रिया दोहरा चुकी हूँ, तो कहीं इसका मतलब ये तो नहीं कि मैं प्रेग्नेंट हूँ।

नेहा से उस वक़्त कुछ नहीं बोल पाई लेकिन अब पूरा दिन और पूरी रात टेंशन में बीती। रोहन से ठीक से बात नहीं की। जाते हुए भी उसकी बाइक से नहीं नेहा के साथ रिक्शा से गई। घर पर रोहन के तीन ब्लैंक कॉल्स आए पर एक बार भी फ़ोन नहीं उठाया मैंने।

मन में टीवी पर आती वो सारी फ़िल्में याद आ गई जहाँ हीरो-हीरोइन के पास आते ही फूल मिलते थे और हीरोइन प्रेग्नेंट हो जाती है। ख़्वाबों जैसी ज़िंदगी अब घुटन भरी ज़िंदगी बन चुकी थी। समझ नहीं आ रहा था क्या करूँ। मम्मी से बात कर नहीं सकती। ऐसे में क्लास के बीच कमीनी नेहा से ही पूछना पड़ा। सोचा था उससे बात करके मन को शांति मिलेगी लेकिन उसने और दिमाग़ ख़राब कर दिया। कहने लगी- "इतने किस के बाद तो भगवान भी तुझे प्रेग्नेंट होने से नहीं रोक सकता। तुझे फ़ौरन रोहन से बात करनी चाहिए कि वो तेरे बच्चे का बाप बनने वाला है।"

मैं ये सोच ही रही थी कि अचानक मुझे उलटी-सी महसूस हुई और

भागकर बाथरूम में जाकर मैंने काफ़ी देर तक उलटी की। मन अजीब-सा हो रहा था इसलिए स्कूल के बाहर खड़े ठेले से खट्टी इमली ली और आकर क्लास में बैठ गई। रोहन बार-बार मेरी तरफ़ देख रहा था पर मैं उससे नज़रें बचाकर बैठी थी। वहीं नेहा मुझे घूरे पड़ी थी। क्लास ख़त्म होते ही जैसे रोहन आया नेहा ने उसे आँखें दिखाते हुए मुझसे दूर किया और धीमी आवाज़ में बोली- "देखा! उलटी भी आ गई। खट्टा खाने का मन भी कर रहा है। मतलब साफ़ है- तू माँ बनने वाली है।"

रोहन के लिए दिल का प्यार अब बहुत बड़ी तकलीफ बन चुका था। कुछ समझ नहीं आ रहा था। लंच में खाना गले के नीचे नहीं उतरा और रोहन को अवॉयड करके आज जब घर पहुँची तो आँखों के आगे अचानक से अँधेरा छाने लगा और जाने कब मैं चक्कर खाकर बेहोश हो गई।

आँख खुली तो देखा बाहर हॉल में मम्मी डॉक्टर अनीता को फ़ोन करके घर आने को बोल रही थी। मुझे काटो तो ख़ून नहीं। डॉक्टर अनीता आंटी लेडीज़ डॉक्टर हैं। उन्होंने मेरी चाची की डिलीवरी भी कराई थी। फ़ौरन मैं भागकर मंदिर गई और भगवान के आगे हाथ जोड़ लिए कि चाहे कुछ भी हो जाए भगवान- कभी शिकायत नहीं करूँगी। कितना भी दर्द हो सह लूँगी। प्लीज़ मेरे पीरियड्स वापस भेज दो। मुझे प्रेग्नेंट नहीं होना। मुझे बचा लो भगवान!

तभी मम्मी ने आवाज़ लगाई- "तन्वी।"

मैं डरते हुए मम्मी के सामने पहुँची। मुझे लग रहा था कि मेरी प्रेग्नेंसी का बम किसी भी वक़्त फूट सकता है। तभी मम्मी ने मुस्कुराते हुए कहा- "डॉक्टर अनीता ने कहा है कि डरने की कोई बात नहीं है food posioning हो सकती है। बताया मैंने कि तुम आजकल समोसे बहुत खा रही हो। इसलिए ये दवाइयाँ ले लो। ठीक हो जाओगी।"

"सच? ये कहा उन्होंने?"

"हाँ तो और क्या! तुम्हें क्या लगा, क्या हुआ?" माँ ने पूछा।

"नहीं, कुछ नहीं!"

और अभी अचानक मेरे पेट में कस के मरोड़ उठी और पिंडलियों में

ऐठन और दर्द शुरू होने लगा। अरे ये, ये तो हर महीने वाली वही सिचुएशन है जब पीरियड्स आने वाले होते हैं। मतलब मैं सच में प्रेग्नेंट नहीं हूँ। मतलब पीरियड्स आने वाले हैं।

और मैं कस के चिल्लाई- "मम्मी मेरे पैड्स कहाँ हैं?"

और ये कहकर मैं मंदिर की तरफ़ भागी। भगवान को थैंक यू बोलना था। लेकिन ठीक भगवान जी से थोड़ी दूर पहले रुक गई। अशुद्ध जो होने जा रही थी। जल्दी से उन्हें दूर से ही थैंक यू कहा और बाथरूम की तरफ़ भाग ली।

और ये बात जैसे ही पूरी हुई, एक ज़ोर का ठहाका गूँज उठा था पूरे हॉल में। मुंबई की आल इंडिया मेडिकल कॉन्फ्रेंस में 'मिस्कंसेप्शन रिलेटेड टू प्रेग्नेंसी एंड कॉन्ट्रसेप्टिव' सब्जेक्ट पर बोल रही थी मैं। और जैसे ही ये क़िस्सा ख़त्म किया। सब मेरी तरफ़ अलग नज़रों से देख रहे थे। कॉन्फ्रेंस की आफ़्टर पार्टी में लगभग हर किसी ने आकर उस क़िस्से का ज़िक्र करते हुए मुझे बधाई दी और कहा कि मैंने उन्हें उनका बचपन याद दिला दिया। पर सबको ये जानना था- 'रोहन कहाँ है आज कल?'

"जी मेरे घर पर बच्चों को सँभाल रहे हैं। और वैसे अपना बिज़नेस सँभालते हैं।"

"व्हॉट? ये आपकी कहानी है? और आप दोनों ने शादी कर ली? पर आपके पति का नाम रोहन नहीं रजत है न?"

एक दूसरी डॉक्टर ने कहा- "और आपका नाम तन्वी नहीं मानवी है!"

हाँ तो जैसे फ़िल्मी कहानियों में होता है, इस कहानी के सभी पात्र काल्पनिक हैं और इनका किसी भी जीवित या मृत व्यक्ति से कोई संबंध नहीं हैं। डॉक्टर मानवी शर्मा इस कहानी से आप सबकी बोरिंग कॉन्फ्रेंस को थोड़ा मज़ेदार बनाने की कोशिश कर रही थी। ये बात मैंने नहीं कही, पर जिसने कहा सबने उस तरफ़ मुड़कर देखा तो खिलखिलाती हुई कमीनी नेहा ख़ड़ी थी, जिसे लोग डॉक्टर निष्ठा मेहरा के नाम से भी जानते थे।

उसने वाइन का गिलास लेकर मेरा हाथ पकड़ा और एक कॉर्नर में ले के आई और बोली- "फिर वही कहानी? तुम अब भी नहीं भूल पाई हो उसे? इतने साल हो गए मानवी?"

हाँ पर लगता है कि मैं अब भी उसी पल में हूँ। वो बाइक एक्सीडेंट। पता है उस दिन रोहन मुझसे मिलने आ रहा था। मेरे मेडिकल एग्ज़ाम के बाद वो मुझे सरप्राइज़ देने वाला था और... इतना बड़ा सरप्राइज़ दे दिया। बट इट्स ओके। वो मुझे डॉक्टर बनते देखना चाहता था। सो हियर आई ऐम!

कमीनी नेहा उर्फ़ डॉक्टर निष्ठा ने ऐसे ही पूछा- "कभी रजत को उसके बारे में नहीं बताया?"

"सब बता दिया। पर उस कहानी के भी सभी पात्र और घटनाएँ काल्पनिक हैं और वहाँ तुम्हारा नाम कमीनी पूजा है।"

हम दोनों इस बात पर हँसे और फिर होटल की तरफ़ निकल पड़े। एक घंटे बाद पैकिंग करके वापस दिल्ली के लिए फ़्लाइट पकड़नी थी।

राहुल- नाम तो सुना होगा!

डॉक्टर के क्लीनिक में हड़कंप मचा हुआ था। नर्सें भाग रही थीं। बाक़ी लोग भी सकते में थे। सबको डर था कि कहीं डॉक्टर साहब ने कोई उटपटांग हरकत तो नहीं कर दी है, क्योंकि राहुल (नाम तो सुना होगा) और उनके हनुमान दल के 4-6 मुस्टंडे कार्यकर्ता धड़धड़ाते हुए क्लीनिक में घुस चले आ रहे थे।

"ऐ, चलो ख़ाली करो। निकलो बाक़ी लोग जल्दी, चलो।"

डॉक्टर मिश्रा उस वक़्त 'पिंटू मोगली' (25) का रूट कैनाल कर रहे थे, वो भागते हुए अपने केबिन में आए और राहुल के सामने हाथ जोड़कर खड़े हो गए।

"क्या ग़लती हो गई है महाराज?"

राहुल ने थोड़ी देर इधर-उधर परेशानी से देखा। साथ वाले लड़के राहुल भैया की दुविधा समझ चुके थे और कुछ ने नज़रें तो कुछ हाथ-पैर दौड़ाने शुरू किए और जब किसी को भी डस्टबिन नहीं दिखा तो एक ने अपनी जेब से ख़ाली पॉलीथिन निकाल के आगे कर दिया। पॉलिथीन में गुटखा थूकने के बाद राहुल ने अपनी आँखों तक आते लंबे बाल को पीछे किए और बोले।

"Dustbin रखा करिए।"

और फिर थोड़ी देर चुप रहने के बाद अपना इंट्रोडक्शन दिया- "By the way, हमारा नाम राहुल है। राहुल राय अवस्थी, नाम तो सुना होगा?"

अगर ये हिंदी फ़िल्म का कोई सीन होता तो यही लिखा हुआ आता- FLASHBACK, क्योंकि कहानी अब शुरू होगी लेकिन थोड़ा पीछे से।

दरअसल अगर ये बात कानपुर की नहीं होती तो और कहीं की नहीं होती क्योंकि ऐसा नाम और डॉक्टर के क्लीनिक में जाकर ऐसी हरकत करने का दिमाग़ या कहिए बदतमीज़ी और ख़ाली टाइम सिर्फ़ कानपुर के लौंडों में ही है।

तो कहानी है कानपुर के शास्त्री नगर इलाक़े की, जहाँ मोहल्ले के ठीक बीच में पड़ता है सेंटर पार्क। पर यहाँ के लौंडे उसे सेंटर पारीक के नाम से पुकारते हैं। आख़िर किसी भी व्यक्ति, वस्तु अथवा स्थान का नाम बिगाड़ना हमारा एक नेशनल टाइमपास जो है।

अपने नाम की तरह ये पार्क असल में ठीक शास्त्री नगर के सेंटर में ही था। लंबाई-चौड़ाई इतनी कि एक मोहल्ला उसमें बस जाए। यही वजह थी कि आसपास के मोहल्ले में ये इकलौता ऐसा ग्राउंड था जहाँ दशहरा पर रावण के साथ कंपनी देने के लिए कुंभकरण और मेघनाद के पुतले भी खड़े कर दिए जाते थे। भाई जगह भी तो इतनी थी। वहाँ सेंटर पारीक में सुबह-सुबह राजन अवस्थी (50) वॉक करने आए थे कि अचानक एक अदृश्य UFO की तरह उड़ती हुई टेनिस की बॉल उनकी छाती से जा टकराई और वहीं अवस्थी जी छाती पकड़ कर बैठ गए। लगा लोग भागते हुए आएँगे, उनका हाल पूछेंगे, मगर कानपुर के खुरपेंची लौंडों की यही ख़ास बात है, लौंडे आए तो मगर अंकल को उठाने नहीं बल्कि गरियाने-

"क्या अंकल! आँखों मे स्टंप घुसेड़ के चल रहे हो क्या जो बाल न दिखी?"

"अच्छा-ख़ासा चौका जा रहा था, रोक दिया।"

"इतना ही पीटी उषा बनने का शौक़ था, तो मॉडल टाउन जाते जॉगिंग करने! यहाँ क्या लौंडों में लौंडा बनने निकले हैं!"

अवस्थी जी अपना-सा मुँह लिये उठे और खिसियाते हुए घर को निकल लिए।

एक 17 वर्षीय लौंडे का बाप होने के कुछ फ़ायदों में से एक ये भी है कि आपका लौंडा अपनी लाइफ़ में इतने लेवल पर फेल होता है कि आप कहीं का ग़ुस्सा कभी भी उस पर तरीक़े से निकाल सकते हैं और मजाल है कि वो

उफ़्फ़ भी कर दे, क्योंकि उसने तो एडवांस में बहुत ग़लतियाँ की होती हैं। बस आपको उन हज़ारों ग़लतियों के ऑप्शन में से एक ऑप्शन चुनना होता है। उस रोज़ जब अवस्थी जी घर पहुँचे तो उनके 17 वर्षीय सुपुत्र, राहुल राय अवस्थी सो रहे थे। बस सारी बुराइयों की जड़, रावण के नाश का कारण, कंस की दुर्दशा और दुर्योधन के पतन का सार, देर तक सोते रहने को बताते हुए, अवस्थी जी ने राहुल को अच्छे से हौंक दिया।

वैसे अवस्थी जी ने इस राहुल के चक्कर में बहुत बड़ी क़ुर्बानी दी थी। कुछ इस बात की भी कोफ़्त होती थी, जिसकी वजह से 2-4 एक्स्ट्रा कंटाप जड़ देते थे।

अब हुआ यूँ था कि मिसेज अवस्थी प्रेग्नेंट अवस्था में हॉस्पिटल में थीं और घर पर ऑफ़िस के वर्कलोड का बहाना करके अवस्थी जी आशिक़ी पिक्चर देखने हीर पैलेस चले गए थे। फ़िल्म में राहुल राय का काम इतना पसंद आया कि सिनेमा देख के बाहर निकलते-निकलते उन्होंने मन में ठान लिया कि अपना नाम बदलकर राहुल राय रख लेंगे। लेदर जैकेट कहाँ से ख़रीदनी है, गिटार कहाँ से सीखना है, एफ़िडेविट किस वकील से बनवाना है। सब तय हो चुका था कि तभी उर्सला हॉस्पिटल से पड़ोस के गुप्ता जी के यहाँ फ़ोन आ गया कि फ़ौरन हॉस्पिटल पहुँचो। और सब कुछ भूलकर जैसे ही वहाँ पहुँचे, अंदर घुसते ही नर्स ने पैसा माँग लिया- "मुबारक हो, बेटा हुआ है।" तो एक आदर्श स्मॉल टाउन बाप का फ़र्ज़ निभाते हुए, अपने सपनों की पोटली लौंडे के कंधे पर डाल दिया और अपना फ़ेवरेट नाम उसके सुपुर्द कर दिया। राजन अवस्थी के सुपुत्र- राहुल राय अवस्थी।

मगर जब तक राहुल राय अवस्थी बड़े होते, तब तक राहुल राय ख़ुद एक्टर्स की दुनिया में बहुत छोटे हो चुके थे। सो राहुल ने राय बनाई कि बीच से राय हटा दिया जाए। राहुल राय अवस्थी में जितने THHUSS साउंड करते हैं सिर्फ़ राहुल अवस्थी में मामला काफ़ी सुधरा हुआ लगने लगता है। वो नया लौंडा क्या नाम है शाहरुख़ ख़ान, वह भी काफ़ी फ़िल्मों में राहुल बन के आया है और लड़कियाँ पगलाई फिर रही हैं। मगर फिर बाप की उम्मीदें, समाज का प्रेशर और नाम बदलवा पाने कि प्रक्रिया को ना जानने की वजह

से वह फ़ीलिंग मन में ही घुटकर दम तोड़ गई। सो राहुल ने धीरे से नाम के आगे राहुल राय अवस्थी के बाद 'नाम तो सुना होगा' लगाना स्टार्ट कर दिया। राहुल की लाइफ़ की बहुत-सी ट्रेजेडी में से ये तो पहली और छोटी ट्रेजेडी थी, इसके बाद जो हुआ वह सब कोहराम हुआ।

17 साल की उम्र का कनपुरिया लौंडा खुड़पेची भी होता है ख़ुराफ़ाती भी। लेकिन इसके साथ-साथ जो एक टैलेंट था इस राहुल राय अवस्थी में, वो थी इसकी तकनीकी दक्षता। यानी कि टेक्नोलॉजिकल ब्रिलियेंस। कंप्यूटर में कुछ भी प्रॉब्लम आने पर 'रीस्टार्ट करके देख लो' ये वाक्य कॉरपोरेट ऑफ़िस के आईटी डिपार्टमेंट वालों से पहले राहुल भैया ने ढूँढ़ा था।

ये बात उस वक़्त की है जब कानपुर शहर इंटरनेट क्रांति की चपेट में बस आया ही था। पाँच मोहल्लों के बीच एक इंटरनेट कैफ़े होता था। और प्रति घंटे की क़ीमत 80 से 100 रुपये तक वसूल की जाती थी।

आशिक़ी हर दौर में होने वाली सबसे बड़ी और लाइलाज बीमारी है इसलिए इस बीमारी के छोटे-मोटे इलाज हर किसी ने जुगाड़ रखे हैं। इंटरनेट कैफ़े वालों ने भी एक छोटा जुगाड़ बनाया था- 'स्पेशल कपल कैबिन', जिसकी दर 100 से 200 रुपये होती थी। लेकिन यहाँ बैठने के लिए couple होना भी ज़रूरी था और आशिक़ी करना उस दौर में बीयर की बोतल दाँत से खोलने जैसा काम था। जिस से खुलता था उससे सब खुलता था और जिससे नहीं खुलता था, उसके कभी मुँह से ख़ून निकलता था तो कभी दाँत टूटता था।

ख़ैर ऐसे ही कॉलेज के एक प्रोजेक्ट के सिलसिले में राहुल को इंटरनेट कैफ़े पर जाना पड़ा। 80 रुपये प्रति घंटे देने के बाद काम 15 मिनट में ही हो गया था। मगर इंटरनेट कैफ़े वाले ने बड़े बोल्ड कैपिटल लेटर्स में चेतावनी को सज़ा के रूप में छाप रखा था- 'इंटरनेट 1 मिनट यूज करो या 1 घंटा, रुपये 80 ही लगेंगे।' और अगर 15 मिनट में राहुल उठ जाता तो ये पैसों की बर्बादी थी और राहुल को पिताजी की बात याद थी कि 'बड़ी मेहनत की कमाई है उनकी, इसलिए पूँजी जहाँ लगाओ, पाई-पाई वसूल के आओ।'

अब राहुल को 45 मिनट वसूलने तो थे। लंबा वक़्त था। लेकिन राहुल ने उस वक़्त को बहुत अच्छे तरीक़े से यूटिलाइज़ किया। याहू चैट MSN

हॉटमेल और रेडिफ़ बोल नाम के नये-नये चैट वाली ये साइट्स पूरे इंटरनेट पर धूम मचाए हुई थी। अक्सर चौराहे पर समोसा ठूँसते हुए लौंडों के बीच ये चर्चा होती थी कि चैट विंडो पर कोई फिरंगी फँसा लो तो वो अपना वेबकैम लगाकर कपड़ा-वपड़ा उतार देती है। पश्चिमी देशों का ये खुलापन लड़के खुले दिल से सराहते थे। और अक्सर अपने देश को बैकवर्ड सोच वाला अविकसित देश बोलकर कोसते थे। उन सभी भैया लोगों की बातों को याद करते हुए राहुल ने फ़ौरन याहू चैट खोलकर ताबड़तोड़ एक आईडी बनाई- 'loverboyRahul', फ़ौरन संदेशा आया कि भाई ये नाम यूज़ हो रहा है ऑलरेडी आप कोई दूसरा नाम ढूँढ़ें। अब ये क्या चिरैंध है यार... ख़ैर। अगले 5 मिनट सही नाम का जुगाड़ करने में चले गए। आख़िर में थक हारकर- 'loverboyRahul_NaamTohSunaHoga' पर बात फ़ाइनल हुई।

अब समस्या ये थी कि चैट किससे की जाए। नाम तो काफ़ी भौकाली और राहुल की नज़र में काफ़ी रोमांटिक भी था। ज़रूरत थी बस एक सिमरन की जो इस राहुल की हो सके।

उस दिन राहुल राय अवस्थी को शायद किसी दैवी शक्ति का वरदान प्राप्त था। चैट आईडी बनने के ठीक 5 मिनट बाद 'angelKomal_shy-girl' के नाम से दोस्ती हो गई। बात शुरू हुई।

Hi!

Hello!

A/S/L plz?

अब यहाँ दिमाग़ चकरा गया राहुल का कि ये कौन-सा GK का सवाल पूछ रही है। ASL क्या होता है। इसे यहाँ full form क्यों पूछना है।

तभी उस तरफ़ से message आया- My ASL is- 18/female/Kanpur

और ऐसे में इंग्लिश मीडियम में पढ़ने वाले राहुल को अपने पिता की दूरदर्शिता पर बड़ा गर्व हुआ कि अच्छा किया पापा ने उसे हाईफ़ाई स्कूल में भेजा जिसकी वजह वो ये बात डिकोड कर पाए की ASL मतलब- age/sex/location होता है। वरना कहीं यूपी बोर्ड हिंदी मीडियम वाला वो

हरिओम पांडे होता तो क़सम से उसकी आज छिछालेदर तय थी।

ख़ैर बात hello/hi से बढ़कर थोड़ी बेतकल्लुफ़ी की ओर बढ़ी तो पता चला कि भाई साहब लड़की तो 4 मोहल्ला छोड़कर विजय नगर की है और इंटरनेट चैट के पहले दिन राहुल राय अवस्थी ने वो प्राप्त कर लिया था जो महीनों की कड़ी तपस्या के बाद कानपुर के हज़ारों तकनीकी आशिक़ नहीं हासिल कर पाए थे।

घंटा पूरा हो चुका था। लेकिन राहुल राय अवस्थी जब अपनी सीट से उठे तो वो ख़ुद को अधूरा महसूस कर रहे थे। क्योंकि उनकी ज़िंदगी का आधा हिस्सा अब angelKomal_shygirl के हवाले हो चुका था और राहुल राय अवस्थी को सच्चा वाला प्यार हो गया था!

प्यार क़ुर्बानी माँगता है और दिन भर का शेड्यूल देखने के बाद राहुल ने तय किया कि ना तो स्कूल चेंज हो सकता है और ना ही ट्यूशन की टाइमिंग, तो क़ुर्बानी क्रिकेट मैच की दी जाएगी।

जो लड़का रोहित शर्मा या विराट कोहली बन के इंडियन टीम के ड्रेसिंग रूम में बैठ सकता था वो इंटरनेट कैफ़े में बैठा था।

ख़ैर उस रोज़ के बाद हर रोज़ स्कूल और ट्यूशन के बीच में angel-Komal_shygirl से दोस्ती को रिश्तेदारी (प्यार) में बदलने की बातें होंगी, ये तय हुआ। लेकिन प्यार करना आसान था क्या! पहले ही दिन चिकाई हो गई। मतलब बड़ा वाला धोखा हो गया बे। पूरा एक घंटा याहू चैट पर झक मराई लेकिन Shy Girl Komal का कहीं पता ना चला। का बात हो गई? कल तो ऐसी कौनो बात भी नहीं कही थी। लड़की काहे के लिए आज चैट पर नहीं आई! राहुल की पूरी शाम और रात का काफ़ी लंबा हिस्सा इस प्रश्न के साथ बीता कि आख़िर ग़लती कहाँ हुई जो लड़की वापस पलटी नहीं।

वह शाहरुख़ ख़ान की पिक्चर में देखा था- कि अगर लड़की पलटी मतलब गुरु बात बन गई है। यहाँ मामला झंड हो गया था।

अगले दिन ट्यूशन में बैठ के टीचर की बात में Concentrate करने की कोशिश कर रहे थे कि किसी ने स्कूल के बाहर वाले गणेश पंडाल में 'तेरे दर्द से दिल आबाद रहा' चला दिया। राहुल ने जैसे-तैसे अपने टूटे हुए दिल

को क़ाबू किया और अपने आँसुओं को पी गया, मगर क़िस्मत में जो लिखा था वो हुआ। अगला गाना किसी हरामख़ोर ने 'तू, मेरी ज़िंदगी है' लगा दिया। फिर बस भवनाओं का बाँध कब तक रुकता। जैसे ही वो लाइन आई- 'तू ही मेरी पहली ख़्वाहिश तू ही आख़िरी है', आँसुओं की धार बह गई। लोग समझ नहीं पाए हुआ क्या है। अब राहुल को गाना तो आता नहीं था वरना कह देता- 'दिल जब से टूट गया, कैसे कहें कैसे जीते हैं।'

ख़ैर, जैसे-तैसे रात गुज़री। बुख़ार का बहाना करके अगले दिन स्कूल नहीं गए और जैसे ही शाम आई, भागते हुए पहुँच गए इंटरनेट और चढ़ बैठे सिस्टम पर। आज सोचा था कि अगर कोमल नहीं आई तो दिल कठोर करके उसे 2-4 माँ-बहन की गाली लिखेंगे और राम-राम कर लेंगे। लेकिन ये क्या, जैसे ही चैट विंडो खुली, दे-दना-दन ऑफ़लाइन मैसेज टूट पड़े उनपे। राहुल राय अवस्थी हक्का-बक्का हो गए थे। जिसको गारियाने के मूड से आए थे, उसके मान-मनव्वल, मिन्नत-चिरौरी से भरे उन शब्दों में ऐसी अपील थी कि राहुल राय अवस्थी पिघल गए। और यहाँ से शुरू हुई इंटरनेट चैटिंग पर सच्चे वाले प्यार की एक अमर प्रेम कथा!

अब राहुल को भी ये समझ आ गया था कि ऑनलाइन चैट न हो पाए तो आकर ऑफ़लाइन मैसेज या ईमेल की जा सकती है। तो हर शाम उनका एक घंटा कैफ़े में बीतने लगा। उधर शाई गर्ल कोमल के भाई DEVIL_Bablu के बर्थडे पर पिताजी ने घर में इंटरनेट के साथ कंप्यूटर लगवा दिया था, तो कोमल की तरफ़ तो मामला ग़ज़ब हो गया था। घर बैठे फ़्री में मैसेज, ईमेल, चैटिंग सब हो सकता था। मगर इधर राहुल का रोज़ इंटरनेट पर एक घंटा और 80 रुपये का दौर इतना लंबा खिंचा कि घर के दो गुल्लक फूट चुके थे। अम्मा के पर्स से तीन बार सौ के नोट और पापा की पॉकेट से 500 के दो बड़े नोटों की डकैती भी डाली जा चुकी थी। घर के राशन से बचने वाला चिल्लर भी इस लूटमारी में ही तबाह हो जाता। कुल मिलाकर इश्क़ राहुल राय अवस्थी को हर तरह से महँगा पड़ रहा था। और ऊपर से हिंदी टाइपिंग ना आने की वजह से कई बार रोमन में जो लिखते उससे अर्थ का अनर्थ हो जाता था। उदहारण के तौर पर एक बार राहुल ने विनती की और कहा कि-

"किसी दिन रात में मिलो ना। और घबराओ मत। बाद में अच्छे से छोड़ देंगे।"

छोड़ देंगे की इंग्लिश स्पेलिंग में C के बाद दो H लगते हैं लेकिन अगर एक H कम हो जाए तो अर्थ का अनर्थ हो जाता है और उसका मतलब भी बहुत अश्लील हो जाता है। जो उस वक़्त राहुल ने ध्यान नहीं दिया। इस एक वाक्य ने तबाही मचा दी थी राहुल और कोमल के रिश्ते में।

और फिर शाई गर्ल कोमल को मनाने में तीन दिन और 240 रुपये की चपत लगी। बस फिर क्या, अगली ईमेल वाली चिट्ठी में फिर राहुल ने कोमल को साफ़ कह दिया कि या तो अपने यहाँ का लैंडलाइन नंबर दो जिस पर फ़ोन करके बात हो सके या अपने घर का एड्रेस, ताकि घर के नीचे आकर उसे देख सके, उससे मिल सके। पूरे दो दिन लेकर कोमल का जवाब आया कि फ़ोन नंबर तो मुश्किलें बढ़ा सकता है शनिवार को अगर आ सकते हो तो आ जाओ सब बाहर जाएँगे। तब गली के नुक्कड़ पर प्रेस वाली दुकान के बग़ल में मिला जा सकता है।

मेल मिलते ही पहली बार कीबोर्ड पर बुलेट ट्रेन जैसे दौड़ने वाली राहुल की उँगलियाँ एकदम थम-सी गई थीं। ख़ुशी में पेट के अंदर ऐसी मरोड़ उठी कि बग़ल के सिस्टम वाले अंकल जी ने पूछ भी लिया-

"बेटा गैस हो तो हिंगोली खाकर सुलभ शौचालय हो आओ। यहाँ वायु प्रदूषण मत फैलाना नहीं तो कंटाप धर देंगे।"

पर अंकल गए तेल लेने। यहाँ माशूक़ा की चिट्ठी में साफ़ निमंत्रण आ चुका था मिलने का। राहुल ने फ़ौरन हामी भर दी और एक लंबा मेल लिख डाला, जिसमें अपने दिल का हाल, पहले दिन से आज तक के प्यार वाले सफ़र की summary और अपनी शनिवार की ड्रेस कोड की फुल डिटेल भेजी। तय हो गया था कि शनिवार को वही शर्ट-पैंट पहनेंगे जो इस बार दिवाली पर पापा ने लक्ष्मी पूजन में पहनने के लिए बनवाई थी। आख़िर रेमंड का कपड़ा था, परफ़ेक्ट मैन की निशानी। उधर ख़ुश तो shy girl Komal भी थी और इसी ख़ुशी में मेल को कम-से-कम 10 बार पढ़ लिया और फिर शानिवार की तैयारी में लग गई।

शनिवार की सुबह पूरी अलमारी तहस-नहस करने और झींगुर को भगाने वाली सफेद गोली की दुर्गंध से almost बेहोश होते-होते बचने के बाद भी राहुल को वो नयी वाली पैंट-शर्ट नहीं मिली। तभी अम्मा ने आकर घुड़का, "काहे अलमारी पलट डाली है, नाशपीटे। चाहिए क्या वह बताएगा ज़रा?"

और मुस्कुराते हुए राहुल राय अवस्थी ने अपनी शर्ट-पैंट की इन्क्वॉयरी की। पता चला कि वो तो पापा की वीआईपी वाली ब्रीफ़केस में अलग से प्रेस करके रखी है, अगले महीने मामा के बेटे की शादी है उसमें पहनने के लिए। माँ ने पैंट-शर्ट की लोकेशन के साथ एक धमकी भी चिपका दी, "अभी पहन के गंदी कर दी तो तुम्हारे पापा खाल उधेड़ देंगे।"

मगर राहुल ने shy girl Komal को वादा जो दिया था। बड़ी ज़िद करके और विद्या क़सम खाके वो शर्ट-पैंट निकलवाई। बहाना था कि उनके बेस्ट फ्रेंड रोहन का बर्थडे है, जो अमीर है और नया-नया बेस्ट फ्रेंड बना है, जिसके बारे में माँ या पापा को नहीं पता। उसकी पार्टी में शरबत की जगह कोल्ड ड्रिंक और समोसे की जगह पिज़्ज़ा होगा, जो कि कानपुर के इतिहास में पहली बार हो रहा है। इसलिए ऐसी पार्टी में आज सज-धजकर जाना अनिवार्य है। पिज़्ज़ा और कोल्ड ड्रिंक के नाम पर पिघलकर अम्मा ने राहुल के लिए नए कपड़े पहनना अलाउ कर दिया।

घर से सजकर निकले राहुल राय अवस्थी ने एक बार फिर से shy girl Komal द्वारा भेजी गई ई-मेल को मन-ही-मन में रिवाइज़ किया जिसमें विजय नगर चौराहे से लेकर घर तक पहुँचने का नक़्शा था। नक़्शा कह लो या एक तरह का ट्रेज़र-हंट प्रोग्राम बनाया गया था। सबसे पहली हिदायत थी कि चौराहे से आगे बढ़ते ही दाहिने हाथ के पेट्रोल पंप से तीन गली छोड़कर बाएँ मुड़ जाना। अंदर शिव मंदिर मिलेगा, उसके ठीक सामने वाली गली में 100 क़दम अंदर जहाँ एक मैनहोल का ढक्कन खुला है और उसमें एक लंबा-सा बाँस पड़ा है। कभी-कभी गली के लौंडे अगर पतंग लूटने के लिए बाँस लेकर जाते हैं तो कंफ़्यूज़ मत हो जाना कि बाँस वाला मेनहोल कहाँ है। वो वहीं है, तुम बस उसके ठीक सामने से अंदर जाती हुई गली में मुड़ जाओगे तो चौथा वाला पक्का मकान हमारा है। तीन मंज़िला मकान है, बाहर लोहे के

गेट पर कुत्तों से सावधान लिखा होगा, वही वाला गेट है। हमारा मकान नंबर 116 /442 है।

जैसे-तैसे साइकिल लेकर राहुल राय अवस्थी गली के शिव मंदिर से अंदर मैनहोल तक पहुँच चुके थे। पहली बार लड़की के सामने साइकिल से जाना ठीक नहीं, इसलिए साइकिल खंभे से बाँध के पैदल चलते हुए 116/442 नंबर का मकान ढूँढ़ने में व्यस्त थे कि तभी पीछे से एक पान खाए हुए लौंडे ने आकर बिना कुछ बोले कंटाप मार दिया। बौखलाए राहुल इससे पहले कि कुछ कर पाते अचानक मधुमक्खी जैसे तीन-चार और लौंडे उन पर टूट पड़े और अगले 10 मिनट में आँखों के सामने फुल अँधेरा छाया हुआ था। आँख खुली तो राहुल राय अवस्थी के शरीर का हर हिस्सा ऐसे जल रहा था जैसे किसी ने गर्म सरिया छुआ दिया हो। ऐसे में अचानक कानों में एकदम विलन टाइप का एक डायलॉग सुनाई दिया- “आइंदा मोहल्ले में दिखे तो मारेंगे नहीं मार देंगे, दो पैरों पर आए हो चार कंधों पर जाओगे।”

और सुन्न पड़ चुके दिमाग़ पर ज़ोर देकर राहुल राय अवस्थी ने सोचा, तो समझ आया कि ये साले तो जान से मारने की धमकी दे रहे हैं। लेकिन क़सूर क्या है और ये हैं कौन? ऐसा कोई नो एंट्री का बोर्ड भी नहीं। तभी दूसरा डायलॉग आया- “कोमल ने जो किया वो बचपना था, पर तुम साले घोड़े जैसे होकर भी इतनी औक़ात रखते हो कि हमारी बहन छेड़ने आ गए!”

तीसरा डायलॉग सुनने में आया कि- “अच्छा हुआ सही वक़्त पर कोमल से इनकी डिटेल मिल गई।”

और यही डायलॉग था इस कहानी का एक अनदेखा पहलू। दरअसल एक बुज़ुर्ग ने सही कहा है- “अति का भला ना बरसना, अति की भली ना धूप।”

जब मिलने की बात पक्की की गई और शनिवार का दिन पक्का किया गया तब अतिउत्साहित होकर कोमल ने मेल तो पढ़ा लेकिन मेल लॉगआउट नहीं किया। और फिर उस मेल में राहुल राय अवस्थी और shy girl komal का प्रेम इतिहास, devil_bablu ने पढ़ लिया। इसलिए राहुल के इस मिलन समारोह का इंतज़ार shy girl komal से ज़्यादा devil_bablu

और उनके छह मुस्टंडे दोस्तों को था, जो आज के दिन के लिए तैयारी के नाम पर डंडों के साथ तीन-चार south Indian डब की हुई फ़िल्में देख के बैठे थे।

राहुल ने उस वक़्त घूरकर देखा था devil_bablu को- 'तो ये है कोमल का भाई, जो हमारा साला होते-होते रह गया।'

शास्त्रों में जीजा जी का जूता चुराए जाने की बात लिखी गई है, उन पर जूता चलाने की नहीं। पर इस समय शास्त्रों की बात होती तो शायद शस्त्र उठ जाते। राहुल को ये बात कुरेद रही थी कि कोमल ने इस आकस्मिक हमले का विरोध क्यों नहीं किया। क्यों नहीं बताया अपने भैया को कि ये प्यार की आग दोनों तरफ़ बराबर थी। इतना बड़ा धोखा, इतनी बड़ी बेवफ़ाई! साला बाई गॉड दिल टूट गया राहुल का। devil_bablu को घूरते हुए राहुल के मन में एक ही बात आ रही थी कि- 'साला गाली भी होती है और रिश्ता भी', लेकिन इस समय उस बब्लू को देखकर रिश्ता नहीं गाली वाले जज़्बात बाहर आने की फ़िराक में थे। पर दिल को समझाकर और सभी मुस्टंडों और परिस्थिति का आकलन करने के बाद मन-ही-मन 'तेरी गलियों में ना रखेंगे क़दम आज के बाद' गाते हुए राहुल गली से बाहर निकलने लगे। अचानक एक खुरपेची टाइप के devil_bablu के मुँहलगे दोस्त ने आवाज़ दी, "सुन बे चिरकुट इधर आ।"

राहुल अवस्थी मुड़ा तो उनके सामने 'कुत्ते से सावधान' वाला बोर्ड था और उसके बग़ल में खड़ा ये devil_bablu का मुँहलगा दोस्त। ये शायद क़ुदरत का इशारा था, जिसे राहुल समझ नहीं पाया। अभी वह कुछ कहता, उससे पहले हरामख़ोर लौंडे ने आकर उनके मामा के बेटे की शादी में पहने जाने वाले शर्ट को खींचा और लो भैया हो गए दो टुकड़े।

आज शरीर की एक दो हड्डियाँ टूटी होतीं तो इतना ना दुखता जितना फटी शर्ट का दर्द था। साथ ही इस फटी शर्ट के साथ घर जाने में भी फट रही थी क्योंकि वहाँ भी पिछवाड़ा टूटना तय था। पर दुख की इस घड़ी में भी एक ख़याल था जो राहुल को परेशान किए पड़ा था- 'कोमल ने धोखा दे दिया बे। अपने भाई को बता के पिटवाया। ख़ुद सामने भी नहीं आई। तो मतलब

ये सब उसका टाइमपास था।' दर्द की इस पराकाष्ठा में राहुल के अंतर्मन से एक चीख़ निकली- "प्यार मोहब्बत धोखा है- अब भी पढ़ लो मौक़ा है।"

मोहब्बत का जनाज़ा अपने कमज़ोर कंधों पर उठाए भारी क़दमों से वो वहाँ से निकल गया और क़सम खाई की माँ की आँख ऐसे सच्चे वाले प्यार की। आज के बाद ना तो प्यार का नाम लेंगे, ना किसी को प्यार का नाम लेने देंगे। धूम्रपान के साथ-साथ इश्क़ भी स्वास्थ्य के लिए हानिकारक है, ये बात अपने मन में बैठाकर राहुल राय अवस्थी ने फ़ैसला लिया कि अब वो प्रेम के ख़िलाफ़ जंग छेड़ेगा। और बस ज्वॉइन कर लिया लौंडे ने हनुमान सेना।

हनुमान सेना आशिक़ों के ख़िलाफ़ कुंठित और फ्रस्ट्रेटेड लोगों का ऐसा समूह है जिनका काम प्रेमी जोड़ों को पकड़ के मुर्ग़ा बनाना और थप्पड़ मारना है। प्रेम शब्द से इतनी नफ़रत है इन्हें कि अक्सर चौराहे पर लौंडों को पकड़-पकड़कर कुकड़ू-कू कराते हैं। ऐसे ही संगठन के सबसे जुझारू कार्यकर्ता के रूप में राहुल राय अवस्थी ने काफ़ी प्रसिद्धि पा ली। पहले जैसे चैट रूम में कंप्यूटर पर हाथ चलता था वैसे ही गुटके पर दाँत चलने लगे दे पचा-पच। और प्रेमी जोड़ों पर कंटाप!

तीन महीने में तीन बार बेस्ट कार्यकर्ता का अवॉर्ड मिल चुका था। दिलजले आशिक़ का दर्द कहो या कोमल की बेवफ़ाई। राहुल राय अवस्थी बदल चुके थे। सच में अगर आदित्य चोपड़ा इस कनपुरिया राहुल राय अवस्थी के साथ फिर से 'दिल तो पागल है' फ़िल्म बनाना चाहते, तो इस बार फ़िल्म का नाम 'रहुलवा पागल है' होता और ये माधुरी-करिश्मा के साथ नाचने-गानेवाले हीरो नहीं बल्कि नाचने-गानेवाले लड़कों को दौड़ा-दौड़ाकर मारने वाला पागल आदमी होता।

ख़ैर पूरे कानपुर में राहुल राय अवस्थी हनुमान सेना वाले का आतंक फैल चुका था। और 50-50 कोस दूर जब कहीं कोई आशिक़ आई लव यू बोलता, तो लड़की कहती- 'बेटा भूल जा मुझे वरना राहुल आ जाएगा।' ऐसे आतंकित माहौल में एक दिन राहुल को पार्टी वालों ने सेना की नयी वेबसाइट बनाने का काम सौंपा। ऑफ़िस में नया कंप्यूटर, इंटरनेट लगाया गया और राहुल जी को दे दिया गया प्राइवेट केबिन। आज महीनों बाद कंप्यूटर स्क्रीन पर वापस लौटे

थे। ऐसा लगा जैसे पुराना तार छेड़ दिया किसी ने। सूने गलियारों में अचानक जैसे कोई चले और सूखे पत्तों के किरकिराने की आवाज़ आए, वैसे ही पुरानी बातें दिमाग़ में उठने लगी। मन को लाख रोका लेकिन फिर अचानक जाने क्या सोच के अपनी याहू आईडी ओपन कर ही दी। बड़ी शिद्दत से कोमल को ढूँढ़ा। लेकिन कोई मैसेज नहीं मिला, अकाउंट भी Deactivate हो चुका था। मन को हल्का-सा बुरा टाइप का फ़ील हुआ लेकिन तभी राहुल का दिल धक से रह गया। अचानक एक फ्रेंड रिक्वेस्ट दिखी चैट की, नाम था AngelPriya_Papakipari. और लिखा था- Hi A/S/L Plz ?

मतलब इतनी फ्रैंक लड़की बात करने की कोशिश कर रही है! फिर क्या था। राहुल बिना कुछ बोले उठे, पार्टी हेड के केबिन में गए। एक पेपर और नये वाले केबिन की चाभी पकड़ाते हुए भैया जी से कहा- "ये लो इस्तीफ़ा हमारा और ये रही केबिन की चाभी।"

भैया जी समझ चुके थे कि इरादा पक्का है, उन्होंने गुटखे का पाउच आगे सरकाया, मगर राहुल ने मना कर दिया। भैया जी हैरान, राहुल जाने लगा तो भैया जी ने पूछा, "ऐसा क्या हो गया बे?"

राहुल राय अवस्थी रुके, मुड़े, मुस्कुराए और दबी जबान से बोले- "सच्चा वाला प्यार हो गया है हमें। फिर से!"

फ़्लैशबैक समाप्त।

और बस इसी वजह से अभी राहुल राय अवस्थी दल बल के साथ दाँत के डॉक्टर के क्लीनिक आए थे कि गुटखे से दाँतों में जो गेरुआ इंद्रधनुष बन गया है, वो साफ़ कर दें। चैट बॉक्स में नयी DP यानी की Display Picture लगानी है।

ईद मुबारक

22 जुलाई 2019 को चंद्रयान-2 हमारे देश से चाँद को जीतने के लिए सफलतापूर्वक उड़ चला। और उसी के साथ हम चाँद को थोड़ा और नज़दीक से जानने के क़ाबिल हो गए।

पूरे हफ़्ते भर इस बात को लेकर ऑफ़िस में चर्चा हुई थी कि आख़िर इस चंद्रयान के चंद्रमा पर पहुँचने से क्या फ़ायदे होंगे। और फ़ायदे होंगे भी या टैक्स पेयर्स का पैसा यूँ ही मौज में उड़ाया जा रहा है। ख़ैर ये अपने-आप में एक अलग चर्चा है। हम तो फ़िलहाल चाँद की बात करने के मूड में हैं।

वैसे अजीब बात है। बचपन में जिस चाँद को मामा कहते हैं, जवानी में उसी चाँद को महबूब मानकर शायरियाँ गढ़ते हैं। और बुढ़ापे में सौर-मंडल का सिर्फ़ एक तारा बोलकर पल्ला झाड़ लेते हैं।

इसी चाँद को देखकर बचपन में नींद आती थी और जवानी में इसी चाँद को देखकर नींदें उड़ जाती हैं।

अच्छा वो वाली ख़ुराफ़ात याद है कि फ़ोन करके अपनी वाली को बोलना की सुनो तुम जहाँ भी हो जल्दी से चाँद की तरफ़ देखो। और हम भी देखेंगे। इसी तरह दोनों एक-दूसरे को देखेंगे। क़सम से आज किसी लड़की से ये बात बोल दो तो नंबर ब्लॉक कर दे आपका कि कैसा अजीब गँवार आदमी है। कैसी Non scientific बातें करता है। मतलब सही बात है। गए वो ज़माने जब प्यार में रोमांस और मैजिक चला करता था, आजकल सिर्फ़ लॉजिक चलता है। और कोई भी बात ऐसी बकैती में करने की कोशिश की तो फट से ब्लॉक। वैसे भी मेल-फ़ीमेल रेशियो हमारे देश में 1000/910 है।

मतलब हर मर्द के पास एक पूरी अपनी वाली मोहब्बत भी नहीं। तो ऐसे में क़दम गुरु बहुत फूँक-फूँककर उठाने पड़ते हैं।

ख़ैर बात चाँद की हो रही थी तो बता दें कि आज तक सबसे ज़्यादा शायरी और ग़ज़ल भी चाँद को लेकर पढ़े हैं मैंने।

अरे ये लो, अपना तआरुफ़ तो करवाया ही नहीं आप लोगों से। और अपनी बात चालू कर दी। ख़ैर, ये बताइए। कभी ऐसे बंदे से मिले हो जो दुनिया के बनाए हर क़ायदे-क़ानून को इस क़दर फ़ॉलो करता रहा कि अब ज़िंदगी उसी क़ानून की क़ैद बनकर रह गई हो। दरअसल हम वही हैं, ज़िंदगी की क़ैद में तड़पते। ज़िंदगी के क़ानून को निभाते एक बाग़ी। जिसकी बग़ावत सिर्फ़ उसके शब्दों तक सिमित है। तो बाक़ी सब भूलकर इतना जान लो कि हम एक मामूली से इंजीनियर हैं, जो हर रोज़ अपनी 10 से 6 की नौकरी में तीन घंटे ओवर टाइम करता है ताकि ऑफ़िस की वो कड़वी कॉफ़ी और फ़्री वाले बिस्किट के सहारे शाम वाले नाश्ते का पैसा बचा सके।

और इस ओवर टाइम वाले तीन घंटे में मैं अपने सारे पुराने फ़्लैशबैक को याद करके अपना हाले-दिल लिखा करता था। और अपने इस ओवर टाइम वाले writing hour की ही बात है जब हमें कविताएँ लिखते हुए ये अहसास हुआ था कि करवा चौथ और ईद जैसे दो मुकम्मल त्योहार हमने इस चाँद के सुपुर्द कर रखे हैं।

तो भाई कल रात 9 बजे जब ऑफ़िस का गेट बंद करके वॉचमैन का सैल्यूट पाकर ख़ुद को Important फ़ील करते हुए मेट्रो पकड़ने के लिए दौड़ रहा था, तभी निगाह ऊपर आसमान की तरफ़ गई। और भाई साहब चाँद दिख गया। ख़याल आया कि आज दोपहर ही तो मेरे दो कलीग अशरफ़ और सरफ़राज़ इसी बात को लेकर शर्त लगा रहे थे कि चाँद आज निकलेगा या कल। ईद कल मनाई जाएगी या परसो। तो लो भाई साहब चाँद से बादल और इस सवाल से परदा हट चुका था। और बात पक्की हो गई थी कि कल ईद है।

मेट्रो स्टेशन पहुँचते-पहुँचते 9:30 बज चुके थे। मेट्रो में इस वक़्त भीड़ थोड़ी कम हो जाती है इसलिए पानीपत की जंग लड़ने जैसा फ़ील नहीं आता और थोड़ा स्मार्टनेस दिखाकर जल्दी से डब्बे में अंदर घुस लो तो बैठने के

लिए सीट मिल ही जाती है। सुकून के साथ सीट पर बैठ तो गए, पर राजीव चौक से द्वारका तक की मेट्रो यात्रा एक लंबा सफ़र है। मतलब मेट्रो है तो क्या हुआ, टाइम तो लगता ही है। फ़ोन निकाल के फ़ेसबुक चेक किया। वहाँ कोई नहीं था। Instagram का पासवर्ड भूल गए हैं, इसलिए वो ओपन नहीं हो रहा। ट्विटर ज़्यादा समझ नहीं आता। फिर एक-दो यूट्यूब वीडियो चलाने की कोशिश की, पर बफ़रिंग में इतना वक़्त लग रहा था कि मूड ख़राब। NETFLIX, अमेज़न PRIME पहले था पर अब दोस्तों ने पासवर्ड बदल दिया है और नयी Login ID बता नहीं रहे। मेट्रो भी इतनी तेज़ चलती है कि बिजली के खंभे भी नहीं गिन सकते। मतलब टाइमपास का कोई ज़रिया नहीं बचा है। ऐसे में ख़याल आया कि सबको व्हॉट्सएप्प पर ईद की बधाई दे दें। ग़लती से भी उसमें से कोई जवाब दे देगा तो दो-चार गप्पे मार लेंगे। वक़्त कट जाएगा।

तो बस सभी दोस्तों को ईद मुबारक का मैसेज व्हॉट्सएप्प करते हुए यूँ ही ही ख़याल आया कि बचपन में ईद को कभी कोई ख़ास तवज्जो नहीं दी थी हमने। मतलब भले ही हमें राष्ट्रवादिता की रस्सी में बाँधने के लिए, क्लास में हर रोज़ सुबह संकल्प के नाम पर वो खौफ़नाक लाइन बुलवाई जाती थी–

"INDIA IS MY COUNTRY AND ALL INDIANS ARE MY BROTHERS AND SISTERS."

और भले ही राष्ट्रवादिता के जोशो-जनून में हम मन-ही-मन (सभी भारतीय हमारे भाई और बहन हैं [एक को छोड़कर]) बोलकर ये लाइन दोहराते ज़रूर थे लेकिन दिल से ये बात मान नहीं पाए। तभी ईद और बाक़ी ऐसे नॉन हिंदू त्योहार बड़े अजनबी लगते थे। ऊपर से UP के ब्राह्मण परिवार में पैदा होने की वजह से ईद और ईद मनाने वाले मुसलमान भाइयों को तो कभी भी मुबारकबाद नहीं दी। उल्टा दूर रहने कि हिदायत अलग मिली हुई थी जिसका पालन अति आवश्यक था। और हमने भी वो किताबें पढ़ ली थीं इतिहास वाली, कि मुग़लों ने हमपे हमला किया था। मुग़लों ने बड़ा आतंक मचाया था। मुग़लों ने ये, वो, फलाना, ढिकाना आदि। इसलिए अब जब मुग़लों ने इतना सारा कलेश पहले से किया पड़ा है तो भुगतो!

बँटवारा साफ़ सीधा हो रखा था और हम भी बचपन से यही सीख लेकर

बड़े हो रहे थे कि संस्कृत अपनी है उर्दू उनकी। केसरिया रंग अपना है हरा उनका। बादाम-काजू हमारा खजूर उनका। स्टील के ग्लास में पानी हम पिएँगे और बाहर रखा काँच का ग्लास उनके लिए है।

ये हर ब्राह्मण घर की कहानी है कि मानवता की रक्षा करने के लिए हम अपने घर आए किसी भी इंसान को ऐसे प्यासा तो नहीं जाने देंगे। पर धर्म की रक्षा भी ज़रूरी है साहब। तो इसलिए बाहर काँच का ग्लास रख दिया जाता है कि मान लीजिए भरी दुपहरिया कोई ड्राइवर या रिक्शा वाला या मज़दूर हमारे किसी काम से घर आया और ग़ैरमज़हबी निकला तो उसे इसी ग्लास में पानी पिलाया जाएगा।

यानी सदियों से हुए उस मज़हबी बँटवारे को निभाना हमारा ब्राह्मण swag और संस्कारी quotient दोनों बन चुका था।

ऐसे में, खीर खाने वाले त्रिपाठी जी के लौंडे की ज़बान ने फिरनी और सेवईं का स्वाद चखा। मतलब अगर अभी कोई संगीतकार इस परिस्थिति पर कोई धुन बजाना चाहे तो वो बहुत ही रोमांटिक-सी होगी क्योंकि ये परिस्थिति उत्पन्न ही तब हुई जब हमारी IIT कोंचिग क्लास में आई शहज़ादी उम्मुल हया, In Short हया, जिन पर हमको बेहया टाइप क्रश हो गया।

यही कोई जुलाई का महीना था। शहर में बारिश का मौसम ज़ोरों पर था इसलिए उस दिन जब वो आई थी तो बाल थोड़े गीले-से थे, जिन्हें बड़े प्यार से एक तरफ़ रखा था हया ने। मुझे उस एक पल में बस यही लगा था कि क्या ये सच में IIT तैयारी करने आई है या सबका IIT पेपर बिगाड़ने। कहीं ये दूसरी कोचिंग क्लास चलाने वाले बंसल, बिश्नोई या गुप्ता जी की प्लांट की हुई कोई एजेंट तो नहीं! जो यहाँ आकर सारे लड़कों का ध्यान भटकाने वाली है ताकि यहाँ के विश्वामित्रों की IIT एक्ज़ाम की तपस्या भंग हो जाए और टॉपर कोई दूसरी कोचिंग वाला निकले। सवाल कई थे मन में, पर उनके साथ एक पक्का वाला फ़ैसला भी था कि गुरु ये एजेंट हो या स्टूडेंट फ़र्क़ नहीं पड़ता, पर आज के बाद हमारी वन एंड ओन्ली परमानेंट वाली ज़रूर है। मतलब ऐसा विभत्स, विकराल और भयानक वाला घनघोर क्रश था कि हमारी धमकी सबको दी जा चुकी थी और सारे बैकबेंचर्स इस मामले से अपने क़दम

पीछे खींच चुके थे। सर्व-सम्मति से वो निर्विरोध कोचिंग क्लास की भाभी मान ली गई थी और हम मन-ही-मन हया के लिए अपना धर्म परिवर्तन और नाम परिवर्तन कर चुके थे।

बचपन से हमने हर काम को सिस्टम से करते हुए पूरा करना सीखा था। हया से इश्क़ भी हुआ तो ये नहीं सोचा कि उसके साथ ज़ोर-ज़बरदस्ती करें। नहीं भाई नहीं। प्यार में फ़ना होने वाले आशिक़ हैं। महबूब की मर्ज़ी के बग़ैर कुछ नहीं होगा, इसलिए तय किया था कि बदलाव हमारी दुनिया में ही होना चाहिए। हया को क्यों कष्ट देना। तो फिर तय रहा कि चलो नाम, धर्म, दिनचर्या, ड्रेसिंग सेंस जो कुछ भी बदलना है हम ही बदलेंगे। ऐसे में दोस्तों में डिस्कशन हो चुका था। पठानी तो पहनने में कोई प्रॉब्लम भी नहीं है। जँचता है हम पर। नाम में भी काफ़ी उठापटक के बाद शहनवाज़ और शाहिद ये दो लास्ट ऑप्शन दिए गए थे जिसमें मेरा पर्सनल फ़ेवरेट शाहिद था क्योंकि मोहल्ले की एक-दो फ्रैंक टाइप की भाभियों ने फ़िल्म इश्क़-विश्क़ देखने के बाद हमारी हेयर स्टाइल और हरकतें दोनों को शाहिद कपूर से मिलता-जुलता बताया था।

...तो यहाँ से शुरू हुई थी हमारी मोहब्बत की कहानी।

उस दौर में सब कुछ गीत और ग़ज़ल जैसा लगता था। कोचिंग जाना मौत नहीं मज़ा था। साइकिल चलाते नहीं उड़ाया करते थे। क़मीज़ को पानी छिड़ककर दो-दो बार प्रेस करके पहनते थे। छुपके पापा के रेज़र से उल्टी दाढ़ी बनाते थे। और तो और, अचानक से उर्दू ख़ासमख़ास हो चली थी हमारी। हर शायर को सुनते। हर अख़बार और किताब से सीखते। क्योंकि महज़ उर्दू की दो लाइन बोल देने से हया ऐसी बेलाग-सी हँसी हँसती थी कि बस मानो ज़िंदगी को मायने मिल गए हों।

पिताजी इंजीनियर बनाने के लिए IIT की कोचिंग भेज रहे थे। और हमारा एकमात्र लक्ष्य साला हया की हँसी की वजह बनना हो गया।

आपने कभी ग़ौर किया है ? इश्क़ न, एक लंबी चलती हुई सड़क जैसा होता है जिसके सफ़र में कई मोड़ आते हैं। हमारे वाले इश्क़ में भी आया। उस

दिन मेले में छल्ला फेंककर 6 साबुन जीते थे हमने, लक्स के। उनको आधे दाम में केसरवानी परचून वाले को बेचने के बाद हमारे हाथ 24 रुपये लगे थे। हम चार दोस्त थे। इसलिए तय हुआ कि चारों लोग चलके 5-5 रुपये की टिकिया खाएँगे। और बाद में बचे हुए चार रुपये से बिग बबूल च्विंगम खाते हुए घर लौटेंगे। वैसे पसंद हम सबको सेंटर फ्रेश ज़्यादा था लेकिन उसमें वो गुब्बारा नहीं फूलता था जो बिग बबूल वाले में फूलता था। और भाई हमारी ज़िंदगी में और कुछ हो ना हो Swag बहत ज़रूरी था।

तो पंडित जी की देसी चाट भंडार से एक-एक प्लेट चाट चाटने के बाद मग्गे से पानी पी रहे थे कि तभी उसमें से एक दोस्त ने फुल Conviction के साथ ये बात कह डाली कि हया के लिए धर्म परिवर्तन में नाम ही नहीं, अंग-भंग भी होगा।

अब जब इश्क़ का भूत सर पर सवार हो तो आदमी पीछे हटने की बात सोचता ही नहीं। चौड़े होकर हमने बोल दिया। अबे बड़े-बड़े उर्दू के शायरों को पढ़ रहे हैं आजकल। और उन्होंने पहले ही आगाह कर दिया है कि इश्क़ आग का दरिया है और डूब के जाना है। तो जो होगा देख लेंगे।

हमारी इस बात पर बाक़ी तीन जमके हँसे। एक ने बत्तीसी दिखाते हुए हमारे कान में आके मच्छर जैसे जो भुनभुनाया, उसका सार ये था कि अंग-भंग भी शरीर का ऐसा अंग होगा जिसे हम अपनी मर्दानगी का ब्रांड एंबेसडर समझते हैं। हाथ से मग्गा छूट गया। गला कुछ ज़्यादा सूख गया। जो पानी पिए थे, वो हलक़ के नीचे नहीं उतर रहा था। मतलब इतनी बड़ी क़ुर्बानी ? ये वो दौर था जब हर बात गूगल से पूछने का रिवाज नहीं था और ब्राह्मण समाज में इस्लाम से संबंधित सवाल पूछने पर हमसे सौ सवाल हो सकते थे। जबकि हम अपना ये मोहब्बतनामा एकदम गुप्त रखना चाहते थे। तो ऐसे हालात में दोस्तों पर ही भरोसा करना पड़ा और दोस्तों की वो ख़ुफ़िया बात अचानक से दिल का डर बन चुकी थी। क्योंकि हया इस बीच हमारी टूटी-फूटी उर्दू शायरियों को काफ़ी इंज्वॉय करने लगी थी। और एक राबता-सा हो चला था हमारा एक-दूसरे से।

दहशत का ये आलम था कि पाँच रोटी खाने वाला मैं दो रोटी पर रुक

जाता। मम्मी का बनाया हुआ दशहरी आम का पना भी एक्साइट नहीं करता था। क्रिकेट में आउट होने पर बिना लड़े बैट छोड़ देता था। देर रात तक जागकर फ़ैशन टीवी देखने की चाहत भी मर चुकी थी क्योंकि ये अंग-भंग का डर बहुत डरावना था भाई। पर हया से बात तो करनी ही पड़ेगी। लेकिन कब और कैसे?

इसी कशमकश में दिन गुज़र रहे थे, ऐसे में एक दिन पापा को कहते सुना कि परसों ईद है। अचानक सवाल उठा कि पापा कबसे ईद को लेकर इतना एक्साइटेड होने लगे। फिर पता चला कि शुक्रवार की ईद है, शनिवार Second Saturday और फिर Sunday तो तीन दिन कि छुट्टी में वो मम्मी को लेके मामा के यहाँ जाने की सोच रहे हैं। क्योंकि बड़े वाले मामा के बेटे का BTC क्लीयर हो गया और अब वो अध्यापक बनने वाले हैं। इसलिए एक छोटी पूजा रखी गई है। मतलब ईद वाले दिन मेरा हया से मिलने का रास्ता साफ़। कोई कोचिंग की एक्स्ट्रा क्लास का बहाना नहीं बनाना पड़ेगा। तो हमने सोच लिया कि आर-पार की इस लड़ाई को ईद वाले दिन निपटाएँगे।

गुरुवार को रात चाँद निकल आया। उस हिसाब से शुक्रवार के दिन ईद हैं इस बात को हर दैनिक अख़बार ने पुख़्ता कर दिया था। मतलब सब कुछ प्लान के मुताबिक हो रहा है। ख़ैर, कोई मुझसे पूछता तो मेरा तो हर दिन ईद होता था क्योंकि मुझे तो रोज़ ही कोचिंग में हया का दीदार होता था। लेकिन फ़िलहाल आज वाले हालात अलग थे। दोस्तों की बातों से मन में जो डर बैठा था, उसकी वजह से चाँद अब उलका पिंड लगने लगा था।

ख़ैर पापा मम्मी के साथ मामा के यहाँ रवाना हो चुके थे और मैं अंग-भंग वाले अपने डर से उबरकर हया से बात करने का मन बना चुका था।

बड़ा संजीदा होकर अपनी लैंडलाइन से मैंने हया को कॉल किया। पेशेवर मुस्लिम लगूँ इसलिए मन-ही-मन 'अस्सलामोअलैकुम' कहने की डेढ़ सौ बार प्रैक्टिस की थी। वैसे तो मैंने 'अस्सलामोअलैकुम व रहमतुल्लाहि व बरकातहू व मगफ़िरतहू' तक याद कर रखा था लेकिन फ़िल्मों में, टीवी में, किताबों में हर जगह अस्सलामोअलैकुम पर बात रोक दी जाती थी इसलिए तय किया कि बस यहीं तक बोलना है। दो घंटी के बाद ही एक खनकती हूई

आवाज़ ने हेलो बोला था।

"हेलो! जी कहें।"

और बस भाई। इस पल ये जो आवाज़ आई थी ना, इसके आगे पूरी कायनात हार जाऊँ मैं क्योंकि ऐसा लगा था कि जैसे किसी ने केसर को शहद में मिलाकर ज़मज़म के पानी के साथ दो घूँट पिया हो और ये हेलो बोला हो। मतलब निहायत ही कमाल हेलो। ख़ैर अब आज के परिवेश में उस दिन का ये वाक़या Reintrospect किया जाए तो लगेगा हमने ओवर रिएक्ट किया था। उसका हेलो नॉर्मल था। हमारी सोच थोड़ी ज़्यादा रूमानी हो गई थी। पर अब प्यार भी तो भाई इसी को कहते हैं ना कि जहाँ हर बात इश्क़ में डूबी लगती है। तो जितना वक़्त हमने ये सब खुराफ़ात सोचने में लिया उतने में सवाल दोहराया जा चुका था।

"हेलो! कौन बोल रहा है?"

अपनी हकलाहट, बौखलाहट और घबराहट को समेटकर मैंने धीरे से कहा-

"अस्सलामोअलैकुम!"

"वालेकुमअस्सलाम। जी, ईद मुबारक! कहें कौन जनाब बोल रहे हैं?"

भाई उसकी उर्दू सुनकर तो क़सम से उसी वक़्त मन हुआ कि मौलवी बुलवाकर निकाह पढ़ लूँ। ख़ैर लफ़्ज़ गले में घुट रहे थे पर हिम्मत करके बोल ही दिया।

"हया, ईद मुबारक! मैं बोल रहा हूँ। वो तुमने कहा था ना कि ईद पर मिलोगी। तो मिलोगी?"

ये वो पल था जहाँ मैंने पहले अपनी बेचारगी जताई। फिर हया को उसका वादा याद दिलाया। साथ में सवाल जोड़ दिया। मतलब बड़ी वाली निंजा टेकनिक थी ये और क़सम ख़ुदा की काम भी आई। फट से हाँ बोला था हया ने।

"हाँ हाँ क्यों नहीं! एक काम करो, तुम मेरे घर के पास वाले पार्क में मिलोगे?"

दिल धक्क करके रुक गया था। पहली बार कोचिंग से बाहर किसी जगह

मिलने का बुलावा आया था। झट से हाँ बोल दिया था बिना देर किए, और तय हुआ कि ठीक 2 घंटे बाद मानस पार्क के गेट नं 3 पर मिलेंगे।

पर मन की व्याकुलता देखो कि हम अगले 20 मिनट बाद ही पहुँच गए वहाँ। ये वो दौर था कि Deo या Perfume बड़े नसीब वालों को मिलता था, ऐसे में पापा के दाढ़ी बनाने के सामान से आफ़्टर शेव निकाल के ही ख़ुद पर छिड़क लिया क्योंकि अगरबत्ती की पन्नी के बाद वो दूसरी ऐसी चीज़ थी जो तेज़ महकती थी।

अगले 1 घंटे 40 मिनट धूप में पसीना बहा-बहा के बिताए, ये सोचकर कि ठीक 2 घंटे मतलब 2 घंटे। लेकिन ऊपर वाले का प्रॉब्लम ही यही है। जब हुस्न देता है तो थोड़ा attitude भी दे ही देता है। तभी तो हम यहाँ वक़्त से 1 घंटा 40 मिनट पहले चल रहे थे और वो पूरे आधा घंटा लेट आई।

मतलब हम almost हिम्मत हार चुके थे। और ईद को अप्रैल फूल का त्यौहार समझकर ख़ुद को दिलासा दे रहे थे और लौटने को थे, तभी हमारी नज़र पड़ी थी उस नज़ारे पर। चिकन के पीले सलवार-कमीज में सारी हीरोइनों को फेल करती चली आ रही थी हया। उसके हाथ में एक डब्बा था। आते ही मेरे हाथ में रख दिया और खोलने का इशारा करते हुए बड़े ही ख़ूबसूरत अंदाज में कहा- "ईद मुबारक !"

मतलब इससे पहले भी हया को ऐसे ही आँख भरकर देखा-निहारा था और वो मुझे ख़ूबसूरत लगती थी। इसलिए जद्दोजहद मची थी मन में उसका हो जाने की। पर आज जो उसे इस तरह चिकन सूट में देखा तो क़सम महादेव कि दिल किया कि भगा ले जाएँ। और ये डब्बा जिसमें केसर वाली फिरनी और सेवईयाँ थीं, ये रास्ते में भागते हुए उसके हाथों से खाएँ। लेकिन हम ख़यालों में गुम हो ही रहे थे कि तभी हया ने हाथ पकड़कर बोला।

"सोचा पहले घर ही बुला लें। लेकिन वहाँ सब नॉनवेज खा रहे हैं। तुम्हें पसंद नहीं आएगा। है ना ?"

भाई साहब, अभी से इतना ख़याल रखती है हमारी पसंद-नापसंद का ?

फिर आँखों के सामने चुटकी बजाते हुए बोली- "क्या हुआ ? डब्बा खोलो तो ज़रा। और चख के बताओ कैसा बना है। अम्मी ने भेजा है। और

नॉनवेज वाले बर्तन से दूर था ये सब। अलग से बना है तो खा सकते हो।"

अरे इस वक़्त तो हम पूरा बकरा चबा जाते। एक बार हया बोलती तो। ख़ैर! बड़े प्यार से उस डब्बे को देखा था हमने। और पहले तो छह ढक्कन वाला वो डब्बा मुझे बड़ा अजूबा लगा जिसमें 6 हिस्सों में 6 अलग-अलग तरह कि सेवईयाँ थीं। सूखी, मावा वाली, गीली और बाक़ी के नाम याद नहीं। क्योंकि उस वक़्त जिस हया को देखा था, उसके बाद क्या ही याद रहेगा! और इस वक़्त कोई उसके चेहरे के सिवा किसी और चीज़ को चाँद बोल देता न, तो क़सम भगवान की, भिड़ जाते हम उससे। चाहे वो गुलज़ार साहब ही क्यों ना होते। उस दिन उस चाँद-सी हया को देखते हुए सही मायनों में हमारी ईद मुबारक हुई थी। डब्बे के छह हिस्सों से चम्मच लेकर भुक्कड़ों जैसे सिवइयाँ खाते हुए बहुत casually मैंने हया से वो सवाल पूछा था। क्योंकि बात अब इस लेवल पर थी कि हम मुँह मीठा करा रहे थे एक-दूसरे का तो मेरा सवाल करना लाज़मी था।

"हया, क्या तुम्हारे यहाँ... वो... मतलब... सच में, अगर किसी को तुम्हारे लिए कुछ फ़ीलिंग हो और अगर कोई हिंदू लड़का मुस्लिम बनता है, इस्लाम क़ुबूल करता है तो नीचे का हिस्सा काट..."

बस इतना ही बोल पाया था। मेरी नज़र में ये बात इतनी संजीदा नहीं थी। लेकिन शायद हया को बहुत बुरी लगी थी। या शायद उसे लगा कि मैं बदतमीज़ी करना चाहता हूँ या कोई घटिया हरकत करना चाहता हूँ। डब्बा हाथों से छीनकर बिना मुड़े गई थी वो। और बस, उसके बाद कभी नहीं मुड़ी। ना क्लास में मेरे एक्स्ट्रा पेन माँगने पे, ना रास्ते में 'हया मेरी बात सुनो' कहने पर। मोबाइल, फ़ेसबुक, इंस्टा तो तब थे ही नहीं। तो बस, हम ऐसे ही आवाज़ें दे सकते थे। वो मुड़ी नहीं, कभी नहीं।

और अचानक। मेरे कंधे पर किसी ने कसके हाथ रख के झिंझोड़ा और पूछा- "ओ भाई मेट्रो ड्राइवर है के? वापस साथ लेकर जाएगा?"

और अचानक उन सभी ख़यालों से निकलकर सामने देखा तो एक हरियाणवी ताऊ नज़रें डाले मुझे घूर रहे थे। मेट्रो की एनाउंसमेंट चालू थी- आख़िरी स्टेशन द्वारका। कृपया बाएँ दरवाज़े से निकले।

और ताऊ ने इशारों-इशारों में बाहर चलने को बोला।

दिल्ली की ये एक अच्छी बात है कि लोगों को आपकी लाइफ़ में घुसने की इतनी ज़्यादा पड़ी रहती है कि अनजाने में वो काफ़ी helpful भी हो जाती है।

ख़ैर, मेट्रो स्टेशन से मेरा फ़्लैट walking distance पर था। पैदल चलते हुए यही ख़याल मन में था कि एक वो दिन और एक आज का दिन। आज भी ईद है। और अब काफ़ी सारे मुस्लिम दोस्त हैं। दो तो मेरे ऑफ़िस में ही हैं जिनके साथ दोपहर में बैठकर लंच खाते हैं। मैं वेज हूँ, पर उनका नॉनवेज खाना चुभता नहीं। रोटियाँ तो अक्सर एक-दूसरे के डब्बे से शेयर कर लेते हैं। यही नहीं, तरी-तरी खा लें, पीस avoid कर दें का भी ऑफ़र हर दूसरे-तीसरे दिन आ ही जाता है।

ईद वाले दिन हया के सामने जो सवाल पूछा था, वो मेरा सबसे बड़ा क्राइम था। वो मज़ाक़ में किसी दोस्त को बोलूँ तो वो बुरा नहीं मानता। धर्म की कट्टरता हमारे बीच नहीं हैं। माहौल फ़ुल सेकुलर हैं। वक़्त ज़रूरत हम माला और चादर दोनों चढ़ाते हैं। लेकिन सच बोलूँ। जब-जब ईद आती है, तो बस वो चिकन वाले yellow सलवार-क़मीज़ में हया की चाँद-सी शक्ल याद आती है और ईद मुकम्मल हो जाती है। मतलब ये सब ख़याल कोई आज पहली बार इस कम प्रदूषित दिल्ली के बादलों से निकले चाँद को देख के नहीं आए। ये Random Thought हर ईद पर रेगुलर आते हैं। इसलिए अपने सारे ख़यालों को ऐसे ही कहानी की शक्ल देकर सहेज लिया है। अब इंजीनियर होकर भी ख़ाली टाइम में ये सब इसलिए ही लिखता हूँ कि कभी कहीं उस तक ये पहूँचे और वो पढ़े तो उसे भी ये एहसास हो कि वो सवाल उस दिन मज़ाक़ नहीं, मेरा Genuine concern था। क्योंकि मन-ही-मन ब्राह्मण का लड़का बाग़ी होने की सोच रहा था।

इश्क़ में Misunderstanding की वाक़फ़ियत न होने की वजह से अपना चाँद भले खो बैठा। लेकिन अपने हर ज़िक्र में उसे आज भी मैंने ज़िंदा रखा है।

क्योंकि कहते हैं कि अगर कोई आपके ज़िक्र में रहता है तो आप उसके

ज़ेहन में रहते हो। मुझे नहीं पता हया को मैं कितना याद हूँ पर वो मुझे आज तक याद है और ये वो यादें हैं जो दिल नहीं दुखातीं, बल्कि चेहरे की मुस्कुराहट की वजह बनती हैं। ख़ैर, चाँद की इतनी बातें कर लीं पर कहना तो भूल ही गया।

ईद मुबारक हया!

लोटा परेड

प्राइमरी स्कूल की प्लास्टिक वाली कुर्सी को चार बार पोछकर साफ़ किया था ननकू ने। क्या है कि ग्राम प्रधान शंभु नारायण जी ने रात को ही सूचना भिजवाई थी कि आज कोई वीआईपी आने वाला है गाँव में, और ये ख़बर भी उन्हें बाय चांस मिली थी बीडीओ साहब से, वर्ना ये सरप्राइज़ विज़िट होने वाला था। आनन-फानन में ये ख़बर पूरे गाँव में फैल गई थी और सबको यह हिदायत दी गई थी कि अपना बेस्ट दिखाना है कल सबको। ये वीआईपी लोगों के सामने ग़रीबी, लाचारी दिखाई तो गाँव की नाक कट जाएगी, इज़्ज़त मिट्टी में मिल जाएगी। और हमारे भारत देश में भूख-प्यास, बिजली-पानी, हर मुद्दे से कहीं ऊपर होती है इज़्ज़त। ख़ुद मिट्टी में मिल जाएँगे पर इज़्ज़त मिट्टी में नहीं मिलने देंगे।

ननकू सुबह से प्लास्टिक की कुर्सियों के साथ-साथ पूरे प्राइमरी स्कूल को साफ़ करने में लगा है। धूल ना उड़े इसलिए हल्का-सा पानी छिड़क दिया है चारों तरफ़। गाँव के लगभग हर इंसान ने नये कपड़े पहन लिए हैं। अपने-अपने घर की मोटर ऑन करके सब ने पानी की टंकी फुल कर ली है। एक-दो लोग जिनके यहाँ फ्रिज था उन्होंने फ्रिज में ठंडे पानी की बोतल लगा दी थी कि इनकेस पानी मँगवाया जाए तो वीआईपी को ठंडा पानी ही पिलाएँगे। इनवर्टर भी दो-तीन बार चेक किया जा चुका है कि लाइट जाने पर पंखा ना रुके। कुल मिलाकर पूरा गाँव इस बात के लिए रेडी है कि चलो अगर वीआईपी जी का चक्कर उनके घर लगा तो शिकायत का कोई मौक़ा नहीं मिलने वाला।

तभी प्रधान जी डिप्टी प्रधान जी के साथ प्राइमरी स्कूल के प्रांगण में आए। साथ में बासमती चावल और सब्ज़ी लाए थे। स्कूल के प्रिंसिपल को इशारा करके बताया गया कि मिड डे मील में आज ज़रा ये खाना बनवाओ, ताकि सबको लगे कि हमारी तरफ़ से बच्चों को भोजन नहीं, रोज़ दावत कराई जाती है।

अचानक प्रधान जी का फ़ोन बजा। फ़ोन गाँव के सिपाही सच्चिदानंद के बेटे राहुल का था, जो बाज़ार में वीआईपी लोगों के आगमन की सूचना देने के लिए खड़ा था। जैसी ही पता चला कि सफ़ेद रंग की इनोवा में सवार कलेक्टर जी की गाड़ी गाँव की तरफ़ बढ़ चली है, प्रधान जी का दिल धक-धक होने लगा। गाँव की कच्ची सड़क पर दौड़ती इनोवा उस आधी कच्ची-पक्की रोड पर हिचकोले खाती आगे बढ़ रही थी। तभी पीछे वाला शीशा नीचे हुआ और धूल वाला मास्क पहने एक चेहरा बाहर निकला। उम्र यही कुछ 32 साल होगी। बड़ी-बड़ी आँखे काले घने बाल। पर बाक़ी चेहरा ढका होने से पूरे रूप का बख़ान थोड़ा मुश्किल था। हाथ निकालकर जैसे ही इस चेहरे ने हवा का जायज़ा लेना चाहा, ड्राइवर ने आगे से कहा- "मैडम बाहर गर्म हवा है। सँभाल के, लू ना लग जाए।"

और क्योंकि ड्राइवर उसी हिंदीभाषी क्षेत्र का है तो इस वक़्त ये अंग्रेज़ी नहीं हिंदी वाले लू की बात हो रही है।

चेहरे पर मास्क पहने उस चेहरे ने खिड़की ऊपर की, मास्क नीचे खींचा और मुस्कुराकर कहा- "मंगल जी, आज कलेक्टर मिनाक्षी पांडेय बन गए हैं। पर एक ज़माने में इसी गाँव में पले-बढ़े हैं। इसी लू में खेले हैं। इतनी नाज़ुक मिज़ाज नहीं हुए हैं। ये कहकर हल्का-सा मुस्कुराई थीं वो और फिर टेक लगाकर अपनी सीट पर वापस बैठ गईं। पास रखा आईपैड निकालकर पुरानी तस्वीरें देखना शुरू कर दिया। और उन तस्वीरों में से अचानक बीता हुआ कल निकलकर सामने आ गया।

सुबह के यही कोई पाँच बजे थे। चारों तरफ़ अँधेरा था। तभी माँ ने आ के हमको जगाया- "मीनू! मीनू उठ। आ गए सब लोग। चल जल्दी कर।"

हमारे लिए ये सुबह-सुबह का तुग़लकी फ़रमान बहुत कष्टकारी था। मन

की अंतरात्मा तक सुबह उठने के इस कॉन्सेप्ट से कन्विंस्ड नहीं थी लेकिन क्या कर सकते हैं। गाँव में किसी के भी घर में शौचालय नहीं था। इसलिए सबको खुले में शौच के लिए जाना पड़ता था और क्योंकि औरत जात को परदे में ही रखा जाता है तो ये क्रिया सबको उजाला होने से पहले ख़त्म करनी होती थी। क्योंकि मर्द का क्या है, वो तो दिन के किसी भी पहर कहीं भी बैठकर हल्का हो सकता है।

वैसे टॉर्च थामकर औरतें जब झुंड का झुंड बनाकर लोटा लिए निकलती थीं तो ये भी किसी ट्रांस पार्टी जैसा माहौल होता था। किसकी रात कैसी गुज़री इस पर चर्चा होती थी। नयी नवेली बहुओं के साथ भद्दे मज़ाक़ भी होते थे और बुज़ुर्ग औरतों के ताने भी हर आयु वर्ग की औरतों के लिए होते थे और इस वक़्त उम्र का लिहाज़ नहीं होता था सिर्फ़ मज़ाक़ और हँसी-ठिठोली होती थी। ख़ासकर झुमकी बुआ का तो कहना ही क्या, वो तो मतलब हद कर देती थी। ऐसी-ऐसी प्राइवेट और पर्सनल वाली बातें पूछती थी कि सामने वाले के पसीने छूट जाएँ और बाक़ी लोगों के ठहाके।

चलता-फिरता लाफ़्टर क्लब होता था ये लेडीज ग्रुप। पर हाँ, अगर किसी को कुछ बातें ज़्यादा समझ न आएँ तो इसी पलटन में एक दूसरा गैंग बन जाता था जैसे कि आज कल हर व्हॉट्सएप्प ग्रुप के बाद उसमें से कटकर कुछ लोग अपना एक छोटा ग्रुप बनाते हैं। आपस में बड़े ग्रुप वालों की मौज लेने, शिकायत करने या उनके बारे में गॉसिप करने के लिए।

मैं, रधिया और कटोरी, हम तीनों ने भी ऐसी ही एक बग़ावत की और इस ग्रुप के बीच अपना एक छोटा गैंग बना लिया। सुबह उठने में हम तीनों को मौत आती थी और इन बड़े लोगों का ये गंदा ह्यूमर हमारे समझ के परे था। इसलिए जब चलते हुए ये सब लोग आगे बढ़ जाते तो हम तीनों इकट्ठे हो जाते और अपनी-अपनी नींद में डूबी अधखुली आँखों के साथ अपने-अपने दुखड़े रोते। कटोरी को तो औरत जात से ही नफ़रत थी। उसका तो सपना ही था कि कहीं से भगवान, बस, उसे मर्द बना दें, फिर जब मन करे, जहाँ मन करे, जा के हल्की हो जाएगी। टट्टी-पेशाब के लिए सौ बार सोचना नहीं होता। गर्मी लगने पर सिर्फ़ लुंगी पहन के नीम के नीचे खटिया बिछा के सो

सकती है। खुलेआम कूएँ पर लंगोट पहन के नहा सकती है। और तो और, घर का काम ठीक से नहीं होने पर, मन का खाना ना मिलने पर सब पर चिल्ला सकती है। कुछ भी नहीं पसंद था उसे। ना औरत का ये स्वरूप, ना ही अपना नाम- कटोरी मिश्रा।

रधिया उर्फ राधिका पांडेय को बड़ों के ग्रुप से अलग होकर रोज़ अपने सपने सुनाने होते थे। फ़िल्मी सिनेमा की हर ख़बर जाने कैसे इसके पास पहुँचती रहती थी। अभी-अभी कुछ दिन पहले शाहरुख़ ख़ान की पिक्चर आई थी मोहब्बतें। उसके बाद से ये भी पगलाई हुई थी। मैगज़ीन और अख़बारों से शाहरुख़ ख़ान के फ़ोटो काट-काट के पूरे दीवार पर चिपकाए हुए थी। कहती थी, एक दिन भाग के बंबई चले जाएँगे और वहाँ शाहरुख़ ख़ान की हीरोइन बनेंगे। हमने कहा, तुम्हारे बापू मोहब्बतें के अमिताभ बच्चन जैसे हैं जिन्हें परंपरा, प्रतिष्ठा, अनुशासन ही समझ आता है। और उन्हें पता चला तो मार डालेंगे। तो दीवानी होकर रधिया कहती है कि हाँ तो हम जिस पर प्यार से मर रहे हैं, उसके लिए जान से मरना भी क़बूल है।

बड़ा मज़ा आता था वैसे इन दोनों के साथ ऐसी गुदगुदी बातें करने में और ये बातें और रसीली हो जाती थीं जब दोपहर अपनी-अपनी गाय लेकर चराने नहर की तरफ़ जाना पड़ता था। हम माँ-बाप के इकलौते थे और रधिया के बड़े भैया गाय चराने में शर्म महसूस करते थे और कटोरी दो-दो छोटे भाई के बावजूद हमें कंपनी देने आती थी।

आम के बाग़ के पीछे नहर के पास खुला मैदान था। दूर-दूर तक घास। गायों के ना किसी के खेत में जाने का डर, ना किसी की फ़सल खाने की चिकचिक, बड़े आराम से हम लोग अपनी-अपनी गायें छोड़कर बैठ जाते। कभी एक-दूसरे के साथ विश-अमृत खेलते, कभी चूल्हा-चौका तो कभी पापा की चुराई हुई ताश की गड्डी लेकर तीन पत्ती। पर इन खेल के बाद हर रोज़ का वो नियम जो धर्म की तरह फ़ॉलो होता था, वो था रधिया का मैगज़ीन प्रवचन। जाने कहाँ से उसके हाथ गृहशोभा, सरिता और मेरी सहेली जैसी मैगज़ीन का गट्ठर लग गया और ये महारानी हर रोज़ उसमें से कोई नयी बात, कोई कहानी, या गॉसिप हमें सुनाती रहती। और एक बार हम सब मिल के

औरतों की समस्याओं वाले हिस्से को पढ़ने लगे। औरतों के ऐसे बेबाक और बोल्ड सवाल भी हो सकते हैं, हमने सोचा ना था। उसमें से किसी लड़की ने पूछा था कि उसका ब्वॉयफ्रेंड के साथ अफ़ेयर है और वो उसके साथ शादी करना चाहती है लेकिन घरवाले मान नहीं रहे क्योंकि वो दूसरी जाति का है। काफ़ी बड़ा-सा जवाब था उस सवाल पर लेकिन हमारा ध्यान जवाब पर था ही नहीं क्योंकि हम वो ब्वॉयफ्रेंड और शादी वाली बात से ही नहीं उबर पा रहे थे। कैसा होता है ब्वॉयफ्रेंड होना। टीवी में भी इतनी बार दिखाते हैं, शाहरुख़ ख़ान को भी मोहब्बतें में ऐश्वर्या राय ने अपना ब्वॉयफ्रेंड बताया था। तो क्या ब्वॉयफ्रेंड होने पर ऐसे ही साथ घूमा, टहला और नाचा-गाया जाता है, फिर शादी कर ली जाती है? लेकिन पापा-मम्मी तो ब्वॉयफ्रेंड-गर्लफ्रेंड नहीं हैं, फिर भी इन्होंने शादी कर ली। तो क्या मम्मी का भी कभी कोई ब्वॉयफ्रेंड रहा होगा? ऐसे कई सवाल थे मन में।

रात के आठ बजे थे। रेडियो विविध भारती के कार्यक्रम 'हवामहल' की आज की कहानी में भी एक प्रेम कहानी चल रही थी। रात को नौ बजे 'संगीत माला' शुरू हुई तो उसमें भी मोहब्बतें फ़िल्म का 'हमको हमीं से चुरा लो' गाना चल रहा था। उस रात सो नहीं पाए थे ये सब सोच-सोच के। रातभर सिर में अजीब-सा तनाव रहा। टाइम ठीक से याद नहीं लेकिन उस रात बारह के बाद ही सोए थे इसलिए सवेरे हम नहीं उठे लोटा परेड के लिए। जब आठ बजे के क़रीब नींद खुली तो वो ब्वॉयफ्रेंड वाली बात से चेहरे पर एक स्माइल-सी थी और रधिया की तरह हमारे पास भी सुनाने को एक सपना था क्योंकि आज सपने में हमने भी किसी को देखा था हमारा हाथ पकड़ते हुए। चेहरा देख नहीं पाए थे कि कौन है पर हक़ ऐसे जता रहा था कि हम कह सकते हैं वो हमारा ब्वॉयफ्रेंड ही था।

ख़ैर, ये ब्वॉयफ्रेंड वाले टॉपिक पर बाद में आते हैं। अभी-अभी पता चला कि दोपहर में रंजू दीदी के यहाँ चटपट देवी की एक पूजा थी। अच्छा, जिन्हें नहीं पता बता दें कि हमारे गाँव में एक मान्यता थी कि अगर आपके साथ कुछ गड़बड़ हो गई है और आप चटपट देवी से मनौती मानती हैं कि- 'हे चटपट देवी! जल्दी से सब ठीक कर दो', तो वह चटपट ठीक कर देती थीं। और

जिन-जिन की मनौती पूरी हो जाती है उन्हें फिर सात या नौ सुहागन बुलाकर चटपट देवी की कहानी सुनानी पड़ती थी और मिठाई खिलानी पड़ती थी। और उसके बाद मन हो तो लेडीज़ संगीत टाइप का माहौल भी बना सकते थे। मतलब एक तरह से गाँव की ये स्पिरिचुअल किटी पार्टी होती थी, जहाँ पहले देवी का नमन और पूजा ख़त्म होने के बाद थोड़ा एन्जॉयमेंट होता था। वैसे भी हमें लगता है कि आख़िर इन बेचारी घूँघट और घर की चारदिवारियों में क़ैद सुहागनों को इससे ज़्यादा फ्रीडम कहाँ मिलनेवाली है। तो चटपट देवी की कृपा से अगर ये थोड़ी देर का गेट–टुगेदर हो जाए तो इसमें किसी को प्रॉब्लम भी नहीं होनी चाहिए। और सबसे बड़ी बात, हम कुँवारियों को भी इस गेट–टुगेदर में एंट्री मिलती थी क्योंकि पूजा के बाद की रौनक़ तो हम लोग ही लगाते थे।

और पूजा होने के पीछे की कहानी यूँ है कि रंजू दीदी की मम्मी का मैचिंग ब्लाउज नहीं मिल रहा था जिसे पहन के वो रंजू दीदी के लिए सुबह-सुबह लड़का देखने जाने वाली थीं। तो बस मान ली चटपट देवी से मनौती और एक घंटे बाद ब्लाउज परमेश्वर काका की ट्यूबवेल के पास पड़ा मिला। पता चला कि गाँव के आवारा लेकिन पालतू कुत्ते भूरेलाल उस ब्लाउज को मुँह में दबाए घूम रहे थे। शुक्र है कि कहीं से फटा नहीं था। जो मिट्टी लगी थी वो एक बार में धुल के डाल देने पर निकल जाएगी और रात तक सूख भी जाएगा। तो अपनी मम्मी के साथ हम भी पहुँच गए रंजू दीदी के यहाँ। जब सब सुहागिन चटपट देवी की कथा सुन-सुना रही थीं, हमने कटोरी, रधिया और रंजू दीदी के साथ गैंग बना के दो-चार गाने सोच लिए और फिर जैसे ही पूजा ख़त्म हुई पिंटू भैया ने डेक चलवा दिया। अब आप लोगों की भाषा में उसे म्यूज़िक सिस्टम कहते हैं। पर हम लोग तो डेक कहते थे। कैसेट भी चुन के लगी थी, जहाँ गाने के बोल थे-'अटरिया पर लोटन कबूतर रे... गुटुर गुटुर...'

उस दिन ख़ूब नाचे थे हम अपने उस सपने वाले ब्वॉयफ्रेंड को सोच के और डांस इतना बेहतरीन किया कि रंजू दीदी का भाई राकेश छत से आँगन में हमें एक-टक घूरे पड़ा था। हमारी हर अदा, हर ठुमके पर उसके चेहरे के रिएक्शन बदल रहे थे और ये बात डांस करते-करते हमने ख़ुद नोटिस की।

आज पहली बार जाने क्यों, किसी का हमें ऐसे देखना बुरा नहीं लग रहा था। लौटकर जब घर आए तो जाकर शीशे के सामने खड़े होकर हमने कम-से-कम दस मिनट अपने ऊपर नज़र मारी। क्लास बारहवीं में पढ़ते थे उस वक़्त। शरीर थोड़ा भरा-भरा-सा ही था हमारा। पर रंग गोरा था इसलिए सब कहते कि हम सुंदर हैं। पहले कभी ये बात महसूस नहीं हुई पर आज राकेश की उन नज़रों से ख़ुद को देखा तो हम सच में बड़े कमाल लग रहे थे ख़ुद को।

आज की रात भी ऐसी अजीबो-ग़रीब ख़याल के साथ स्वाहा हुई और फिर सवेरे जब जल्दी उठके लोटा परेड के लिए निकले तो रधिया और कटोरी चढ़ गए हम पर सवाल ले के कि ये आँख काहे सूजी है? रो रही थी क्या? घर में किसी ने मारा क्या? अब इन दोनों पगलेट लड़कियों को क्या बताते कि हमारी नींद काहे उड़ रही है क्योंकि ठीक तरह से तो हमें भी उसका कारण नहीं पता था।

ख़ैर, दिन पूरा चढ़ गया तो अम्मा ने एक थाली पकड़े हुए कहा कि जा के रंजू दीदी के यहाँ दे आएँ। कल पूजा के बाद मम्मी मिठाई और फल ले के आई थी इसमें। हमें लगा शायद भगवान भी हमारा राकेश से मिलन करवाना चाहते हैं इसलिए ऐसा संयोग बना रहे हैं।

हम थाली ले के रंजू दीदी के बरामदे में पहुँचे तो देखा कि राकेश जी कॉमिक्स पढ़ रहे हैं। वैसे कॉमिक्स पढ़ने का शौक़ हमें भी था। लेकिन जब से रधिया सरिता, गृहशोभा की कहानी सुनाने लगी, सब भूल गए थे! राकेश ने जैसे ही हमारी आहट सुनी, कॉमिक्स फेंककर कोर्स की बुक पढ़ने लगा और हमें उसकी इस हरकत पर हँसी आ गई और हम एकदम खिलखिलाकर हँस पड़े। एक तो वो पहले ही चोर टाइप फ़ील कर रहा था, हमारी हँसी ने उसे पूरा बौखला दिया और झेंपते हुए वो इतना ही कह पाया- "तुम? हमें लगा पापा-मम्मी आ गए।"

हमने हँसते हुए थाली आगे बढ़ाई- "ये लो। माँ ने भिजवाई है। कल पूजा के बाद प्रसाद ले के गई थी।"

जान-बूझकर पूजा का ज़िक्र किया था हमने कि शायद ये हमारे डांस के बारे में कुछ बोले। पर राकेश बाबू हमारी कल्पना से दो क़दम आगे निकले।

उन्होंने सीधा हमें देख के बोला- "कल पूजा में सबसे ग़ज़ब की लग रही थी तुम। हमारी नज़रें नहीं हट रही थीं तुमसे। डांस सीखी हो क्या कहीं से?"

और अब बौखलाने की बारी हमारी थी और खिलखिलाने की बारी राकेश की।

वो अंग्रेज़ी में क्या कहते हैं- आइस ब्रेक होना। तो इस मुलाक़ात में हमारे और राकेश के बीच की बर्फ़ पिघल गई। और अब वो किसी-ना-किसी बहाने से, कहीं-ना-कहीं हमें मिलने लग गया और थोड़ी-थोड़ी बात होने लगी थी हमारी। बातों का टॉपिक कुछ फ़िक्स नहीं होता था। पर हर बार जब बात ख़त्म होती थी तो राकेश हमारी आँखों में आँखें डाल के बोलता था कि- "आज बहुत ग़ज़ब लग रही हो।" दिन कोई भी हो, वक़्त कोई भी हो, हम हमेशा उसे ग़ज़ब लगते थे और यही बात हमें सबसे अजीब लगती थी। शीशे के सामने ख़ुद को निहारने का टाइम बढ़ चुका था। तैयार होने में अब हमें आधा घंटा लगने लगा था। आँख में काजल और कानों में बाली डाले बिना घर से निकलते नहीं थे। पैरों में वो छम-छम करने वाली पायल पहन ली थी ताकि राकेश हमारी आहट से पहचान ले हमें। इधर राकेश ज़िंदगी में आया तो रधिया और कटोरी से मेल-मिलाप कम हो गया। हम थोड़े इंट्रोवर्ट थे, तो उन्हें बता भी नहीं पाए थे कि अब तक राकेश हमारा हाथ पकड़ चुके हैं और हम उन्हें ग़ज़ब लगते हैं।

पर रधिया का इतनी सारी फ़िल्में देखना व्यर्थ नहीं था। आज जब गइया चराने गए तो कटोरी को पानी लाने के लिए भेजकर, हमें विद्या क़सम देकर पूछा था उसने कि हमें हुआ क्या है? और दिल धक्क रह गया हमारा। उस वक़्त रधिया क़सम से किसी सीआईडी ऑफ़िसर की तरह लग रही थी, जिसे बिना बोले सब बात पता होती है और वो चोर के साथ मज़े ले रही होती है।

हमने पहले तो नज़र चुराई फिर हार मान ली और सब बता दिए। रधिया पूरे दो मिनट तक नाची है। कहने लगी पहली बार कोई लव स्टोरी अपनी आँखों के सामने देखेंगे। राकेश के नैन-नक़्श उसको अजय देवगन जैसे लगते थे। और क्योंकि अजय देवगन ने फूल और काँटे में बहुत ग़ज़ब काम किया था तो शाहरुख़ के बाद रधिया का दूसरा नंबर वाला फ़ेवरेट था। तो उसने

हमारी पंसद को एक तरह से पास कर दिया। बेचारी कटोरी हमारे इस राज़ से पूरी तरह अंजान थी।

अक्टूबर का महीना था। गाँव के खुले मैदान में दशहरे का मेला लगा था और रात को रामलीला होने वाली थी। हमारे यहाँ दो दिन रामलीला होती थी। एक दिन भगवान वाली और एक दिन फ़िल्मी ड्रामा वाली। हम क़सम से पगलाए हुए थे क्योंकि रामलीला में पहले दिन राकेश श्रीराम भगवान के भाई भरत का रोल कर रहा है और दूसरे दिन जो ड्रामा वाली रामलीला होगी, उसमें इंस्पेक्टर का। इसका मतलब है कि लगातार दो रातों को राकेश को देखने और उसे मिलने का मौक़ा मिलेगा। रात की मुलाक़ातें मोहब्बत को और भी रूमानी बना देती हैं इसलिए एक्साइटमेंट का लेवल आसमान छू रहा था हमारा।

ठीक आठ बजे रामलीला की आरती शुरू होती है और उसके बाद रामलीला। हम सात बजे से सँवरकर तैयार हो चुके थे। माँ ने कम-से-कम पाँच बार बोला था कि रात की रामलीला में ये नया वाला सलवार सूट काहे पहन रही हो पर अब उन्हें क्या जवाब देते, तो बोल दिया कि बस ऐसे ही मन हो गया।

दस मिनट बाद रधिया और कटोरी अपनी-अपनी चटाई और चादर ले के पहुँच गईं। वो भी हमको ऐसे झाँकी जैसे सजा देखकर बौखला गईं। रधिया ने दबी ज़ुबान में उस दिन बड़ा गंदा-सा जोक बोला था। कहने लगी इंडिया से पहली बार चाँद पर उतरने वाले व्यक्ति का नाम भी राकेश था। तो आज इस चाँद पर भी कोई राकेश उतरेगा क्या? क़सम से शर्म से लाल टमाटर हो गए थे हम। और कटोरी, वो पागल चटाई लिए रामलीला मैदान के सामने हमारे लिए सही जगह ढूँढ़ने में बिजी थी जहाँ से व्यू अच्छा हो और अवारा लड़के लोग आसपास ना हों।

स्टेज के ठीक सामने की तीसरी लाइन में बैठे थे हम तीनों। रामलीला की आरती हुई और उसके बाद आरती ले के ख़ुद राकेश आया था भीड़ में घुमाने, क्योंकि लोग आरती के बहाने चढ़ावा अच्छा देते थे, जिससे राम लीला कमेटी का दो दिन का खान-पान का ख़र्च निकल आता था।

राकेश जैसे ही आरती की थाल ले के हमारे पास पहुँचा हमारा मन धक-

धक होने लगा। रधिया देख रही थी कि कैसे हम पसीना-पसीना हो रहे हैं। मन-ही-मन मुस्कुराए पड़ी थी वो बेशर्म लड़की लेकिन हमने मन के सारे भाव छिपाकर चुपचाप आरती ली। हाथ जोड़ा और पाँच रुपये का एक सिक्का थाली में डाल दिया। राकेश थाली ले के जाते हुए बहुत ही महीन शब्दों में धीरे से बोला था- 'ग़ज़ब लग रही हो।' और बस, फूल के कचौड़ी हो गए हम ख़ुशी में।

रात का दूसरा पहर और रामलीला का आख़री पार्ट चल रहा था। हनुमान जी ने लंका में आग लगा दी थी। कटोरी थक के अपनी चटाई पर सो चुकी थी और रधिया को भी कुछ इंट्रेस्ट नहीं आ रहा था उसी कहानी को दुबारा देखने में, जो हर साल बदले हुए किरदारों को साथ देखते आए हैं हम लोग। राकेश का भरत वाला रोल भी इतना छोटा था कि अब इंतज़ार नहीं हो रहा था हमसे। तभी हमने देखा स्टेज के दूसरी तरफ़ एक टॉर्च रुक-रुक के दो-दो बार जल-बूझ रही थी। दरअसल ये हमारा और राकेश का कोड था। जब भी मिलना होता था तो रात को हम लोग ये वाली ट्रिक अपनाते थे। रधिया को आँखों-ही-आँखों में बात समझा के हम वहाँ से कट लिए। अँधेरे में अचानक कहीं से एक हाथ आया और खींच के पेड़ के नीचे ले गया। हमने देखा भगवानों वाली ड्रेस में राकेश बहुत जँच रहा था। चेहरे पर पाउडर और लिपस्टिक लगा रखी थी तो हमारे जितना गोरा भी लग रहा था। बहुत क़रीब थे हम दोनों एक-दूसरे के। राकेश की गर्म साँसें मेरे चेहरे पर महसूस हो रही थीं। और अचानक उसने कस के मुझे गले लगा लिया। अब उसकी धड़कनें मैं अपने सीने पर महसूस कर सकती थी। और फिर पीछे लंकादहन होने के साथ 'सिया वर रामचंद्र की जय' का नारा लग रहा था और यहाँ, मैं और राकेश, हम दोनों गले लगे हुए थे।

हमारा मन ही नहीं हो रहा था उससे अलग होने का लेकिन अब राम जी वापस अयोध्या जाएँगे तो उनका स्वागत भरत बने राकेश को ही करना होगा। राम जी की जो खड़ाऊँ सिंहासन पर रख के अब तक राजपाट चल रहा था, वो खड़ाऊँ पहन के ही वह यहाँ आया था। राकेश जल्दी में वापस तो चला गया लेकिन हम उस लम्हे से उबर ही नहीं पाए। रास्ते भर आधी नींद में

झूलती कटोरी को सँभालते और रधिया के ऊल-जुलूल सवालों से बचते हुए हम सिर्फ़ उस पल को याद कर रहे थे। मन में मलाल भी हो रहा था कि काश थोड़ा वक़्त और होता, राकेश का एक बार माथा ज़रूर चूमते। हमने देखा है फ़िल्मों में कि किसी से बहुत पवित्र वाला प्यार हो तो उसका माथा चूमते हैं। ख़ैर, बाक़ी और सब जो मन में था उसके बारे में हमें कोई बात नहीं करनी थी। ना रधिया से, ना अपने-आप से, क्योंकि ऐसी सब बातें पहली बार उठ रही थीं मन में और हमें बहुत ज़्यादा शर्म आ रही थी।

बिस्तर पर अगले दिन रामलीला में राकेश से मिलने के सपने सजाते हुए हम बेहोश सो गए पर क़िस्मत में शायद अगले दिन की हमारी मुलाक़ात नहीं थी इसलिए अगले दिन ऐसा आँधी-तूफ़ान आया और बारिश हुई कि सब रामलीला का टेंट-वेंट उखड़ गया। हमारे अरमानों पर आँधी-पानी दोनों फिर गया था।

पूरे एक हफ़्ते के इंतज़ार के बाद हमें राकेश से मिलने का मौक़ा मिला था। रंजू दीदी का रिश्ता पक्का होने की ख़ुशी में उनके घर पर वीडियो लगवाया गया और चार पिक्चरें चलने वाली थीं। हमारे गाँव में ऐसे ही होता था। जब भी कोई ख़ुशख़बरी हो, उसका सेलिब्रेशन वीडियो लगवा के होता था। गाँव में बिजली ठीक से आती नहीं थी इसलिए बैट्री का जुगाड़ भी कर रखा था ताकि एंटरटेनमेंट रुके नहीं। रात आठ बजे से सुबह सात बजे तक का प्लान था। ग्यारह घंटे में चार फ़िल्में। और गाँव के लोगों का स्टैमिना ऐसा ग़ज़ब बढ़ जाता था फ़िल्मों के नाम पर कि ऐसे मूवी मैराथन में सुबह तक सारे आँखें फाड़े बैठे रहते थे, ख़ासकर रधिया।

आठ बजे से फ़िल्म चालू हो चुकी थी, पर हमारा मन वहाँ था ही नहीं। बार- बार राकेश को ढूँढ़ रही थी नज़रें। और फिर अचानक से हमने दाहिनी तरफ़ देखा तो वो हमें एकटक देखे जा रहा था। ठीक पहले दिन की तरह। आँखों के इशारे से उसने हमें एक तरफ़ आने को कहा। सबसे बच-बचाकर एक बार फिर हम रंजू दीदी के घर की सबसे पीछे वाली कोठरी में पहुँचे, जहाँ बिना किसी सवाल-जवाब या बात के राकेश ने सीधे हमें पकड़ा और गले लगा लिया। हम काँप गए थे लेकिन पेट में उठने वाली मीठी गुदगुदी

वापस शुरू हो गई थी। धीरे से अलग हुए और जब राकेश की आँखों में आँखें डालकर उसको देखा तो ऐसा लगा जैसे वो इन्हीं आँखों में रख लेगा हमें। धीरे-धीरे उसके होंट हमारी तरफ़ बढ़ रहे थे। जो होने वाला था उसकी कल्पना हम कर सकते थे क्योंकि ऐसा सेम सीन राजा हिंदुस्तानी फ़िल्म में देखा था हमने। पर वो सीन देखकर उस दिन जितनी लज्जा आई थी आज उतना ही अच्छा लग रहा था। पेट में ऐंठन, दिल में धक-धक और पैरों की पिंडलियों में एक अलग-सा करंट दौड़ गया। पर इससे पहले कि राकेश के होंट हमारे होंटों तक पहुँचते, रंजू दीदी की मम्मी ने कस के आवाज़ लगाई- 'राकेस... दद्दा के कमरे में पानी का लोटा रख दो, रात में उठेंगे तो उनको लगेगा।' और हमारा मोमेंट ब्रेक हो गया। हड़बड़ाकर हम दोनों वहाँ से अलग-अलग तरीक़े से निकले और जा के वीडियो देखने बैठ गए। पूरी रात फ़िल्म की जगह अपने सीन घूमते रहे दिमाग़ में और मुस्कुराते हुए जाने कब लुढ़क गए रधिया के कंधे पर।

इस बात को छह महीने बीत गए क्योंकि उस रात के बाद हम और राकेश ना कभी इतने क़रीब आ पाए और ना हमें मौक़ा मिला। वैसे भी, पढ़ाई में वो एक साल सीनियर था इसलिए उसका तो बीए चल रहा था, पर हमारे बोर्ड्स थे और बेचारे हमारे पापा को हमसे काफ़ी उम्मीदें थीं, इसलिए हमें सोशल डिस्टेंसिंग करा के लॉकडाउन में डाल दिया गया था। पर स्कूल आते-जाते हम चिट्ठियाँ आदान-प्रदान करते थे और उन चिट्ठियों में ही अपने मन की सारी भड़ास निकालते थे। राकेश तो ख़ैर काफ़ी बेशर्म हो चुका था और उसकी चिट्ठियाँ पढ़ के गाल गुलाबी और कान सुन्न हो जाते थे हमारे। लेकिन इस आशिक़ी में भी हमने हमारी पढ़ाई को डिस्टर्ब नहीं होने दिया। जितने मन से राकेश की चिट्ठी पढ़ते, उससे डबल लगन के साथ कोर्स की किताबें। बोर्ड में हमने टॉप किया था। अख़बार में फ़ोटो छपा और जिला अधिकारी हमारे घर आए और उन्होंने बहुत अच्छी बातें बताईं, साथ में वज़ीफ़ा दिलाने का वादा भी कर के गए। जिस तरह चारों तरफ़ बात हो रही थी हमें सब कंपलीट-सा लग रहा था। क्या है न कि हमारे पापा बेचारे लाख कोशिश के बाद भी खेत में ज़्यादा कमा नहीं पाते थे। शहर में कोई नौकरी का

जुगाड़ लग नहीं पा रहा था इसलिए हमारे दहेज और पढ़ाई का ख़र्चा उनकी सबसे बड़ी चिंता थी। पर वज़ीफ़े की सुनकर उन्हें भी हिम्मत मिली थी। हम ये सारी बात राकेश को बताना चाहते थे और तभी रंजू दीदी की छत से हमारा टॉर्च वाला सिग्नल आने लगा। जो बैटमैन फ़िल्म देखे होंगे उनको पता होगा कि बैटमैन को भी ऐसे ही बुलाया जाता है। हमें भी बैटमैन जैसा फ़ील हो रहा था उस वक़्त, जो रॉबिन के साथ मिलकर किसी बड़े मिशन पर निकल रहा हो। तो फुल जोशो-ख़रोश में निकले थे घर से बहाना बनाकर और क्योंकि हाथ में लोटा था तो मम्मी-पापा कुछ बोल भी नहीं पाए।

परमेश्वर काका की ट्यूबवेल के पीछे मिले थे हम दोनों लोग। साँस फूल रही थी क्योंकि भागते हुए आए थे और छह महीने बाद मिल रहे थे तो अचानक राकेश के सामने ऑकवर्ड भी हो गए। गले लगे कि हाथ मिलाएँ कि कुछ बात करें, कुछ समझ ही नहीं पा रहे थे। तभी राकेश ने पूछा- "तो अब क्या प्लान है ? पापा-मम्मी को बताओगी मेरे बारे में ? शादी करोगी हमसे ?"

बाप रे ! हमारे ख़याल से मानव प्रजाति के इतिहास में बिना आई लव यू बोले इतना डाइरेक्ट प्रपोज़ल आज तक किसी ने नहीं किया होगा। पर ऐसा ही तो था राकेश। हर बात झटके में डायरेक्ट बोल देना। कभी ग़ज़ब लग रही हो, कभी गले लगना, कभी किस कर लेना और आज शादी। राकेश की बात से दिल धक्क हो गया हमारा। हमने कहा- "शादी ? लेकिन अभी तो हमें पढ़ाई..."

"अब कौन-सी पढ़ाई ? बारहवीं टॉप कर तो लिया !" राकेश ने कहा।

"अरे लेकिन हम आगे भी पढ़ना चाहते हैं।"

"काहे ? कलेक्टर बनना है क्या ?"

और बस राकेश की ये बात तलवार की तरह कलेजा चीर गई हमारा। हम उसकी तरफ़ देखे तो बड़े ही अकड़ के साथ बोला था उसने- "वैसे भी शादी के बाद चूल्हा-चौका ही सँभालना है। कमाएँगे तो हम ही ना !"

पता है छह महीनों से वैसे ही पढ़ाई के चक्कर में राकेश की शक्ल दिलो-दिमाग़ में धुंधली होने लगी थी। पर जब उसने ये बात बोली, उसके बाद मन पहचानना ही नहीं चाहता था उसको। अचानक से मन में घिन उठ गई उसको

ले के। हमने उसी वक़्त हाथ छुड़ाया और लोटे का पानी फेंककर वहाँ से घर लौट आए। महीने भर किसी-ना-किसी बहाने से राकेश ने हमसे बात करने की कोशिश की। फिर हमारी ज़िद्द के आगे हारकर वो भी बंद कर दिया। पापा को हमारे मामा जी की फ़ैक्ट्री में नौकरी का ऑफ़र आया और हम गाँव से ग़ाज़ियाबाद आ गए।

कॉलेज के साथ कोचिंग की, UPSC क्लियर किया और एक दिन सच में कलेक्टर बन गए। राकेश से दूर होकर जब गाँव से निकले थे तब रधिया, कटोरी बहुत रोई थीं। हम भी रोए थे लेकिन हम पर जो भूत चढ़ा था कलेक्टर बनने का, उसके आगे धीरे-धीरे सबको भूलते गए। दिल्ली के मुखर्जी नगर में कमरा ले के तैयारी की और सेलेक्ट होने के बाद नौकरी शुरू कर दी। पहले पढ़ाई फिर काम, इनके आगे बचपन भूल ही गए थे। और फिर पंद्रह साल बाद जब टेबल पर ट्रांसफ़र ऑर्डर देखा तो बौखला गए। ये तो हमारे ज़िले की पोस्टिंग आई है। मम्मी-पापा बड़े ख़ुश हो रहे थे क्योंकि एक महीने बाद हमारी शादी होने जा रही थी। हमारा ही बैचमेट जो पाँच सालों से हमारी हाँ के इंतज़ार में था, उसकी भी पोस्टिंग हमारे साथ उसी ज़िले में थी। जनाब आईपीएस थे। तो पापा अकड़ के बोल रहे थे कि मीनू की शादी हम वहीं से करेंगे। बड़ी शिकायत थी सबको कि हमने बेटा क्यों नहीं किया? तो अब पूरा गाँव देखेगा कि हमारी छोरी छोरों से कम है के? पापा भी ना! ग़ाज़ियाबाद में दो चार जाट अंकल से दोस्ती और दंगल फ़िल्म को दो बार देखने का असर उनकी बातों में भी आ गया था। ख़ैर, पापा का अपना अलग ईगो इशू था गाँव वालों के साथ। लेकिन हमारे बचपन का तो सबसे ख़ूबसूरत हिस्सा है वो गाँव। इसलिए फ़ाइनली पंद्रह सालों बाद आज हम अपने गाँव लौटे हैं। मीनू नहीं, डिस्ट्रिक्ट मजिस्ट्रेट मिनाक्षी पांडेय बनकर।

जैसे ही गाँव की सीमा में प्रवेश किया, देखा कि कच्ची पगडंडी अब सड़क में बदल गई थी। प्राइमरी स्कूल की टूटी इमारत की जगह रंग-बिरंगा बाउंड्री वाला स्कूल दिख रहा था। बच्चों के हाथ में तख़्ती या खड़िया नहीं, पेन-कॉपी और बैग था। घरों की छतों में डिश एंटीना और गाँव के चारों तरफ़ बिजली के खंबे और उन पर ट्यूब लाइट्स लगी दिख रही थीं। कूएँ कम और

हैंडपंप्स ज़्यादा हो गए थे। घरों में साइकिल की जगह बाइक्स ने ले ली थी और लगभग हर दूसरे हाथ में मोबाइल फ़ोन था।

एक नज़र में कोई नहीं पहचान पाया हमें, लेकिन हमने जैसे ही जाकर प्रधान जी के पैर छुए और बोला- "काका पहचाना नहीं? हम मीनू। अवध नारायण की बेटी। और बस, इतना कहते ही पूरे गाँव में जैसे सैलाब आ गया। पाँच मिनट के अंदर पूरा गाँव हमें देखने के लिए यूँ इकट्ठा हुआ जैसे दीपिका पादुकोण आई हो। हर कोई हमें देखना चाहता था। बस, किसी के पास बोलने के लिए कुछ नहीं था। सब बस हमें देख रहे थे और अपने फ़ोन से बहुत ही CREEPY तरीक़े से वीडियो बनाते हुए मुस्कुरा रहे थे। प्रधान जी ने मुस्कुराते हुए पूछा- "तो मीनू बेटा..." और फिर वो ख़ुद ही झेंप गए।

तो हमने कहा- "बेटा ही बोलिए काका, क्योंकि इस वक़्त हम यहाँ के कलेक्टर नहीं गाँव की बेटी बनकर आए हैं।"

वैसे तो, ये बात हमने दिल से कही थी लेकिन इस बात पर भी सबने तालियाँ बजानी शुरू कर दीं। दो-चार फ़ोन और उठ गए थे वीडियो बनाने के लिए। और फिर प्रधान जी ने अगले एक घंटे तक घर वालों का हाल-चाल लिया। हमारी पढ़ाई-लिखाई के बारे में बात की। हमारी शादी को लेकर ख़ुशी भी जताई और अंत में हमने उन्हें हर घर शौचालय, लड़कियों की पढ़ाई और गाँव के विकास संबंधी सारी रिपोर्ट्स को लेकर ऑफ़िस में मिलने के लिए कहा। प्रधान जी काफ़ी उत्साहित थे कि अब इस गाँव का कल्याण हो जाएगा। तभी भीड़ के बीच से एक आवाज़ आई- "कौन? मीनू आई है क्या?"

हमने देखा सामने रंजू दीदी खड़ी थी। हमसे वो सिर्फ़ पाँच साल ही बड़ी थीं, जो वैसे कोई बहुत ज़्यादा बड़ा एज गैप नहीं है लेकिन दीदी बूढ़ी लग रही थीं। उनको देखते ही न जाने क्यों राकेश का ख़याल आ गया और अनायास ही हमारे मुँह से निकल गया- "कैसी हो दीदी? और राकेश कैसा है?"

दीदी ने हँसते हुए बताया- "राकेश ने गाँव से अलग सड़क पर एक दूसरा पक्का मकान बनवा लिया है। लेखपाल की नौकरी है उसकी और बीवी पेट से है तो उसी की गोदभराई के लिए आए हैं। सबको लगता है इस बार राकेश को लड़का ही होगा। बेचारे की तीन-तीन बेटियाँ हो गई हैं। अब तो

भगवान सुन ले।"

अगर देश की इतनी तरक़्क़ी के बाद ख़ुद एक औरत की ऐसी सोच है तो अब क्या कहें। ख़ैर, उस वक़्त रंजू दीदी से बहस करने का मन था नहीं तो हम कुछ नहीं बोले। पर दीदी नहीं रुकीं। उन्होंने रधिया और कटोरी की भी बात छेड़ दी और हमें लगा- हे भगवान! उन दोनों की ख़बर अब तक क्यों नहीं ली हमने? पता चला कटोरी रंजू दीदी के गाँव में ही ब्याही है और उसी गाँव की प्रधान है। सुनकर मज़ा आ गया। आख़िर, उसे मर्द जो बनना था, तो मिल गई उसे एक ऐसी पोस्ट जहाँ वो अपनी दबंगई दिखा सकती है। लेकिन रंजू दीदी ने बताया कि वो बस नाम की प्रधान है। सारा काम पति देखता है। वो सिर्फ़ साइन करती है। ये सुनकर बुरा लगा।

"और रधिया?" हमने पूछा।

"वो इलाहाबाद में प्रोफ़ेसर हो गई हैं मैडम। रुको वीडियो कॉल लगाएँ का?"

और बिना हमारी हाँ सुने फट से फ़ोन लगा दिया रंजू दीदी ने। और पूरे पंद्रह साल बाद आज हमने रधिया को एकदम अलग अवतार में देखा था। नेटवर्क ठीक ना होने की वजह से बस हेल्लो ही हो पाई पर बहुत ख़ुश थी वो और रंजू दीदी से नंबर ले के फ़ोन करने की क़सम दी और तब फ़ोन काटा। पूरे गाँव वालों ने हाथ हिलाकर बाय बोला था हमें। हमारे ड्राइवर मंगल जी तो पूरे सेंटी हो गए थे। तभी रंजू दीदी ने चिल्लाकर बोला- "अरे रास्ते में राकेश से मिलते हुए ज़रूर जाना मीनू। हमने उसकी बीवी को फ़ोन कर दिया है। वो बाज़ार में चौराहे के पास वाला मकान उसी का है, जिसकी दीवार पर जन्मघुट्टी का इश्तेहार लिखा है।" हम कुछ कह नहीं पाए उस वक़्त। अजीब-सी हिचकिचाहट थी। मिलें कि ना मिलें। मन में दस सवाल चल रहे थे। और इस कशमकश में दस मिनट बीत गए तभी मंगल जी की आवाज़ आई- "मैडम वो रहा पीला वाला मकान।" एक पल के लिए सोचा मना कर दूँ और आगे बढ़ चलूँ। फिर लगा पंद्रह साल पहले उस रात बचपना दिखाया था शायद हमने। राकेश से बात कर लेनी चाहिए थी। यही सोचकर उतरे। सड़क के पास वाली दुकान से थोड़ी चॉकलेट और चिप्स लेकर हम उस

घर की तरफ़ बढ़े। जैसे ही दरवाज़े पर पहुँचे, एक प्रेग्नेंट लेडी सामने आई। देखकर ही समझ गए यही राकेश की पत्नी है। बहुत सुंदर थी वो। घर की ज़िम्मेदारियों और तीन बेटियों के बाद भी चेहरे पर एक चमक थी। वो शायद प्रेगनेंसी की वजह से भी हो। पर पहली नज़र में सुंदर लगी। हम औरतों में वो होता है ना कि तुलना तो हम हर चीज़ की करते हैं, तो शायद ये वही वाली आदत थी। पर मान गए राकेश को। पहले हमें पसंद किया और अब जिससे शादी की, वो भी ऐसी ख़ूबसूरत। अपने इस ख़याल पर यूँ ही हँस पड़े हम। फिर उसकी तरफ़ देखा तो वो स्माइल कर के बोली- "हेल्लो मीनू दीदी। रंजू दीदी ने आपकी फ़ोटो व्हॉट्सएप्प कर दी तो वेट कर रहे थे आपका। ये मेडिकल स्टोर तक गए हैं हमारी दवा लाने। बस, आते ही होंगे।"

अर्चना नाम था उसका। और कितना मीठा बोलती है। सच में क़िस्मत वाला है राकेश। उसकी तीनों बेटियों से मिली। सान्वी, श्रुति और श्रेया। तीनों इतनी प्यारी और क्यूट थीं कि चॉकलेट और चिप्स देने से पहले मैंने तीनों को जम के प्यार किया। श्रेया जो कि किताब खोलकर पढ़ रही थी और पढ़ाई छोड़कर मुझे नमस्ते कहने आई थी। वो एकटक मुझे देखे जा रही थी। मैंने उसके गाल खींचे। फिर अर्चना की हालत देखकर पूछा- "कौन-सा महीना है?"

उसने बताया- "आठवाँ।"

"फिर घर के काम?"

"ये श्रेया कर लेती है ना!"

सिर्फ़ दस साल की थी वो, लेकिन घर के काम कर लेती है। बड़ा अजीब लगा। मैंने श्रेया से पूछा पढ़ाई करती हो? तो उसने अपनी आँखें बड़ी करके बहुत प्राउडली बोला कि हमेशा क्लास में फ़र्स्ट आती हूँ, वो भी नाइंटी फ़ाइव परसेंट मार्क्स के साथ। इस बात पर मैंने उसे एक एक्स्ट्रा चॉकलेट दी, जो सान्वी को पसंद नहीं आई। मैंने उसे भी एक एक्स्ट्रा चिप्स का पैकेट पकड़ा दिया। तभी राकेश भागते हुए आया। बहुत बदल गया था वो। मूँछ रख ली थी। सर के बाल बिखरे से थे और पेट निकल आया था। सामने आते ही हम दोनों एकदम से ऑकवर्ड से हो गए।

"कैसे हो राकेश?"

"ठीक हूँ। तुम?"

"मैं बढ़िया।"

"बैठो। कुछ नाश्ता कर लो। श्रेया, जा, जाकर चाय बना ले।"

"अरे नहीं-नहीं! रहने दो।"

"अरे इतने दिन बाद मिल रही हो।"

"राकेश प्लीज़! रहने दो वैसे भी, श्रेया को कहो अब जाकर वो पढ़ाई करे। बहुत डिस्टर्ब कर दिया मैंने।"

"अरे पढ़ाई का क्या है! कलेक्टर बनना है क्या?"

और बस, ऐसा लगा कि किसी ने इतिहास का वही पन्ना पलट दिया हो और हम और राकेश वापस परमेश्वर काका की ट्यूबवेल के पीछे आ खड़े हुए हों, जहाँ पंद्रह साल पहले हमने उससे बात करनी बंद की। हमने एक नज़र राकेश को देखा। फिर श्रेया की तरफ़ देखते हुए बोला- "हाँ! श्रेया पढ़ेगी क्योंकि उसको कलेक्टर बनना है।" और ये बोलकर हम वहाँ से निकल पड़े।

राकेश अपनी बात कहकर शायद थोड़ा शर्मिंदा-सा हो गया, पर उसके पास कहने को और कुछ नहीं था। पंद्रह सालों में इतना कुछ तो बदल गया था पर राकेश की सोच वहीं थी। और यही सोचकर हमें बड़ा सुकून मिला कि चलो उस रात राकेश से मुँह मोड़कर जाने का हमारा फ़ैसला ग़लत नहीं था।

हमारी इनोवा बड़ी तेज़ सड़कों पर भागी जा रही थी तभी हमने अपना फ़ोन निकाला। फटाफट व्हॉट्सएप्प ग्रुप बनाकर उसमें रधिया और कटोरी को एड किया और उस ग्रुप का नाम रखा- 'लोटा परेड!'

हमारी रंगोली वाला संडे

वो हमारी ज़िंदगी में संडे की तरह थी। संडे याद है ना!

अरे वो बचपन वाला। आज वाला नहीं कि Saturday night पार्टी के बाद संडे की आधी दोपहर hangover उतारने में निकलती है। और फिर बाक़ी की शाम ये सोचने में कि कल नशे में जो drunk dialing की थी। उसमें कहीं कोई कॉल घरवालों को तो नहीं लग गई। क्योंकि एक्स के ज़लील करनेवाले व्हॉट्सएप्प मैसेज दिखते हैं पर उसकी DP नहीं दिख रही होती। मतलब वहाँ Blocked हो चुके हैं। लेकिन ये जो घर से पापा के 3 मिस कॉल, भइया का भी 2 मिस कॉल, भाभी का 2-3 व्हॉट्सएप्प मैसेज कि भइया कहा हैं कॉल करें। ये सब देखते हैं तो दिल बैठ जाता है। लगता है वर्षों से मेंटेन की हुई राजा बेटा वाली छवि ख़तरे में हैं। सबको पता चल चुका होगा कि बेटा शराब पीने लगा है। धड़कन फरारी से तेज़ भाग रही होती है। शकल पसीना फेंक रही होती है। लेकिन 99 प्रतिशत मामलों में अक्सर ये सारी हाय-तौबा सिर्फ़ इस बात की होती है कि संडे है आज, शाम को मंदिर चले जाना नहाकर।

लेकिन ग़ौर किया है। ऐसा हाहाकार ऐसी हाय-तौबा घरवालों ने ही नहीं पूरी दुनिया ने मचाया हुआ है। क्योंकि आजकल वाले संडे ऐसे ही होते हैं- Shocking और Scary और ऑफ़िस के प्रोजेक्ट, Presentation, डेडलाइंस वाले, CALL ME BACK, ITS URGENT के डरावने नोटिस टाइप।

पर बचपन वाला संडे। उसमें ये Urgency नहीं, इत्मिनान था। ऐसी

सुकून वाली फ़ीलिंग होती थी ना कि बस। वही वाली फ़ीलिंग जैसी थी वो हमारे लिए।

"वो?"

अब पूछेंगे वो कौन?

हम्म... बताएँगे, बताएँगे। पहले ये बात ज़रा याद करके देखो ना। कैसे हर संडे की सुबह को जल्दी उठकर रंगोली देखने का लालच हमें saturday को जल्दी सुला दिया करता था। स्कूल ना होने के बावजूद भी हम जल्द-से-जल्द नींद में डूब जाना चाहते थे। क्योंकि रंगोली के बाद नाश्ते में रोज़ वाला पराठा, सब्ज़ी, पूड़ी-आलू टाइप आइटम नहीं मिलता था। संडे मतलब जलेबी वाला दिन, वो भी रबड़ी के साथ। और क़िस्मत अच्छी है तो गुलाब जामुन with vanilla आईसक्रीम। संडे मतलब न्यूज़ पेपर के साथ रंगीन वाला पेपर जिसमें बॉलीवुड की सारी ख़बरें हुआ करती थीं। संडे मतलब चंद्रकांता और क्रूर सिंह का यक्कू। संडे मतलब नो ट्यूशन। संडे मतलब दोपहर को क्रिकट मैच। और शाम को TV पर फ़िल्म देखना।

बिलकुल इतनी सारी ख़ुशियों की तरह ही थी वो।

"वो" जिसका जब भी ज़िक्र किया तो ऐसी संडे वाली फ़ीलिंग ही आई। और मज़े की बात कि नाम भी कम्बख़्त का रंगोली था।

नहीं-नहीं, ये वो Drunk Dailing वाली एक्स नहीं है। और वैसे भी बेसुध होकर जिस एक्स को कॉल किया था वो इसलिए नहीं कि उसे मिस कर रहे थे, बल्कि इसलिए किया कि इनकेस वो किसी के साथ अपनी Saturday night मना रही हो तो मेरी कॉल उसका Moment बिगाड़ दे। उस पर भी तो इल्ज़ाम लगे। सवाल उठे कि ये तुम्हारा एक्स इतनी रात तुम्हें कॉल क्यों कर रहा है? देख रहे हो। रंगोली से दूर होकर मैं कैसा क्रूर सिंह टाइप हो गया था। कर दी न हमने यक्कू वाली हरकत।

लेकिन, ऐसी तमाम ख़ुराफ़ातों के बीच जब मन एकदम शांत, दिल ख़ाली और ज़ेहन ख़ामोश रहता है ना, ऐसे में मुझे हमेशा वही याद आती। होता है ना कि हर बच्चा हमेशा अपने फ़ेवरेट खिलौने को अपने ज़ेहन में लेकर हर दूसरे बच्चे के खिलौने से compare करता है। मेरे लिए वो खिलौना नहीं,

पर खेल वाला रोमांच थी। Distinction के साथ UP बोर्ड पास करने वाली ख़ुशी थी। साइकिल चलाते हुए। चेन उतर जाने पर बिना रुके पैडल पीछे करके वापस चेन चढ़ा लेने वाली प्राउड की फ़ीलिंग थी। इसलिए हमेशा उस फ़ीलिंग को बाक़ियों से compare किया। तो यही लगा कि नहीं बॉस, मेरा ये बचपन का संडे आज वाले हर weekend पर भारी है।

रंगोली। हमारे मुहल्ले में अभी कुछ ही दिन पहले आई थी। उसके पापा स्टेट बैंक में काम करते थे तो Transferable जॉब थी। हमारे मुहल्ले के इंडियन ऑयल से रिटायर्ड गुप्ता जी का बंगला था, जिसका ऊपर वाला दो कमरों का सेट ख़ाली था। वहीं पर शिफ़्ट हुई थी रंगोली अपने मम्मी-पापा के साथ। वो दौर जब लोग बेटा पाने की उम्मीद में 5-6 बेटियाँ पैदा कर लिया करते थे, रंगोली के मम्मी-पापा अपनी इस one and only बिटिया से बड़े ख़ुश थे। और होना भी चाहिए, साला सर्व गुण संपन्न बिटिया जो थी। अगर उसकी ख़ूबसूरती बयान करने जाऊँ तो मतलब ऐसा poetic discription होगा कि लगेगा शायरी कर रहा हूँ। सच कहें तो यह शायरी ग़ज़ल रोमांटिक गाने तो ऐसे ही ख़ूबसूरती के लिए बने हैं।

वैसे ख़ूबसूरती की बात करें तो मोहल्ले में आज तक सिर्फ़ ऐडवोकेट गौरव दीक्षित भइया की पत्नी लता भाभी को ही सब हिरोइन टाइप मानते थे। क्योंकि वो 'सात समुंदर पार मैं तेरे पीछे-पीछे आ गई' गाने पर साड़ी पहन के मस्त ब्रेक डांस कर लेती थीं। लेकिन रंगोली को देखने के बाद तो हम अपने बाप की पूरी जायदाद शर्त पर लगाने को तैयार थे कि रंगोली से सुंदर कोई इस मोहल्ले तो क्या, कानपुर के किसी भी मोहल्ले में नहीं। और ऐसा होता है ना कि कभी-कभी कोई पहली नज़र में इतना अपना लगने लगता है कि उसके सिवा ना कोई अच्छा लगता है ना कुछ अच्छा लगता है। और इस बात का साला Google पर भी कोई Scientific Explanation नहीं मिलेगा कि आख़िर ऐसा क्यों? बस ऐसा लगता है कि Love at first sight वाली कहावत का आविष्कार शायद ऐसी ही किसी परिस्थिति के लिए हुआ था। और हम मान लेते हैं कि चलो भाई, हमें भी प्रेम रोग हो गया।

इस रोग की शुरुआत कैसे हुई, उसकी एक कमाल कहानी है। हम

अक्सर छत पर अपना ऐंटीना आड़ा-टेढ़ा करने जाते थे। बात है कि DD2 नया-नया मार्केट में बड़ा हिट हुआ था जिस पर सिर्फ़ संडे नहीं, बल्कि हर रोज़ एक पिक्चर दिखाई जाती थी। ढेर सारे नये प्रोग्राम भी आए थे। एक अफ़वाह भी थी कि ठीक से सही एंगल पर एंटीना जम गया तो डिश भी कैच करेगा। डिश पर रात को ऋतिक रौशन की फ़िल्में दिखाते हैं। और ये वो दौर था जब पूरे भारत ने नये-नये ऋतिक रोशन को 'एक पल का जीना फिर तो है जाना' पर वो हाथ से कार का गियर लगाने वाले स्टेप के साथ देखा था। पहली बार कोई हीरो आया था जो हर तरह से हीरो था। Body में, Dancing में, Looks में, मतलब फ़ुल बाप-रे-बाप था। और साथ में एक ज़हर की पुड़िया और थी- अमीशा पटेल। क़सम से, 'कहो ना प्यार है' वाला वो दौर बड़ा ही कमाल का था। तो बस भइया इसी तरह के सिनेमा को देखने की आस में एंटीना को टेढ़ा-सीधा करते हुए हमारे सिग्नल पहली बार रंगोली से मैच हुए थे, जब हमने गुप्ता जी के ऊपर वाले हिस्से की बालकनी में उसे स्पॉट किया था। भक्क से दिमाग़ का फ़्यूज़ ही उड़ गया था। मतलब डिश में दिखने वाली हीरोइन तो साक्षात सामने खड़ी थी। ग़ज़ब वाला माहौल था एकदम वो। और दो दिन पहले चित्रहार में 1942 A Love Story का जो गाना सुना था- एक लड़की को देखा तो ऐसा लगा... गुरु उसके पूरे बोल समझ आ गए थे।

अपने सभी दोस्तों को काम पर लगा दिया था कि पता करो ये गीत के बोल जिस पर इतने फ़िट बैठ रहे हैं, ये है कौन? और फिर क्या, इंडियन ऑयल वाले गुप्ता जी के यहाँ अचानक ही हम सबका आना-जाना एक्स्ट्रा होने लगा। कभी अख़बार माँगने के बहाने, कभी मनी प्लांट का एक टुकड़ा माँगने, तो कभी शंकर जी को जल चढ़ाने के लिए फूल और बेलपत्र तोड़ने के बहाने। मतलब फुल हमला बोल रखा था हमारी मित्र मंडली ने, बस ये पता करने के लिए की आख़िर ये सुंदरी है कौन?

सच कहें, जय-वीरू की दोस्ती फ़ेल थी हमारे इन निस्वार्थ दोस्तों के आगे। बड़े जी-जान से जुटे थे सब-के-सब डिटेल जुगाड़ने में। पर ये वो दौर था जब लड़कियाँ सिर्फ़ खिड़की के झरोखे, छज्जे, बालकनी या फिर पापा

के स्कूटर की बैकसीट पर ही दिखती थीं। हमारी लाख कोशिशों के बावजूद रंगोली का दीदार नहीं हो पा रहा था। और तो और, हम सब गुप्ता जी से किडनी के सिवा बाक़ी सब कुछ माँग चुके थे।

फ़ौरन एक urgent वाली बैठक की गई पिंटू भइया की छत पर। पिंटू भइया दरअसल एक ऐसे किरदार हैं जो मेरे ख़याल से हर इंसान की कहानी में अलग-अलग समय पर अलग-अलग जगह बहुत ही चतुराई के साथ placed होते हैं। ये वो भइया होते हैं जो हम non millennials के सलाहकार होते हैं, जिनके पास दुनिया की हर समस्या का समाधान होता है। हर बात पर उनकी एक राय होती है जो पता नहीं क्यों सही लगती है। क्योंकि उनके confidence और conviction भरी आवाज़ को तो शायद ख़ुद ब्रह्मा जी भी cross question ना करें। लेकिन छत की इस देर रात वाली पिंटू भइया special meeting के लिए appointment मिलने की इकलौती शर्त थी, जो हर बंदे को पूरी करनी होती है। हमने भी अद्धा यानी कि alcohol की व्यवस्था की।

आधी रात नाक के नथुने बजाते हुए पापा के बग़ल से यूँ निकले जैसे LOC से बचते हुए आतंकवादी आते हैं कश्मीर में। और बस जाके सीधे पापा के मिनी बार से एक OLD MONK वाली बोतल की थोड़ी-सी रम निकाली और Thumpsup वाली half लीटर में उड़ेल ली और थोड़ा-सा थम्स अप रम में मिला दिया। अब Thumpsup का रंग OLD MONK से मिलता-जुलता है इसलिए कोई शक नहीं करेगा कि बोतल से रम की चोरी हुई है। मज़े की बात कि ये ब्रह्म-ज्ञान भी पिंटू भइया ने ही दिया था।

पिच्च से मुँह से गुटखा थूककर साथ लाई हुई मिनरल वाटर की बोतल से 4 बार कुल्ला करने के बाद बड़ी भारी आवाज़ में पिंटू भइया ने सिर्फ़ 'हम्म' बोला था। हमें लगा समस्या हमारी कुछ ज़्यादा ही गंभीर है। पर अचानक ही पिंटू भइया casual होते हुए बोले- "देखो बेटा, ये पूछ-ताछ, ताका-झाँकी जैसी चिरकुटपंती करने के बजाय थोड़ा फ़िल्मी रास्ता अपनाया जाए तो तुम्हारा काम बड़ी ही आसानी से हो सकता है। पर उसके लिए चाहिए confidence जो इन मामलों में बड़ा ज़रूरी है।"

और जैसे ही पिंटू भइया ने ये बात बोली, हमने एक नज़र अपनी मित्र मंडली पर डाली। गोपू उर्फ़ गोपाल, बंटी उर्फ़ कुँवर प्रताप और कालू जिसका उर्फ़ हमें याद नहीं। क्योंकि ये वाला एक विचित्र दोस्त सबका होता है जिसका असली नाम भूल के हम साले को उसके निक नेम से ही याद रखते हैं। ये तीन महारथी थे हमारी टीम में, जो एक आवाज़ पर जान दे दें अपनी। लेकिन लड़की के मामले में कत्तई शून्य। तभी तो confidence शब्द का ज़िक्र आते ही हमने उन्हें देखा और मन-ही-मन आह भर ली। क्योंकि इस शब्द की हमारी मित्र मंडली के पास बहुत कमी थी। ऐसे में पिंटू भइया थोड़ा नाख़ुश से नज़र आए- "बउआ, ऐसे होगी क्या आशिक़ी जब प्लान सुनने से पहले ही गुर्दे फेल हो रहे हैं?"

और बस भाई ये तो सीधा आत्मसम्मान पर चोट हो गई। ऐसे में आशिक़ चूँकि हम थे इसलिए confidence भी हमने ही दिखाया और आगे बढ़ गए- "बोलो पिंटू भइया। सच्ची आशिक़ी है ये। कहो तो जान दे दें।"

पिंटू भइया जो कि रम और कोक का मज़ा ले रहे थे, मुँह बिसोरकर बोले- "अबे भागो बे। बॉर्डर पर थोड़ी जाना है जो जान देने की बात हो रही है। ये एक टीम वर्क होगा। ध्यान से सुनो।"

और फिर रात के सन्नाटे में खुली छत पर जो planning सुनी थी हमने, उसके बाद तो लगा कि साला रंगोली की every single डिटेल हमारे कब्ज़े में होगी। बड़े गर्व से निहारा था हमने उस वक़्त पिंटू भइया को। उस वक़्त उनके गुटखा खाए लाल दाँतों वाली स्माइल हमारी शक्ल के सामने ना चमक रही होती तो पक्का गालों पर चुम्मी ले लेते।

तो ठीक अगले दिन रंगोली के घर की घंटी बजाई गई। धड़कते दिल के साथ हम और काँपती टाँगों के साथ कालू हमारे साथ था। बाक़ी बंटी और गोपु नीचे सड़क पर अचानक आने वाली किसी भी आपदा से बचाने के लिए या यूँ कहें कि मोरल सपोर्ट के लिए खड़े थे।

दरवाज़ा जब खुला ना बाबू तो वो दरवाज़ा नहीं था। ऐसा लगा कि स्वर्ग का दरवाज़ा खुला हो, क्योंकि अंदर से आती ठंडे कूलर की हवा में गुलाब वाली महक थी। समझ आ गया था कि कूलर की घास भी नयी लगी

है और उसके पानी में गुलाब वाला कूलर perfume मिलाया गया है। और सामने जिसने दरवाज़ा खोला वो दिखने में अपसराओं को फ़ेल कर दे यानी कि 'हमारी रंगोली'। अब इतने प्रयास और प्रपंच कर लिए हैं तो रंगोली को 'हमारी' बोलकर हक़ तो जता ही सकते हैं ना।

ठंडी हवा के उस महकते झोंके के बीच अप्सराओं-सी ख़ूबसूरती लिए खड़ी उस सुंदरी ने जब कहा- "Yes! क्या काम है?"

भाई क़सम से गला चोक हो गया। ऐसे में कालू ने पहली बार ग़ज़ब की फुर्ती दिखाई और टपाक से बोला था- "जी हम जनगणना विभाग से हैं। मतलब समर जॉब कर रहे हैं। ये एक तरह की volunteering है।"

अब इससे आगे हमने फिर कालू को कुछ बोलने नहीं दिया क्योंकि हमें नहीं पसंद कि हमारी गिरी हुई मनोदशा का फ़ायदा उठाकर कोई और रंगोली के सामने अपना Impression झाड़े। फट से कालू की बात को आगे बढ़ाते हुए एक डायरी-पेन के साथ रंगोली को देखा और बोला- "जी आप कितने लोग हैं? क्या नाम है? क्या उम्र है? contact नंबर? इस सबका डेटा सरकार तक पहुँचाया जाना है। हम इस काम में सरकार की हेल्प कर रहे हैं। स्कूल की तरफ़ से actually एक social civic service का प्रोजेक्ट है, उसी सिलसिले में ये काम मिला है हमें।"

अब इतनी ज़्यादा गहरी और बड़ी बातें बोल डाली थी दरवाज़े पर खड़े होकर कि रंगोली के पास हमें अपने उस किंग साइज़ सोफ़ा पर बैठाने के सिवा कोई चारा न बचा था।

और अगले 15 मिनट में हमें रंगोली का नाम date of birth, place of birth के साथ-साथ टेलीफ़ोन नंबर भी मिल गया था। थोड़ा वक़्त रंगोली के साथ और काटने के लिए पानी भी माँग लिया था जिसके साथ काजू-कतली भी मिली थी। रंगोली ही नहीं हमें तो उनकी मम्मीजी भी बड़ी पसंद आई थीं। ऐन वक़्त पर 'ठंडे पानी के साथ काजू कतली भी लेके आना बेटा' वाला आइडिया उन्हीं का था। कुल मिलाकर उस दिन जो हुआ उसके बाद रंगोली के लिए हमारा प्यार और पिंटू भइया के लिए हमारी इज़्ज़त लगभग चार गुना और बढ़ चुकी थी।

रात का यही कोई एक बज रहा होगा। पूरे मोहल्ले में सन्नाटा था। सिर्फ़ गाहे-बेगाहे किसी कुत्ते के भौंकने की आवाज़ आती या फिर दूर गुज़रती किसी ट्रेन की आवाज़। ऐसे में ख़याल जो था वो सरपट ख़्वाबों की पटरी पर दौड़ा जा रहा था। जिस ग्लास में उसने पानी दिया था हम वो चुरा भले ना पाए, पर उस गिलास से पीए हुए ब्रह्मा जी के कमंडल वाले अमृत जैसे उस पानी का स्वाद हमारे होठों पर ताज़ा था। रंगोली की वो महक, वो हँसी, हमने इस क़दर अपने रोम-रोम में बसा ली कि ऐसा लग ही नहीं रहा था कि हम दो हैं। आँख मूँदकर जब बिस्तर पर लेटे थे ना, तो उस दिन महसूस हुआ था कि जैसे रंगोली भी हमारे अंदर ही कहीं साँस ले रही है।

हमारे खुराफ़ाती कारनामे के बाद पूरा एक हफ़्ता लगा था ये जानने में कि 5 स्कूल में फ़ॉर्म भरने के बाद रंगोली आर्य कन्या इंटर कॉलेज में एडमिशन ले रही है। जो हमारे आदर्श जनता इंटर कॉलेज के ठीक सामने था। मतलब ऊपरवाले का इशारा देख रहे हो कि जिस स्कूल के बाहर घंटों एक बंटा पेप्सी लेके हमने आती-जाती लड़कियों में अपनी मोहब्बत ढूँढ़ने की कोशिश की थी, उसी स्कूल में अब हमारी सच्ची मोहब्बत अपना बैग लिए आया-जाया करेगी और हम बंटा पेप्सी के घूँट के साथ उसे आँख भरके देखा करेंगे। और बस गुरु उस दिन हिंदी फ़िल्मों पर यक़ीन बढ़ गया। मतलब अब ऐसे ही थोड़ी शाहरुख़ ने इतना बड़ा डायलॉग बोला है कि किसी चीज़ को शिद्दत से चाहो तो कायनात आपको मिलाने की साज़िश करती है। यहाँ भी क़िस्मत की साज़िश हुई है, तभी तो हमारे घर भले ही आगे-पीछे थे लेकिन स्कूल ठीक आमने-सामने थे। अब जो लड़का हमेशा लगभग 15-20 मिनट लेट पहुँचता था वो अचानक स्कूल शुरू होने के 10 मिनट पहले पहुँचने लगा ताकि रंगोली को उसके पापा के स्कूटर से उतरते हुए देख सके। और ये रूटीन सिर्फ़ सुबह का नहीं था। हर शाम स्कूल बंद होने के आधे घंटे बाद तक भी रुकता था, ताकि इस सुकून के साथ घर जाऊँ कि चलो रंगोली सही-सलामत अपने पापा के स्कूटर पर बैठकर घर निकल गई।

उस दिन बड़ी ज़ोर की बारिश होने लगी। अब इसे क़ुदरत का क़हर कहें या करिश्मा कि अक्टूबर में बारिश आई। और क्योंकि अगले दिन संडे

था तो हमें लगा ड्रेस भीग भी जाए तो क्या, संडे को धुल के प्रेस होनी ही है। इसलिए बड़ी ही बेतकल्लुफ़ी में घर जाने के लिए निकले तभी अचानक हमें रंगोली का ख़याल आया। कुछ भी हो पापा का स्कूटर कितना भी तेज़ भागे, घर पहुँचते-पहुँचते रंगोली भीग तो जाएगी ही। इसी चिंता में हम बाहर आए तो देखा वो अभी 'रांझा छोले भटूरे कुलचे' वाले के उस पन्नी से बनाए तिरपाल के नीचे खड़ी अपने पापा का इंतज़ार कर रही थी। अब 'मोहब्बत' बारिश के ऐसे माहौल में अकेले खड़ी हो और आशिक़ वहाँ से मुँह फेरकर चला जाए तो रुस्वाई है ये। इसलिए एक पेड़ की आड़ लेकर साइकिल लिए हम भी गुरु पूरा घंटा भर भीगे। वाटरप्रूफ़ बैग की वजह से किताब कॉपी सुरक्षित थी पर हम शायद हेवी फ़्लू के शिकार होने वाले थे। क्योंकि गले के अंदर झुनझुनी-सी खुजली चालू हो गई थी। पर हमारी इस एकतरफ़ा मोहब्बत की गरमी ने फ़िलहाल हमें सँभाल रखा था।

रंगोली को इस तरह देखना अच्छा लग रहा था। और जिस तरह बारिश हो रही थी, अगर कोई दूर से फ़िल्म वाला कैमरा लगा के शूट कर ले तो एकदम गाने वाला वीडियो भी बन सकता था। पर हमें मन में ये भी क्रोध आ रहा था कि कैसा लापरवाह बाप है। जवान और उससे भी Important कि इतनी सुंदर बेटी को अकेला छोड़ दिया है यहाँ सड़क पर और ख़ुद पता नहीं कहाँ स्कूटर लिए धूम मचा ले धूम कर रहा होगा।

हम अपनी बारिश में भीगनेवाली इस झल्लाहट और रंगोली को लगातार ताड़ते रहने के सुख के इस कभी ख़ुशी कभी ग़म वाले माहौल में एडजस्ट हो ही रहे थे कि तभी देखा एक आदमी साइकिल से आया और रंगोली से कुछ-कुछ बोलने लगा। इतनी दूर से हमें बस यही लगा कि शायद राह चलता दिलफेंक आशिक़ हमारी रंगोली को छेड़ रहा है। पर इससे पहले कि हम कोई क़दम उठाते वो आदमी आगे बढ़ चुका था और पीछे रह गई रंगोली जिसके चेहरे पर अचानक परेशानी के भाव उभर आए थे। और उसी परेशानी के भाव में रंगोली ने एक साइकिल रिक्शा वाले को रुकवाया और बिना मोल-तोल किए झट्ट से बैठकर चल पड़ी। पर उस दिन एक और अच्छी बात ये थी कि बाक़ी दिनों की तरह वो मेरी आँखों से एकदम फुर्र नहीं हुई। क्योंकि आज

पापा का स्कूटर नहीं, रिक्शा था। मेरी साइकिल उसके रिक्शा का पीछा कर सकती थी। तो बस लग गए भाई पीछे। और शायद कायनात फ़ुल गुलशन ग्रोवर हुई पड़ी थी इसलिए हमको रंगोली से मिलवाने की साज़िश-पर-साज़िश किए जा रही थी। तभी तो बिलकुल नया-नया साइकिल रिक्शा था वो फिर भी आधे रास्ते जा के पंचर हो गया। शुक्र है बारिश अब बंद हो चुकी थी। पर ऐसा रिक्शा पंचर होना फिर भी है तो frustrating ही न।

बीच बाज़ार रंगोली को झुंझलाकर उतरना पड़ा। बैग से निकालकर 10 का एक नोट उसकी तरफ़ उछाला और जाकर सड़क के एक कोने खड़ी हो गई।

और इस situation में emergency break मारते हुए मुझे ख़ुद को ऐन वक़्त पर एक खड़ी हुई मारुति की आड़ में छिपाना पड़ा। अब यहाँ से नज़ारा यूँ था कि बैग लिए वो सड़क पर खड़ी थी। दूसरा रिक्शा आसपास दिख नहीं रहा था और हमें समझ नहीं आ रहा था कि हम करें क्या। साइकिल रोककर ज़्यादा देर बिना किसी बहाने सड़क पर दिख गए उसे तो फ़ौरन creep क़रार कर दिए जाएँगे। तो सोचा कि स्लो स्पीड में पास करते हैं रंगोली को और उसे Ignore करने का नाटक करेंगे। और मान लो उसने देख भी लिया तो क्या हुआ! सड़क है, कोई भी गुज़र सकता है। इतना भी क्या डरना, है की नहीं? तो तय कर लिया था कि अंजान बनकर उसके सामने से गुज़रना है जो हमारी जान है और जिससे हमारी रूहानी तौर पर जान-पहचान है।

साइकिल को कछुए से भी धीमी रफ़्तार से घसीटते हुए जब हमने रंगोली को क्रॉस किया तो उस वक़्त हमारी expectation के मुताबिक़ उसको एकदम से हमें देखकर ख़ुशी से कूद जाना चाहिए था और हमारे गले लग जाना चाहिए था। आख़िर इस अनजान लोगों की भीड़ में हम इकलौते 'known' थे उसके। पर ऐसा ना हुआ। ना उसने पहचाना, ना आवाज़ दी, ना ही कोई Reaction आया उधर से। हम निराश से आगे बढ़ ही रहे थे कि अचानक हमारा ध्यान सामने ना होने की वजह से साइकिल एक ठेले वाले भइया से टकराई जो केले बेच रहे थे। ख़ैर उनका तो कुछ नहीं हुआ।

हल्का-सा झटका लगने से बस दो-चार केले गिरे थे पर हमारे साथ दो बातें हुईं। एक यह कि हमारी चीख़ निकली, और दूसरी यह कि रंगोली का हम पर ध्यान पड़ा।

हम उस वक़्त शर्मिंदा होते उससे पहले ही रंगोली ने अचानक हमें देखा और झट से हमारे पास आकर हमें उठाने में मदद की। ये होते हैं अच्छे संस्कार जिसके लिए मैंने उसी वक़्त रंगोली की काजू-कतली खिलाने वाली मम्मी को याद किया और मन-ही-मन उनका अभिवादन भी। हमें लगा हमें उठाने के बाद रंगोली हमसे बात करेगी। लेकिन ये क्या, उसने हमें सहारा देकर उठाया और बेसहारा छोड़कर मुँह मोड़कर दूसरी तरफ़ को जाने लगी। दिल बैठ गया क़सम से कि लगभग मौत के मुँह से बचकर आए हैं और बंदी ने पहचाना ही नहीं। अपना टूटा दिल और अपनी टूटी-फूटी हालात समेट ही रहे थे कि पीछे से आवाज़ आई।

"सुनो! तुम वही हो ना? उस दिन घर भी आए थे... जनसंख्या project..."

उफ़्फ़। इतनी ख़ुशी ब्रह्मांड के ब्लैक होल को भी नहीं हुई होगी जब उसके होने का पता लगाया होगा वैज्ञानिकों ने, जितनी हमें हो रही थी। क्योंकि रंगोली ने हमें पहचान लिया था।

हकलाते हुए हमने मुंडी हिलाई और फिर अपना गिरता हुआ confidence दुरुस्त किया और बोल पड़े- "जी मैं वही हूँ। आपकी गली के पीछे और स्कूल के सामने रहता हूँ।"

और ये बोलते ही फ़ौरन मन में कोसना चालू कर दिया ख़ुद को कि अबे ये क्या बोल गया। अब तो वो समझ जाएगी कि तुम एक नंबर के लफंदर हो। पीछा करते हो लड़की का। लेकिन हमने फ़ौरन बात सँभाली और मुस्कुराते हुए बोला- "ड्रेस से समझ गए। आर्य कन्या इंटर कॉलेज से हो ना? हमारा सनातन धर्म स्कूल तुम्हारे सामने ही पड़ता है।"

रंगोली को शायद इतना ज़्यादा बोलना अच्छा नहीं लगता था। वो one word answer देने में यक़ीन रखने वाली मालूम पड़ती थी। क्योंकि हमारी इतनी सारी बातों के जवाब में उसने सिर्फ़ मुंडी हिलाकर 'अच्छा' कहा।

ख़ैर, हम तो उन बच्चों में से रहे हैं जो मेहमान के ये कहने पर कि 'अरे बेटा तुम भी बैठो यहाँ और कुछ खा लो ना' सुनते ही क्रीम वाले बिस्कुट पर टूट पड़ते थे और मुट्ठी भर दालमोट के साथ उठते थे। यहाँ भी हमने उसी ढीठपन का मुज़ाहिरा पेश करते हुए बात को आगे बढ़ाया।

"आज तुम यहाँ? स्कूल तो पीछे है... मतलब तुम यहाँ क्यों?"

मतलब इतना ज़्यादा स्वाभाविक और Chilled out-सा बरताव कर रहा था कि रत्ती भर शक ना हो पाए रंगोली को। Natural Acting के आज के सारे new age अभिनेता पानी भरते हमारी उस वक़्त की एक्टिंग देख के। ख़ैर, सवाल के जवाब में रंगोली ने वही सब दोहराया जिसके हम इतनी देर से चश्मदीद गवाह थे। पर उसके जवाब में पापा के ना आने का कारण भी पता लग गया।

दरअसल इनकी दूर की मौसी जी का आज कोई व्रत था जिसके बाद वो गाय माता को पूड़ी खिलाने सड़क पर निकली थीं। वो गाय के पीछे गईं और गाय का सांड इनके पीछे। फ़ितरत से या तो वो सांड गो-रक्षक था या अपनी गाय को लेकर बहुत possessive था या फिर गाय Diet पर थी और उसे वो oily पूड़ी नहीं खानी थी। वजह जो भी रही हो मौसी बेवजह फँस गईं। अपने सींग से सांड ने जो वार किया कि कूल्हे में चोट और पैर में मोच आ गई। वो मौसी थी यानी मम्मी के मायके वाली तो वहाँ हाज़िरी देना पापा का परम धर्म था।

ख़ैर, हमने मन-ही-मन गाय माता को धन्यवाद कहा जिसके आशिक़ मतवाले सांड की सर्जिकल स्ट्राइक की वजह से आज हम रंगोली से इस तरह भरे बाज़ार अकेले मिल पाए और बातें कर पाए।

अब हमारे बताने में ये घटना भले इतनी जल्दी ख़त्म हो गई लेकिन जिस विस्तार से रंगोली ने बताई थी और जिस रफ़्तार से हम दोनों सड़क पर पैदल चलते-चलते बात कर रहे थे, पता भी नहीं चला था कि कब हम अपने मोहल्ले के पास वाले शिव मंदिर तक पहुँच गए। अब ये ऐसी जगह थी जहाँ से रिक्शा करके जाना बेफ़िज़ूल ही लगता तो रंगोली ने आगे का बचा हुआ रास्ता भी हमारे साथ पैदल चलते हुए तय करने का फ़ैसला किया। ख़ैर, हम

तो उसके साथ यूँ ही पूरी ज़िंदगी का सफ़र काटना चाहते थे पर फ़िलहाल ये छोटी walk भी हमारे लिए काफ़ी ग़ज़ब साबित हो रही थी।

जाते हुए रंगोली ने एक हल्का-सा thank you कहा और smile भी दी। ये सब फ़िल्मों में होते देखा था पर आज साक्षात हमारे साथ हो रहा था।

घर आकर पूरे दो घंटे भीगे हुए कपड़ों में आमिर ख़ान बना 'पहला नशा-पहला ख़ुमार' गाया। और उसके बाद जो बिस्तर पकड़ा तो अगले 20 दिन उठ नहीं पाया। डॉक्टर ने फ़्लू बताया था, लेकिन ये फ़्लू नहीं हमारे लिए कोरोना वाली महामारी साबित हुआ। कम्बख़्त ने बेहोश रखा 20 दिनों तक। बस खाने-सोने के सिवा कुछ दिमाग़ में सूझा ही नहीं। और 20 दिन बाद जब हम स्कूल पहुँचे तो रंगोली दिखी नहीं। हमें लगा चलो छुट्टी में मिल लेंगे। लेकिन छुट्टी के आधे घंटे बाद तक ना पापा नज़र आए ना ख़ुद रंगोली।

बीमारी से उठकर जिस उत्साह के साथ स्कूल आए थे वो फुस्स हो चुका था क्योंकि स्कूल जाने की वजह ख़ुद स्कूल नहीं आई थी। बड़ा उदास-सा मन हो चला था। मुँह का स्वाद एंटीबायोटिक दवा जैसा कसैला हो रहा था, जो 20 दिनों में तीन टाइम के meal की तरह हमने खाई थी। घर आकर भी उदास बैठा था। तभी दरवाज़े पर knock के साथ अवाज आई थी- "तो अब कैसी है तबियत?"

दिमाग़ में झन्न से सितार बजा था क्योंकि ये आवाज़ उसकी थी- हमारी रंगोली की।

ग़ौर से देखा हमने। हाथ में एक बड़ा-सा लिफ़ाफ़ा लिए खड़ी थी। एक पल को हमें डर लगा कि मम्मी क्या कहेंगी। पापा कहीं आके डाँटने ना लगें हमें कि- 'तुम्हारा नाम लेके लड़कियाँ भी आने लगीं अब घर में। आवारा कहीं का।' पर ऐसा कुछ ना हुआ। रंगोली को देखते ही माँ बड़े ही चिर-परिचित अंदाज़ में बोलीं- "अरे रंगोली बेटा, आओ आओ। देखो उठ गए बौड़म महाराज।"

और इस वक़्त मैं अचरज में था कि जिसका परिचय मुझे करवाना चाहिए, माँ उसे नाम से बुला रही थी। दोनों की अद्भुत camaraderie के बीच मैं ख़ुद को उतना ही Neglected महसूस कर रहा था जितना कि

Pneumonia के उच्चारण में P महसूस करता है।

और फिर चाय और क्रीम बिस्कुट के साथ यह गुत्थी सुलझी थी कि जो सफ़र हमने उस दिन पैदल तय किया था, वो वहीं नहीं थमा था। उसके बाद अगले दिन मेरे बारे में पूछते हुए रंगोली घर तक आई थी Thank you बोलने के लिए। साथ में घर की बनाई मठरियाँ भी लाई थी। क्योंकि मैं बिस्तर से उठने की हालत में नहीं था तो बस माँ से hello-hi करके चली गई। मन में अजीब-सी ख़ुशी की लहर थी हमारे कि चलो माँ को भी पसंद है हमारी पसंद, लेकिन वो मठरियाँ कहाँ गईं? तो जवाब मिला कि पापा जी ने सुबह चाय के साथ चट कर डाली। हम थोड़ा Irritate ज़रूर हुए थे लेकिन फिर जाते हुए जब रंगोली ने वो गुलाबी लिफ़ाफ़ा हमें दिया जिस पर अपने हाथों से उसने- GET WELL SOON लिखा था, उसे पढ़कर तबियत हरी और गाल गुलाबी हो गए। अपनी कोर्स की किताबों से कहीं ज़्यादा बार उस कार्ड को पढ़ा था मैंने। आईने में अपनी शक्ल से ज़्यादा इस कार्ड को निहारा करता था। और बस, यहीं से सिलसिला चल निकला था। उस संडे वाली फ़ीलिंग को फ़ील करने का।

पापा जी रंगोली के पापा के साथ हर संडे पार्क में दौड़ने जाते थे। रंगोली की माँ हर संडे हमारे यहाँ आकर साथ में कोई नयी स्वीट डिश बनातीं और मैं और रंगोली हर संडे साथ बैठकर रंगोली देखते थे। मतलब वो गाने वाली रंगोली देखती थी TV पर और मैं उस गाने देखने वाली रंगोली को देखता था।

सब कुछ सही हो चला था। मैं सर्व-सम्मति से निर्विरोध रूप से रंगोली का बेस्ट फ्रेंड क़रार दिया जा चुका था। हमारे माँ-बाप की भी आपस में बनती थी। फ़ुल 'हम आपके हैं कौन' वाला माहौल था। और तमाम Moments और Memories बनाते हुए हमने अपना पूरा एक साल काटा और फिर अपने 12th बोर्ड की तैयारी में लग गए। रंगोली से मिलना-जुलना बंद। अपनी रंगोली क्या, TV वाली रंगोली भी नहीं देखते थे। क्योंकि अब सिर्फ़ रंगोली ही नहीं उसके घरवालों की नज़रों में भी क़ाबिल बनना था हमें। इसलिए हर ख़याल को दरकिनार करके सिर्फ़ पढ़ाई का ख़याल करते थे। सुबह-शाम टॉप करने का सपना देखते थे। इन्हीं विचारों के साथ 12th बोर्ड की परीक्षा भी

संपन्न हुई। आख़िरी वाला हिंदी पेपर देके हम सीधे रंगोली के घर भागे थे। और क्योंकि उसका ICSE Board था इसलिए वो एग्ज़ाम से दो हफ़्ते पहले फ़्री हो चुकी थी और हमारे फ़्री होने की राह देख रही थी।

पर उस दिन बड़ा ग़लत हो गया। रंगोली के घर के सामने पहुँचे तो एक बड़ा-सा ट्रक खड़ा था। उसका आधे से ज़्यादा सामान बड़े-बड़े पैकेट में सील होकर ट्रक पर चढ़ाया जा रहा था। वो किंगसाइज सोफ़ा जिसपे बैठकर पहली बार काजू-कतली खाते हुए हमने रंगोली को आँख भरके देखा था वो भी पन्नी और बबल रैप के साथ पैक कर के रखा जा रहा था।

मैं कुछ बोल ही नहीं पाया यार उसके आगे। रंगोली ने बताया कि पापा का ट्रांसफ़र सीतापुर हो गया इसलिए फ़ौरन join करना होगा क्योंकि Promotion मिला है। उनके लिए ये ज़ाहिर है ख़ुशी की बात थी लेकिन मैं ऐसे मौक़े पर कैसे ख़ुशी ज़ाहिर करूँ जबकि अंदर से कलेजा सुलगकर राख हो रहा था।

यार ऐसा कैसे हो सकता है! अभी तो ठीक से दिल की बात भी नहीं कही थी रंगोली को। सोचा था अपने 12th रिज़ल्ट के साथ सीधे उसको I LOVE YOU बोलेंगे। पर सब इरादे वहीं उसी ट्रक के टायर के नीचे कुचले जा रहे थे।

अपनी कार में बैठते हुए रंगोली ने कहा था- "वहाँ पहुँचते ही तुम्हें कॉल करूँगी। रोज़ टेलीफ़ोन पर बात भी करेंगे। और तुम जल्दी से ईमेल आईडी बना लो। फिर ईमेल करूँगी तुमको।" पर ये... ये जो ऐसा सामने से हमारे हाथ पकड़कर ये सब बोल रही है, ये वाली फ़ीलिंग तो नहीं आएगी ना उस फ़ोन या ईमेल से। ये छूवन, ये एहसास, एक-दूसरे के शरीर की महक, दिल की धक-धक वाली आवाज़, उठती-गिरती साँसों का शोर, कुछ भी नहीं महसूस होगा। बस कुछ शब्द होंगे जो यहाँ से वहाँ होते रहेंगे।

दो बार हॉर्न देकर और फिर आख़िर में आवाज़ देकर रंगोली के पापा ने उसे बुलाया था। रोकने की हिम्मत हमारी नहीं हुई। और रोकते भी तो शायद रंगोली रुकती नहीं। तो बस, जाती हुई उसके पापा की मारुति 800 की नंबर प्लेट आज भी याद है हमें- MXT 8650 और ये नंबर दिलो-दिमाग़ में आज

तक छपा हुआ है। और उसके साथ बिताए हुए संडे! भाई साहब हर संडे की एक-एक बात मुँहज़ुबानी याद है। पहले हर रोज़ की calling हफ़्तों में बदली। फिर 15 दिन, फिर महीने और उसके बाद पता नहीं चला कब हमने एक-दूसरे को फ़ोन करना ही बंद कर दिया। क्योंकि हम दोनों की ही ज़िंदगी में ख़ुद को साबित करने का जुनून जो चढ़ चुका था। Career के चक्रव्यूह में अपने बचपन वाले प्यार को अभिमन्यु की तरह क़ुर्बान कर दिया हमने। और ज़िंदगी की महाभारत लड़ते रहे, लड़ते रहे। जब ये सब थमा तो पता चला कि तब तक बहुत देर हो गई है।

रंगोली शादी कर Australia Shift हो चुकी है। और हम नितांत अकेले, तन्हा और हद सिंगल होकर पुने में।

यहाँ रोज़ सुबह से शाम एक अंधी दौड़ में शामिल हूँ इसलिए तो लाख Dating App छानने के बाद भी किसी के साथ वो वाला संडे नहीं मयस्सर हुआ जो रंगोली के साथ था। सच में जिस दिन दोस्तों के साथ Happy Hours में दारू पीने बैठता हूँ उस दिन ये nostalgia का प्रकोप बढ़ जाता है, क्योंकि one plus one के चक्कर में दारू डबल और यादें चार गुना हो जाती हैं। पर सच कहें, लाइफ़ में लाख achievement मिली हो, लाख foreign vacation और paid holidays कर लिया हो, पर आज भी craving बस उसी संडे की होती है! हमारा वाला संडे। हमारी रंगोली वाला संडे!

मुन्ना भाई का सर्किट

पूरी दुनिया हमेशा हीरो की कहानी कहती है। हीरो आया, उसने ऐसी एंट्री मारी, गुंडों की ये पिटाई की, हीरोइन को एकदम पागल कर दिया, और क्लास-कॉलेज में टॉप करते हुए अपने बिज़नेस को हज़ार करोड़ की डील दिला के आल इज़ वेल दैट एंड्स वेल का नारा बुलंद किया। लेकिन चाहे फ़िल्म हो या ज़िंदगी, हीरो एक-दो ही होते हैं। मल्टीस्टारर भी हुई तो चार-पाँच, मेजोरिटी वही वाले होते हैं जो हमारे जैसे हैं। सहयोगी कलाकार यानी सपोर्टिंग हीरो। मुन्ना भाई के सर्किट की तरह जो पूरी फ़िल्म में मुन्ना भाई को उनके एमबीबीएस की डिग्री दिलाने में लगा रहा। सर्किट की तरह ही ज़िंदगी में जब हम अपने किसी मुन्ना भाई को सपोर्ट कर रहे होते हैं तो पूरी कायनात हम से हमारे सारे सपोर्ट सिस्टम छीन रही होती है।

मतलब हम वो लोग हैं जिनकी मटर पनीर में अक्सर सिर्फ़ मटर पाई जाती है। शर्त लगा लो हमारे टाइप वालों से बात करो तो यही बात सामने आएगी कि साइंस में हम वाइवा की वजह से फ़ेल हो जाते हैं। यूपीएससी में हमारा इंटरव्यू क्लियर नहीं होता। हमारी चप्पलें अक्सर बस स्टैंड पर या रेलवे स्टेशन पर टूटी हैं, जब घर के लिए वो आख़िरी गाड़ी पकड़नी होती है। क्रिकेट में हम हमेशा नॉन स्ट्राइकर एंड पर रहते हैं और बैटिंग की बारी आने से पहले या तो रन आउट हो जाते हैं या फिर टीम आल आउट। हम वहीं हैं जो लड़की पटाने के लिए दोस्त की मदद माँगते हैं और फिर उसी लड़की की शादी में अपने उसी दोस्त को दुल्हा बना देखने के लिए दिवाली वाला सफ़ारी सूट पहनकर जाते हैं। हमारी कभी लौटरी नहीं लगती। ऐन वक़्त पर वो लास्ट

वाला डिज़िट अलग हो जाता है। मोबाइल में अगर बैलेंस कम हुआ और हम दोस्त को मिस कॉल मार रहे होंगे तो अक्सर वो कॉल कनेक्ट हो जाती है और बैलेंस शून्य हो जाता है। हमारी RAC कभी कंफ़र्म नहीं होती। टिंडर पर हम भले पेड मेम्बरशिप ले लें लेकिन हमारा मैच साक्षात लड़की छोड़ो, फ़ेक प्रोफ़ाइल से भी नहीं होता। हमें अक्सर फ़ेसबुक वाली फ़ेक ऐंजल प्रिया भी ब्लॉक कर देती है। हम रिज़र्वेशन या बिल जमा करने वाली जिस लाइन में भी लगेंगे, वो सबसे धीरे मूव करेगी। घर में हम देर तक सोने के लिए बदनाम रहते हैं। कभी अगर किसी लड़की की स्कूटी का पीछा करने के लिए हमने तेज़ साइकिल चलाने की कोशिश की है, तो उसी वक़्त उसका कुत्ता पीछे दौड़ जाता है या फिर चैन उतर जाती है। हमारे बम्पर धमाका वाले डिटर्जेंट पाऊडर में कभी सोने का सिक्का नहीं निकला। हमारे कूलर की मोटर अक्सर जल जाती है। हम जब भी गाड़ी ले के निकलेंगे, सारे शहर की पार्किंग फ़ुल रहती है। एयरपोर्ट वाली बेल्ट पर हमारा सामान साला सबसे आख़िरी में आता है। आइल सीट या विंडो सीट से हमारी दुश्मनी रही है। हमारी मूँगफली में अक्सर वो काले वाले दाने ज़्यादा होते हैं जिन्हें खा के साला दिमाग़ भन्ना जाता है। मुँह और मन कसैला। दोस्त अक्सर हमारी वही ग्रूप सेल्फ़ी अपलोड करते हैं जिसमें हम धोबी के कुत्ते टाइप सीरियस या स्माइलिंग के बीच वाला कोई पोज़ दे रहे होते हैं। फ्रेंडज़ोन शब्द का आविष्कार हम जैसी प्रजातियों के लिए ही हुआ था। हम अक्सर पुल वाले दरवाज़े को पुश करते हुए पब्लिकली अपना छीछालेदर करवाते हैं।

लेकिन... लेकिन... लेकिन ज़िंदगी को रिवर्स करके देखें तो साला असली एडवेंचर तो हमारी ज़िंदगी में है। मतलब दुबई की किसी इमारत से पैराग्लाइडिंग के लिए कूदना, न्यूज़ीलैंड या इधर अपने ऋषिकेश वाली बंजी जंपिंग, मनाली की रिवर राफ़्टिंग, लेह लद्दाख की बाइक ट्रिप, ये सब एडवेंचर के लिए ही तो किया जाता है ना। तो हम वही एड्रनलिन रश अपनी रोज़मर्रा की ज़िंदगी में एक्सपीरियंस करते हैं। वर्ना आसान है रिज़र्व में आई बाइक को लिटा-लिटा के पेट्रोल पंप तक ले जाना। गली के कुत्तों को डॉज करते हुए तेज़ साइकिल से निकलना। अधूरी मोहब्बत की शादी में जाकर

भरपेट दावत पेलना। वो छोड़ो, पब्लिक ट्रांस्पोर्ट पर स्टाफ़ हैं हम, बोलकर रौब जमाना। बिना टिकट ट्रेन में टीटी के साथ लुक्का-छिप्पी खेलना और घंटों ट्रेन बाथरूम में साँस रोककर बैठे रहना।

कभी किसी अनजान शादी में दोस्त की शर्ट पहन के नाचे हो? हमने तो उड़ाए हुए रुपये भी लूटे हैं।

कभी बाइक पर ट्रिपलिंग करके शहर के नौ रेड लाइट चौराहे क्रॉस किए हैं? दसवीं में तो हम सामूहिक मुर्ग़ा भी बने हैं।

चीटिंग वाली एक पर्ची पाने के लिए तीन घंटे के पेपर में पैंतालीस मिनट 'मे आई गो टू टॉयलेट' का बहाना बनाए हो? सोशल स्टडीज़ वाले पेपर में डीडीएलजे की स्टोरी लिख के आए हो? हम तो पासिंग मार्क्स भी पाए हैं।

ऐसे ही थोड़ी इतने सालों से सरवाइव कर रही है हमारी ये क़ौम। हीरो जैसे हम पर कलरफ़ुल कहानियाँ भले नहीं बनती, बट हमारे बिना किसी हीरो की कहानी भी कभी कलरफ़ुल नहीं बनती। यक़ीन नहीं आता तो इमैज़िन करके देख लो बिना सरकिट मुन्नाभाई एमबीबीएस की स्टोरी।

हमारी ज़िंदगी में भी एक मुन्नाभाई था या यूँ कहें कि मुन्ना भैया। मुंबई आने से पहले प्रयागराज रामलीला कमेटी के सामने हम काफ़ी बड़े कलाकार बन चुके थे और इस रामलीला कमेटी को हेड करते थे मुन्ना भैया। वैसे मुंबई में ये मेरा पाँचवाँ साल है। आज तक कुल मिलाकर अपना स्क्रीनटाइम जोड़े तो वो पाँच घंटे से ज़्यादा नहीं होगा। मतलब इन पाँच सालों में बतौर अभिनेता जितना भी काम किया, टीवी या फ़िल्म के पर्दे पर जितनी बार भी दिखे, उसका कुल जमा वक़्त पाँच घंटे से ऊपर नहीं होगा। दो से लेकर पाँच मिनट के इतने रोल किए हैं कि गर्व से सबको बोलता हूँ कि सत्ताईस धारावाहिक और ग्यारह फ़िल्में कर चुका हूँ, जिनमें तीन साउथ की हैं। जब से बाहुबली हिट हुई है, लोग साउथ की फ़िल्मों में काम करने की बात को भी सम्मान की नज़रों से देखने लगे हैं। पर फ़िलहाल हम एक कमरे के एक कोने में रहते हुए अपने सी-फ़ेसिंग अपार्टमेंट के सपने देखने वाले वो प्राणी हैं, जिसने ये सोच लिया है कि बहुत कुछ छोड़कर आए हैं पीछे इसलिए अब ये शहर छोड़कर नहीं जाना।

इलाहाबाद से हैं हम। अरे आज प्रयागराज हो गया है लेकिन उस वक़्त तो इलाहाबाद ही था। हम वहाँ के टॉप के अभिनेता थे क्योंकि हमारे शहर से ही सदी के महानायक अमिताभ बच्चन जी हैं। इसलिए जाने क्यों इलाहाबाद का आर्टिस्ट होने का हम में एक अपना अलग ही ऐटीट्यूड था। बच्चन साहब को भले ही हमारे existence की ख़बर ना हो पर हम तो उन्हें अपना क़रीबी, बहुत ज़्यादा क़रीबी मानते थे। लगभग हर दूसरे अभिनेता की तरह उन्हीं को आदर्श मानकर इलाहाबाद की प्रयाग रामलीला समिति में रामलीला किया करते थे।

ये मैं अपनी प्रतिभा का बखान नहीं बल्कि हूबहू डाइरेक्टर मुनीर अहमद नियाज़ी की ज़ुबान बोलने वाला हूँ, जिन्होंने एक दिन रामलीला ख़त्म होने के बाद मेरे कंधे पर हाथ रखकर कहा था- "मियाँ। तुम्हारी भूख एक दिन तुम्हें फ़लक पर ले जाएगी। अदाकारी के महताब बनकर चमकोगे तुम।"

वैसे कंफ़्यूज़ मत होना कि नियाज़ी साहब और रामलीला का क्या संबंध। दरअसल, इलाहाबाद यूनिवर्सिटी में हिंदी के प्रोफ़ेसर होने की वजह से नियाज़ी साहब को मुशायरे और रामलीला दोनों में बराबर का सम्मान मिलता था। हिंदी और उर्दू दोनों भाषा पर कमाल का कमांड था, इसलिए उन्होंने अपने काफ़ी फ़ैन बना रखे थे, जिनमें मैं भी एक था। अदाएगी और अंदाज़े-बयाँ का पहला पाठ उन्होंने ही पढ़ाया था हमें। और वो पाठ मैंने कुछ ज़्यादा ही घोटकर पी लिया। इस वजह से एक रामलीला में मैं चार से पाँच किरदार निभाता। हर गेटअप अलग होता। लोग पहचान नहीं पाते और रामलीला के बाद जब ये भेद खुलता तो तालियाँ बजतीं और इनाम मिलता।

पहले शत्रुघन, फिर केवट, फिर जटायु, लंकाकांड में बाली और आख़िर में मइया सीता पर लांछन लगाने वाला धोबी। इसके साथ-साथ जहाँ कहीं भी गुंजाइश होती थी, नियाज़ी साहब मुझे फ़िट कर देते और मैं उनको निराश नहीं करता था। कहने को भले ही ये रामलीला थी पर वहाँ पर स्टारडम हमारा चलता था। लोग पूछने आते थे कि अरे वो कई किरदार निभाने वाला कलाकार कहाँ है, कौन है ? अब इसे बचपना कहो या हमारा भोलापन, हम इसे ही अपना हीरोइज़्म मानते थे। हमें तब ये बात बिलकुल समझ ही नहीं

आई कि हीरो होना कितना ज़रूरी होता है दुनिया में।

अभी-अभी संजय लीला भंसाली की रामलीला मार्केट में आ के सुपर हिट हो चुकी थी। ये नया हीरो रणवीर सिंह सारे ख़ान पर भारी पड़ता दिख रहा था। अचानक से उसका 'ततड़ ततड़' सबकी ज़ुबान पर चढ़ चुका था। ऐसे में मुन्ना भैया ने हमको फ़ोन करके रामलीला की म्यूज़िक ऑडियो सीडी के साथ सरस्वती घाट पर बुलाया। अब मुन्ना भैया का आदेश सुनते ही हम फ़ौरन चौक निकल गए और वहाँ ठेले पर मोलभाव करके एक सौ अस्सी गानों वाली सीडी, जिसमें रामलीला के साथ-साथ पैंतीस और फ़िल्मों के गाने भी थे, उसे लेकर निकल पड़े।

पहुँचने पर पता चला कि मुन्ना भैया को अपनी बड़ी बहन के संगीत में डांस करना है और ये 'ततड़ ततड़' उनके हिस्से में आया है। हमें ऊपर से नीचे तक देख के बोला था उन्होंने- "का बे, ई डांस सिखादोगे का हम को? का है कि ये ततड़ ततड़ गाने में लास्ट में बाल खुजलाने के अलावा हमें घंटा कुछ समझ नहीं आ रहा।"

मुन्ना भैया की इस बात पर हम सारे हँस पड़े थे। अगर फटाफट में परिचय दें तो मुन्ना भैया बुलेट से चलने वाले हमारे ग्रुप के वो इकलौते मेंबर थे, जिनके पर्स में कभी पैसों की कमी नहीं थी। पिताजी तीन कॉलेज के मालिक और मुन्ना भैया शहर के युवा नेता। इसलिए हमारी सामूहिक हँसी पर मुँह बन गया था उनका और एक मोटी वाली गाली देकर बोले थे- "अब साले तुम लोगों जैसे छिछोरापन नहीं आता, तो का खींसे निपोर रहे हो?" हम फ़ौरन संजीदा हो गए थे क्योंकि मुन्ना भैया को ग़ुस्सा दिलाना यानी अपने जीवन की सत्तर प्रतिशत लक्ज़रीज़ से वंचित होना। आख़िर, हम सबका सिनेमा, चाट, डोसा, आइसक्रीम, यहाँ तक कि कभी-कभार टी-शर्ट जींस की शौपिंग भी मुन्ना भैया द्वारा प्रायोजित होती थी। तो पूरी जी जान के साथ हम सब मुन्ना भैया को ततड़ ततड़ के स्टेप्स सिखाने में लग गए।

ठीक दो दिन बाद मुन्ना भैया की दीदी का संगीत था। शहर के कान्हा श्याम होटल का बड़ा वाला पार्टी हॉल बुक हुआ था। मुन्ना भैया की डांस प्रैक्टिस के लिए की गई मेहनत का नतीजा कहूँ या उनका हम पर तरस, मुन्ना

भैया ने दबी ज़बान में हमें भी उस आठ सौ रुपये पर प्लेट वाले फ़ंक्शन में आमंत्रित कर दिया था। यही नहीं, मुन्ना भैया ने फ़ंक्शन में आने के लिए बिग बाज़ार से हम सबके लिए एक-एक शर्ट भी ख़रीद कर दी थी ताकि आउट ऑफ़ प्लेस या उनके वीआइपी मेहमानों के बीच हम लोग कहीं से भी जूठी प्लेट उठाने वाले स्टाफ़ ना लगें।

तो बिग बाज़ार वाली उस नयी शर्ट में तैयार होकर हम कान्हा श्याम पहुँच चुके थे। नॉर्मली शहर के इस एकलौते पाँच स्टार को हमने हमेशा बाहर से देखा था। या यूँ कहिए, बस हसरत भरी नज़रों से हमेशा निहारा था। लेकिन आज जब पहली बार वहाँ एंट्री मारी तो पैर थोड़ा काँप रहे थे। मतलब अमीरों की पार्टी में जाने का भले ही बड़ा मन होता है पर वहाँ जाकर किस तरह पेश आना है, इस बात से बिलकुल अनजान थे। ये भी नहीं पता था कि वो आठ सौ रुपये वाली प्लेट का खाना हमें मिलेगा या सिर्फ़ जूस और स्नैक्स से काम चलाना पड़ेगा।

ख़ैर डरते-डरते हम उस पूरे माहौल का मुआयना कर चुके थे। कई बार की कोशिश के बावजूद अपनी पहचान का वहाँ कोई नहीं दिख रहा था। मुन्ना भैया एक बार नज़र ज़रूर आए पर उन पर या तो परफ़ॉरमेंस प्रेशर की कुछ ज़्यादा ही नर्वसनेस थी या बड़ी दीदी के जल्द ही पराए हो जाने का दुख, जो वो दूर से ही काफ़ी गंभीर एक्सप्रेशन के साथ हमारी तरफ़ हाथ हिलाकर हमें बैठने का इशारा करते हुए ग़ायब हो गए।

रंग-बिरंगी ड्रिंक्स वाली ग्लास के साथ घूमते वहाँ के वेटर भी हमसे कहीं ज़्यादा वेल ड्रेस्ड थे और बेहतरीन वाली इंग्लिश बोल रहे थे। उनसे ड्रिंक लेने में हम ख़ुद शर्मिंदा हो रहे थे और शायद यही वजह है कि नयी शर्ट पाने के बावजूद मुन्ना भैया के बाक़ी पिछलगगु दोस्त इस फ़ंक्शन में नहीं आए थे। उनको अपनी औक़ात या यूँ कहिए कि इस फ़ंक्शन की भव्यता का अंदाज़ा था।

हमें मालूम ही नहीं चला कि अचानक पूरे हॉल की लाइट्स आड़ी-टेढ़ी होने लगी। लाल नीला पीला रंग बदलने के साथ अचानक सामने वाला स्टेज जगमगा उठा और वहाँ पर काफ़ी सारी भीड़ जमा हो गई। इस मौक़े का

फ़ायदा उठाकर हमने सोचा कि चलकर आठ सौ रुपये प्रति प्लेट वाला पाँच स्टार के भोजन का आनंद लिया जाए, पर मैनेजर ने बड़ी ही बेरुख़ी से कहा था कि जब तक संगीत ख़त्म नहीं हो जाता सिर्फ़ स्टाटर्स और सॉफ़्ट ड्रिंक्स से ही काम चलाना होगा सबको। नॉर्मली इतनी बेइज़्ज़ती पर मुझे वापस घर लौट जाना चाहिए था पर घर से मम्मी को बोलकर आ गए थे कि आज हमारा खाना नहीं बनाना। ऐसे में भूखे लौटे तो फिर रात भूखे पेट ही बितानी पड़ेगी।

मरता क्या न करता, आकर एक कोने में खड़ा हो गया और स्टेज पर मचने वाले उस उत्पात का इंतज़ार करने लगा जिसे इन लोगों ने संगीत फ़ंक्शन का नाम दिया था। स्टेज पर फ़िलहाल इस वक़्त कोई नहीं था। लेकिन कहीं किसी कोने से एक बहुत ही मीठी आवाज़ माइक पर गूँज रही थी। जिसकी बोली में अलग मिठास, एक अलग क्यूटनेस थी। ध्यान लगाकर सुना तो उस आवाज़ में एक धमकी भरी रिक्वेस्ट थी।

जितने भी लड़की वाले हैं, फ़ौरन अपनी-अपनी पोज़िशन ले लें। संगीत का ये कार्यक्रम अब शुरू होने वाला है। जहाँ एक-एक करके लड़के वाले और लड़की वाले अपना डांस पेश करेंगे। और सबसे आख़िर में सुनैना दीदी के लिए एक स्पेशल डांस नंबर होगा मुन्ना भैया की तरफ़ से।

अचानक मुन्ना भैया का नाम सुनते ही हमें ये पूरा कार्यक्रम बड़ा अपना-अपना लगने लगा और ख़ुद में हम द्रोणाचार्य जैसा महसूस करने लगे, जिसका अर्जुन आज उस मंच पर अपनी विद्या का प्रदर्शन करने वाला है।

उस मीठी आवाज़ और मुन्ना भैया के होने वाले स्पेशल डांस नंबर की घोषणा ने हमारा सारा ध्यान उस मंच की तरफ़ केंद्रित कर दिया। मैनेजर द्वारा 'खाना अभी नहीं मिलेगा' वाली डाँट को भुलाकर हम संगीत का ये फ़ंक्शन एन्जॉय करने के मूड में आ चुके थे। तो ऐसे में मंच पर हमने देखा था उसको। मुन्ना भैया की छोटी बहन, अनन्या, गोल्डन कलर की घाघरा चोली में मरून दुपट्टे के साथ। गोरे रंग वाली अनन्या जब स्टेज पर आई तो ऐसा लगा वहाँ के बल्ब्स की रौशनी दो-तीन हज़ार वॉट और बढ़ गई हो। फिर जब उसने 'चुनरी चुनरी चुन', 'सजना वे सजना' और 'नगाड़े संग ढोल बाजे' की मेडली पर डांस करना शुरू किया, भाई साहब, आग लगा दी थी उसने। स्टेज

के आस-पास के सारे लोग इस वक़्त हमें ब्लैक एंड वॉइट और सिर्फ़ अनन्या कलर में दिख रही थी। ये वो वाला मोमेंट था जिसमें हम ये मान चुके थे कि अगर हम जैसे हीरो की लाइफ़ में कोई हीरोईन हो तो सिर्फ़ अनन्या हो वर्ना जीवन अकेले ही गुज़ारना सही होगा।

अनन्या के बाद बाक़ी जितने भी परफ़ॉरमेंस हुए उनको हमने किसी अछूत बीमारी की तरह इग्नोर किया। मन अभी भी मिथुन चक्रवर्ती बना अनन्या के लिए ज़ोर-ज़ोर से- क्या बात है, क्या बात है, क्या बात है बोलकर ग्रैंड सल्यूट दे रहा था। ऐसे में लड़का-लड़की वालों ने बारी-बारी से अपनी-अपनी नृत्य कला का प्रदर्शन किया। और अब बारी थी हमारे अर्जुन यानी कि मुन्ना भैया की। स्टेज पर अनन्या ने तगड़े वाला भौकाल बनाते हुए उनका इंट्रो दिया था और भीषण वाली तालियों की गड़गड़ाहट के बीच मुन्ना भैया ने स्टेज पर एंट्री भी मारी। हम द्रोणाचार्य टाइप का फ़ील करते हुए सीटी-वीटी बजाने के मूड में आ गए थे। अंदर के एड्रनलिन (Adrenaline) ने शरीर में जोशो-जुनून का संचार कर दिया था।

लेकिन ये क्या? दो स्टेप बाद ही मुन्ना भैया आगे का सिखाया हर स्टेप भूल गए। और इस बात का डर, नर्वसनेस और लोगों की उम्मीदों पर खरा ना उतर पाने की खीज उनके चेहरे पर थी। म्यूज़िक जो रुकने का नाम नहीं ले रहा था। लोगों की तालियाँ लगातार बज रही थी पर मुन्ना भैया के हाथ पैर थम चुके थे और वो बस हिल डुलकर वहाँ अपनी उपस्थिति दर्ज करा रहे थे।

हर कोई सन्नाटे में था और ये माहौल अगर बीस सेकेंड और चला तो पूरे समाज के सामने मुन्ना भैया की छीछालेदर होने वाली थी। पर ऐसे वक़्त में जाने कहाँ से हम में कौन-सी शक्ति का संचार हुआ कि आव देखा न ताव और हम कूद पड़े उस मंच पर। और ना सिर्फ़ गाने के बोल और बीट्स पकड़े बल्कि मुन्ना भैया का हाथ भी पकड़ा और आँखों-ही-आँखों में इशारा करते हुए स्टेप-बाय-स्टेप उनकी डब्बे से उतर चुकी नृत्य की रेलगाड़ी को सही सलामत पटरी पर ले आए। और फिर आख़िर में जब 'ततड़ ततड़' के वक़्त हम दोनों लोग ने मिलकर बाल पर हाथ फिराया है, क़सम से उस दिन पूरा हॉल ऐसे तालियों की आवाज़ से गूँजा है कि आवाज़ सिविल लाइन चौराहे

तक पहुँची होगी।

सुनैना दीदी के संगीत में मुन्ना भैया का डांस हॉट टॉपिक हो गया था और उनका नर्वसनेस में फ़्रीज़ होना उनके ही डांस स्टेप का हिस्सा माना जा रहा था। बाक़ी हमारी सहयोगी भूमिका को लोगों ने दिल खोलकर सराहा था। आठ सौ रुपये वाली प्लेट का खाना हमें दो-दो बार खिलाया जा चुका था। और उस दिन हम पेट से ही नहीं मन से भी पूरी तरह तृप्त हो चुके थे।

मुन्ना भैया ने अलग कोने में ले जाकर कम-से-कम ढाई सौ बार थैंक्यू कहा था और उसके बाद पॉकेट में एक पाँच सौ का नोट डालकर बोले थे कि आज से तुम हमारे राइट हैंड हो।

इस वक़्त जब हम इन सारी मसरूफ़ियत में अनन्या को थोड़ी देर के लिए भूल बैठे थे, हमें नहीं पता था कि वो हमें बड़ी ही दिलचस्प नज़रों से घूर रही है। फिर जब पाँच सौ का नोट पॉकेट में डाल के मुन्ना भैया से फ़ाइनल शाबाशी और उनके राइट हैंड होने का ख़िताब पाकर हम वापस आईसक्रीम काउंटर पर आईसक्रीम और जलेबी के कॉम्बिनेशन को ट्राई ही करने जा रहे थे कि तभी वहाँ अनन्या आई। बालों में मोगरे का गजरा लगाया हुआ था, जिसकी भीनी भीनी ख़ुशबू महसूस कर सकते थे हम। बड़े ही बेबाक अंदाज़ में बिना किसी औपचारिकता के बोली थी वो- "नाचते बढ़िया हो। और मुन्ना भैया को बहुत सही तरीक़े से सँभाला वर्ना आज नाक कट जाती हम लड़की वालों की।"

अचानक से बहुत ज़्यादा इम्प्रेस कर दिया था अनन्या ने हमें क्योंकि स्टेज पर हुए इस कांड की बारीकी को ना सिर्फ़ वो समझी थी बल्कि यहाँ इस वक़्त हमारे सामने सिलसिलेवार उसका पूरा ब्योरा भी दे रही थी।

"हम तो मेंटली प्रिपेयर्ड थे कि मुन्ना भैया पक्का बीच में स्टेप भूलेंगे तो हम ही कूदकर सँभालेंगे। पर थैंक्यू तुमने बहुत बेहतरीन तरीक़े से मामला सँभाला। कोई समझ नहीं पाया।"

"पर आप तो समझ गईं!" मैंने कहा।

इस पर जवाब आया- "क्योंकि हम बहुत ज़्यादा स्मार्ट हैं।"

और बस ये कहकर कस के हँसी थी वो। हमारी प्लेट की आईसक्रीम

पिघलकर जलेबी के रस के साथ मिल गई थी। इलाहाबाद शहर के उस पार्टी हॉल की मेरी डेज़र्ट प्लेट पर ये एक छोटा संगम हुआ था और दूसरा संगम मेरा और अनन्या की हँसी का। जाने क्या था, उसकी बात, उसकी हँसी में कि मैं भी उसके साथ हँसने लगा और हँसते-हँसते बोल बैठा- "बहुत मीठी आवाज़ है आपकी।"

और ये बोलकर अचानक ख़ुद से ही झेंप-सा गया। मतलब ऐसे इतनी सुंदर-सी लड़की के सामने अमूमन हम एवरेज लुक्स वाले लड़कों की ज़बान नहीं खुलती। लेकिन हम यहाँ फैंटम बने फ़ुल कॉम्प्लीमेंट दे रहे थे। पर अनन्या ने इस बात को ज़्यादा गंभीरता से ना लेते हुए पूछा- "आपने कहाँ सुन ली हमारी आवाज़?"

"अभी जब आपने अनाउंसमेंट की, माइक पर। और ये बातचीत में भी तो सुन ही रहे हैं।"

"ओह अच्छा! आप सिर्फ़ ऐसी बोलचाल वाली आवाज़ की बात कर रहे हैं। हमें लगा..."

और बस ये कहकर वो बातबीच बीच में छोड़ दी। हमने बेहिचक पूछ डाला- "क्या लगा?"

"हमें लगा आपने हमें गाते हुए सुना है।"

"आप गाती भी हैं?"

"हाँ, ख़ुद का यूट्यूब चैनल भी है। नाइटिंगेल अनन्या।"

और उसके बाद कोई दस मिनट तक अनन्या ने अपने बारे में सारी डीटेल के साथ यूट्यूब चैनल का फ़ुल ब्योरा भी दे डाला। पता चला था कि अनन्या प्रयाग संगीत समिति से संगीत सीखती है और सिंगर बनने का ख़्वाब है।

उस रात जब पार्टी से लौटे तो हमारी अपनी दुनिया काफ़ी बदल चुकी थी। अब हमारे दिमाग़ में रह-रहकर बस अनन्या का चेहरा घूम रहा था। उसकी खनखनाती-सी बोली, उसकी खिलखिलाती हँसी, उसकी बातें, और हाँ, उसका यूट्यूब चैनल। रात भर इस ख़याल से पेट में मरोड़ उठता रहा कि यूट्यूब चलाएँ कहाँ। अपने पल्ले तो सिर्फ़ वो हज़ार रुपये वाला डब्बा मोबाइल था जिसमें हैलो-हाय-बाय के अलावा कुछ नहीं था। स्नेक वाला

गेम भी नहीं। तो मतलब हम ख़ुद को कितना भी स्मार्ट समझते हों, लेकिन स्मार्टफ़ोन से महरूम थे। ये फ़ोन भी हमें मुन्ना भैया की कर्टसी से ही मिल पाया था, ताकि वक़्त ज़रूरत हम उनकी सेवा में हाज़िर रहे।

ख़ैर, मुद्दा अनन्या और उसका यूट्यूब चैनल था। तो बस अगले दिन तड़के सुबह सात बजे ही उठ गए। घर में अम्मा परेशान थी कि आज तक जो निकम्मा सिर्फ़ पानी वाली मोटर चालू और बंद करने के लिए सुबह उठता है, वो आज इतनी सुबह ऐसे दाँत माँजकर, बाल शैम्पू करके, इस्त्री वाली शर्ट में कहाँ दूल्हा बना निकल रहा है?

हमने कहा- "यूनिवर्सिटी में बुलाया गया है।"

माँ ने पूछा- "इतना सवेरे? इत्ती सुबह तो सुने हैं वहाँ का दरवाज़ा भी नहीं खुलता?"

हमने कहा- "वीआइपी लोगों का डिस्कशन होता है तो कॉन्फ्रेंस हॉल भी खुल जाता है।"

7:45 पर हम कटरा चौराहा पहुँच चुके थे। पाँच दुकाने छान ली, पर सब इंटरनेट कैफ़े में एक ही बात- 'दुकान नौ बजे खुलेगी।' समझ नहीं आ रहा था एक घंटा कैसे काटें? फिर चले गए नेतराम स्वीट्स के यहाँ कचौड़ी खाने। लेकिन आज मन में ऐसी बेचैनी थी कि वर्ल्ड फ़ेमस नेतराम की कचौड़ी भी ससुरी मिट्टी जैसी लग रही थी।

जिसने भी कहा है- "एक्सपेक्टेशन किल्स, बहुत गज़ब बात बोल दी है भाई ने। हम यहाँ अंदर-ही-अंदर सच में किल हो रहे थे। घड़ी के डंडों ने जैसे नौ का नंबर टच किया, हम कूद के पहुँच गए- रिद्धि सिद्धि कंप्यूटर्स एंड इंटरनेट कैफ़े। पर आज क़िस्मत हमारे फ़ुल मज़े लेने के मूड में थी। पता चला तीन दिन पहले जो आँधी आई थी उसके चक्कर में पूरे इलाहाबाद का इंटरनेट डाउन हुआ पड़ा है। पता नहीं कहाँ कौन-सा खंबा या फ़ाइबर वायरिंग उखड़ गई है। क़सम से, ग़ुस्सा ही आ गया था कि ये कौन डिजिटल दोष आ गया है भाई हमारी कुंडली में कि इंटरनेट सुख से वंचित हुए पड़े हैं।

ख़ैर, 10:40 पर जब हम सड़क पर बैठी गईया को हाँककर रास्ते का ट्रैफ़िक खुलवाने का नेक सामाजिक कार्य कर रहे थे ऐसे में इंटरनेट कैफ़े

के उस चश्मे वाले पतले से झींगुर टाइप लौंडे ने आवाज़ लगाई- "भैया, चल गया नेट। आ जाओ।" मतलब चौराहे में चौंतीस आड़ी-टेढ़ी गाड़ियों के चक्रव्यूह के बीच में अभिमन्यू बने खड़े थे हम और गइया माता की मनुहार कर रहे थे कि उठ जाओ, जाम क्लियर करने दो, लेकिन नेट चलने की बात सुनते ही बदन में जो बिजली दौड़ी कि हमने गइया माता को प्रणाम किया और गाड़ियों के बीच से सबवे सर्फ़र के पगलेट लौंडे टाइप कूद-फाँद मचाते हुए झट से इंटरनेट कैफ़े की तरफ़ प्रस्थान किया। इंटरनेट क्रांति आने की वजह से अब प्रति घंटा पंद्रह रुपये में हचक के इंटरनेट यूज़ कर सकते हो। पर हमें तो बस यूट्यूब चलाकर अनन्या का गाना सुनना था, इसलिए एडवांस में सौ की एक पत्ती फेंकी और सिस्टम पकड़कर बैठ गए।

वक़्त का पता ही नहीं चला। पूरे तीन घंटे कान पर हेड फ़ोन लगाए हम अनन्या की मधुर आवाज़ सुन-सुनकर झूम रहे थे। पर इंटरनेट कैफ़े का एक्स्ट्रा यूज़ किया हुआ हेडफ़ोन होने की वजह से उसके कान के पास वाला मुलायम स्पंज फट चुका था। इसलिए उस प्लास्टिक को कान से चिपकाए रहने की वजह से दोनों कान पूरी तरह सुन्न और लाल हो चुके थे। देखने से ऐसा लग रहा था कि किसी ने कान पकड़ के बल भर कंटाप मारा हो। पर नहीं भाई, लाल कान की वजह से ओवर आल हमारा बाहरी विज़ुअल कुछ भी हो, अंदर से हमारी आत्मा तृप्त हो चुकी थी। कुल पाँच वीडियो डाले थे अनन्या ने और सब पर अगर आठ-नौ सौ व्यूज़ थे तो उन सब में सत्तर-अस्सी बार देखने का योगदान हमारा भी था। पूरा दिन और देर शाम तक स्माइल हमारे चेहरे से हट ही नहीं रही थी। पूरे परिवार ने हमें इतने हँसमुख एक्सप्रेशन के साथ कभी नहीं देखा था। मम्मी ने लाल कानों की इंक्वायरी भी की तो हमने सर पर रात को लगाए कपूर वाले तेल पर इलज़ाम थोप दिया कि कपूर से एलर्जी हो गई होगी शायद।

दूसरे दिन सुबह-सुबह मुन्ना भैया का फ़ोन आ गया कि कुरता पायजामा पहन के शाम को घर पर मिलो। दीदी का तिलक चढ़ाने जाना है। मतलब जिस फ़ंक्शन की डेट्स भी हमें बताना ज़रूरी नहीं समझा था मुन्ना भैया ने, उसका एक इंपोर्टेंट हिस्सा बना दिया था अचानक से उन्होंने। मतलब तिलक

सेरेमनी जैसी क्लोज़ पारिवारिक गैदरिंग में हमारी शिरकत चाहिए उन्हें। तो कोई बात नहीं, पापा का सिल्क वाला कुर्ता-पायजामा निकलवाया हमने। अब ये वो टाइम था कि जब सेम हाइट होने की वजह से पापा, मैं और भाई अपना कच्छा छोड़कर हर चीज़ शेयर कर सकते थे। पापा लार्ज, मैं मीडियम और भाई स्मॉल साइज़ के कपड़े पहनता था। मिडिल क्लास घरों में हाइट सेम है तो फ़िटिंग को हम ज़्यादा भाव नहीं देते। लेकिन पिता जी का ये सिल्क वाला लार्ज कुर्ता भी मामा के लड़के की शादी में मामा द्वारा गिफ़्ट किया गया था तो साइज़ में वो लार्ज से थोड़ा एक्स्ट्रा लार्ज ही था। इसलिए जब हमने पहना तो ऐसा लगा कि लकड़ी पर कपड़ा सजा के कौए को डराने के लिए खेत वाला पुतला तैयार हुआ है, पर हिम्मत नहीं हारी हमने। बाहें चढ़ाकर और गले में गमछा डालकर थोड़ा कंटेंपररी लुक देने की कोशिश करते हुए हम मुन्ना भैया के घर की तरफ़ रवाना हो चुके थे। कहते हैं ना कि एक कामयाब आदमी के पीछे एक लड़की का हाथ होता है, वैसे ही एक सजे-सँवरे स्मार्टली ड्रेस्ड लड़के के पीछे भी एक लड़की का ही हाथ होता है। या यूँ कहें कि उस लड़की का हाथ माँगने की चाहत होती है, जो लौंडे को जन्माष्टमी की झाँकी की तरह सजने पर मजबूर कर देती है। वैसे, हमने भी आज से पहले कभी इतना सोच-विचार नहीं किया था कपड़ों को लेकर। पर आज वहाँ अनन्या भी होगी, तैयार होना बनता है।

गेट के बाहर बड़ी व्याकुलता से मुन्ना भैया वेट कर रहे थे और हमारे पहुँचते ही थोड़ा चिढ़कर बोले- "अबे एक घंटा लग गया तुम को आने में। चलो अंदर।"

मुन्ना भैया की आवाज़ में खीज थी पर हमें अपनापन लगा। अंदर पहुँचकर हम अनन्या को ढूँढ़ते, उससे पहले ही मुन्ना भैया चिल्ला पड़े- "अबे वहाँ कहाँ आँगन में खोए पिल्ले जैसे खड़े हो? यहाँ कमरे में आओ फटाफट।" हम भाग के मुन्ना भैया के पास गए। सोचा कोई ख़ास बात करनी होगी शायद, इसलिए सबसे अलग अकेले में बुला रहे हैं, लेकिन तभी उन्होंने कमरे के अंदर इशारा किया। पूरा कमरा अंदर फल-फ्रूट की टोकरी से फ़ुल था और भैया ने आदेश दिया- "बाहर ट्रैक्टर खड़ा है, ये सारी टोकरी उस पर

चढ़ाने की ज़िम्मेदारी तुम्हारी है।" हमारे यूपी में दरअसल तिलक चढ़ाने की रसम कुछ ऐसी ही होती है, जहाँ लड़की वाले लड़के वालों के लिए ढेरों फल और मिठाइयों के डब्बे पैक कराके रंगीन पन्नी के साथ टोकरी में पैक करते हैं और तिलक की रसम के वक़्त लड़के वालों को देते हैं।

इतना ज़िम्मेदारी भरा काम मिला था हमें तो बस जी जान से लग गए थे हम। पर रह-रहकर अनन्या को मिस कर रहे थे, उसे ढूँढ़ भी रहे थे कि कहीं मिल जाए तो उसे बताएँ कि उसने जो नीले वाले सूट में छत पर बैठकर 'कभी नीम-नीम कभी शहद-शहद' वाला गाना गया है, वो हमारा फ़ेवरेट था। जब-जब उसने 'मोरा पिया मोरा पिया' वाली लाइन रिपीट की तो हम ख़ुद को उस जगह पर इमेजिन कर रहे थे।

सही बता रहे हैं, अब पहले तो ये बात हमने ख़ुद से भी नहीं कही थी लेकिन इंटरनेट कैफ़े पर डिजिटली अनन्या के साथ बिताए वो तीन घंटे हमारे मन में अनन्या की एक नयी जगह बना चुके थे। ख़ैर, पूरा ट्रैक्टर लोड हो चुका था और हमारी शक्ल मम्फ़ोर्डगंज फ़व्वारे चौराहे वाले फ़व्वारे जैसे पसीना फेंक रही थी। अंदर सूती बनियान पहनी नहीं थी तो सिल्क का कुरता पसीना के साथ पीठ से चिपक के अलग ही छई-छप्पा-छई मचाए पड़ा था। ऐसे में गमछे ने मददगार की भूमिका निभाई, जिससे पसीना पोंछकर हमने हाँफते हुए मुन्ना भैया से पूछा- "तो भैया चलें?" उन्होंने बहुत ही ज़्यादा कैजुअली बोला था- "हाँ ठीक है, जाओ। मौज काटो जा के चौराहे पर। हम लोग भी बस दस मिनट में निकल जाएँगे।" भैया की इस बात से तो चेहरे का पसीना डबल हो गया लेकिन मन सूख गया। मतलब ये अर्जेंट कॉल, वो अपनेपन की टोन, ये सब बस ट्रैक्टर पर टोकरी लोड कराने के लिए। हम जिसे अपनापन मान रहे थे वो तो साला स्वार्थ था मुन्ना भैया का। अब समझ आया था कि उन्होंने हमें राइट हैंड क्यों बनाया था, ताकि हम उनके कामों में हाथ बँटा सकें। मतलब हमारा ततड़ ततड़ सिखाना, संगीत में बेइज़्ज़ती होने से बचाना, वो सारी क़ुर्बानी बेकार। एक गिलास पानी के लिए नहीं पूछा था किसी ने हमें वहाँ। जबकि यही लोग थे जो उस दिन हमारे डांस पर फ़्लैट हुए पड़े थे और इन्हीं के जैसे लोग हैं जो हमारे रामलीला वाली एक्टिंग को देख के पगला जाते हैं। पर

आज कोई पहचान ही नहीं रहा था। समझ नहीं आ रहा था कि ये सब-के-सब स्वार्थी थे या फिर पापा के ढीले कुरते-पायजामे में हमारा हुलिया कोई पहचान नहीं पा रहा। बात जो भी हो, बुरा लग रहा था वहाँ खड़े रहना। और अनन्या, उसे भी जाने कहाँ जाकर छिपना था इस वक़्त। कल संगीत में इतनी बातचीत की, यूट्यूब चैनल का नाम बताया, तो आज हमारे आने का कोई इंतज़ार भी नहीं था क्या उसके दिल में? ये सुंदर लडकियाँ क्या इतनी ज़्यादा पत्थर दिल होती हैं? ख़ैर, ऐसी बेरुख़ी के पल में अगर वो दिख जाती तो कम-से-कम इतनी दूर पापा का सिल्क वाला कुरता पहनकर आना सफल हो जाता। लेकिन नहीं, आज तो हमारा कटने वाला दिन था। अगले पाँच घंटे सरस्वती घाट पर बैठ के गंगा जी में कंकड़ फेंके और वहाँ आते-जाते लवर्स को घूरा और फिर दस रुपये का कुरमुरा खा के 2 लोटा खींच के पानी पीया ताकि घर जाकर सबको बता सकें कि तिलक सेरेमनी में छप्पन भोग खा के आए हैं।

मुन्ना भैया की बड़ी दीदी की शादी बड़ी धूमधाम से हुई। केपी कॉलेज का बड़ा वाला ग्राउंड बुक करा के उसमें ताजमहल थीम बनवाई गई थी। लोकल अख़बार में फ़ोटो भी छपा था कि शहर की सबसे भव्य शादी थी ये। हमारी उम्मीद के मुताबिक़ मुन्ना भैया ने बुलाना तो दूर बताया भी नहीं था। शायद वहाँ का प्रति-प्लेट और महँगा हो और वो हम पर उतने पैसे ख़र्चने के मूड में ना हों।

ख़ैर, इस बात को महीना बीत गया। हम रोज़ इंटरनेट पर जाकर बस अनन्या के यूट्यूब चैनल को देखते, अनन्या को गाते हुए सुनते। उसके हर बोल में अपने-आप को फ़िट करके मन-ही-मन ख़ुश होते और चले आते। और फिर एक दिन अचानक मुन्ना भैया का फ़ोन आया और फ़ोन भी बस एक आदेश देने के लिए कि फ़ौरन बाइक ले के घर पहुँचो। हम ज़रूरी काम से बनारस में हैं तो तुम्हें अनन्या को बाइक से ले के कौशाम्बी जाना होगा। उसका पेपर है।

रामलीला में जब अपने किरदारों के लिए हमें सौ का नोट मिलता था ना तो हमें लगता था इससे अच्छा कुछ नहीं हो सकता पर अनन्या को हमारी बाइक से कौशाम्बी तक ले जाना और ले आना है, ये फ़िलहाल मेरे जीवन

की सबसे बड़ी ख़ुशख़बरी थी।

हाईवे पर फ़ुल स्पीड में चले जा रहे थे। मन-ही-मन बातों का डेढ़ सौ पॉइंटर्स बना के गए थे, लेकिन बोल ही नहीं फूट रहे थे मुँह से। उस दिन ये बात समझ आई कि जब एक स्मॉल टाउन का लड़का और लड़की के बीच एकतरफ़ा इश्क़ वाला इमोशन जुड़ जाए तो पूरा रिश्ता काफ़ी ऑकवर्ड हो जाता है। तो ब्रह्मांड के उस अखंड नियम का पालन करते हुए 'लेडीज़ फ़र्स्ट' की प्रथा को अनन्या ने सीरियसली लिया और हमारे कंधे पर हाथ थपथपा के कुछ कहा। लेकिन क्योंकि हमने हेलमेट पहना हुआ था और आगे से उसका काँच भी बंद किया हुआ था तो बात सुनाई नहीं दी, इसलिए हमने स्पीड धीरे कर ली और हेलमेट का काँच उठा के बोला- "क्या हुआ?"

अनन्या अपनी मीठी-सी आवाज़ में बोली- "एक बात कहनी थी, पर पहले वादा करो किसी को बताओगे नहीं।"

मतलब इतने दिनों बाद अनन्या से बात हो रही थी और सीधे ही उसने इतना हक़ से भरा स्टेटमेंट दिया था कि हम एक पल के लिए बेसुध हो गए थे, लेकिन उसके मुन्ना भैया की प्यार से पुचकारकर काम निकलवाने की पुरानी आदत को याद करते ही हम वास्तविकता के धरातल पर आए और बहुत ही केजुअली पूछा- "बोलो?"

"नहीं, पहले वादा करो।"

"हाँ किया वादा।"

"ऐसे नहीं, मम्मी क़सम खाओ।"

"अच्छा मम्मी क़सम! अब बोलो।"

और बस, इसके बाद जैसे कोई चमत्कार हुआ। उस दिन अनन्या एग्ज़ाम देने कौशाम्बी नहीं गई। हम बीच रास्ते से बाइक मोड़कर लौट आए। वजह अनन्या की वो बात थी, जो उसने क़सम देकर बताई थी हमें।

अचानक मेरा फ़ोन कस के चींख़ा था। मुंबई में रहते हुए ये एक सबक़ मैंने गाँठ बाँध ली थी कि अगर आप स्ट्रगलिंग एक्टर हो, तो अपना फ़ोन लाउड पर रखो और तीन-चार घंटियों के अंदर फ़ोन को उठाने की आदत डालो, क्योंकि जाने कौन-सी कॉल आपके लिए स्टारडम का मौक़ा ले

के आई हो। और वैसे भी, मौक़ा देने वालों में थोड़ी अकड़ औक़ात और एटीट्युड एक्स्ट्रा होता है, तो उन्हें ज़्यादा वेट करने की आदत नहीं होती।

झट से फ़ोन पर हेल्लो बोलकर तीन बार यस सर बोला और बस लग गया काम पर। ऑडिशन की कॉल थी। स्माल टाउन कैरेक्टर था। आज कल आयुष्मान खुराना और राजकुमार राव की कृपा से छोटे शहर का बोलबाला हुआ पड़ा है। फटाफट शेव बनाई, कपड़े प्रेस किए और रेडी होकर निकल पड़ा आराम नगर पार्ट टू में।

ये मुंबई के वर्सोवा का वो हिस्सा है जहाँ आजकल विज्ञापन, वेब सीरीज़ और फ़िल्मों के ऑडिशन होते हैं। लगभग दो घंटे बाहर वेट करता रहा। मेरे जैसे और भी कई अलग-अलग छोटे शहरों के हीरो यहाँ बड़ा हीरो बनने के लिए उम्मीद भरी नज़रों के साथ बैठे थे। पता चला अंदर कोई हाल में ही रिलीज़ हुई वेब सीरीज़ की हीरोइन आ के बैठी है और कास्टिंग डायरेक्टर और उनकी टीम उसे ये फ़िल्म करने के लिए मना रहे हैं। हम सबको आधे घंटे और वेट करने को बोला गया तो कुछ लोगों ने सुट्टा ब्रेक लेने का फ़ैसला लिया। उस कास्टिंग डायरेक्टर के ऑफ़िस से हम सब खुले मैदान में आ गए, पर जेब टटोली तो सिगरेट भी ऐसे एंगल से टूटी थी कि लाख कोशिश करने पर भी सुलगाकर पी नहीं जा सकती थी। जेब से उसके तम्बाकू का आख़िरी क़तरा फेंकते हुए सामने एक एक्टर colleague की तरफ़ देखा तो उसने अपनी सिगरेट सामने बढ़ा दी और सब कुछ भूलकर हम धुएँ के कशों के साथ नेपोटिज़्म (nepotism) और अपनी बेचारगी का रोना रोने लगे। एहसास हुआ कि इस शहर में आ के ख़ुश होना भूल गए हैं क्योंकि आख़िरी बार सबसे ज़्यादा ख़ुशी अनन्या के साथ ही मिली थी।

अनन्या ने वो एग्ज़ाम क्यों नहीं दिया इसके पीछे एक बहुत बड़ी कांस्पीरेसी थ्योरी थी, जो ख़ुद अनन्या ने बनाई थी। यूट्यूब चैनल की बात पूरे घर में सबको पता थी लेकिन अनन्या के पिता जी को ये बात ज़्यादा पसंद नहीं थी। लेकिन मुन्ना भैया को राखी बाँधते हुए जब अनन्या ने यूट्यूब चैनल खोलने का वादा ले लिया तो उसके बाद घर में कोई कुछ नहीं बोला।

वैसे हमारे यूपी में क्या पूरे भारत में अगर माँ-बाप का मुँह बंद करवाना

हो तो किसी कम्पिटेटिव एग्ज़ाम का फ़ॉर्म भर दो और उसकी कोचिंग कर लो। ताना तो दूर, आपके नाम का गाना गाया जाएगा घर में। लेकिन अनन्या ने ये खेल इसलिए खेला ताकि वो ख़ुद अपना गाना गा सके। इसलिए उस दिन कौशाम्बी वाले एग्ज़ामिनेशन सेंटर ना जाकर हम सरस्वती घाट गए थे जहाँ अनन्या ने ये सारी ख़ुफ़िया जानकारी हमसे शेयर की थी। अनन्या को पेपर देने का मन था नहीं। हमारी जगह कोई और होता या अगर मुन्ना भैया होते और उस दिन अनन्या को ड्रॉप करने गए होते तो शायद सेंटर पर जा के ख़ाली शीट जमा करके आ जाती। लेकिन उसे हम थोड़े फ्रेंडली लगे थे इसलिए उसने ये बात शेयर की और साथ ही ये चेतावनी भी दी थी कि अगर ये बात मुन्ना भैया तक पहुँची तो हमें परलोक पहुँचा देगी। उसकी उस धमकी में जो तेवर था उसकी वजह से हमें उस दिन फिर से अनन्या से इश्क़ हो गया।

छह महीने बीत चुके थे। घर में बड़ी दीदी के बाद अनन्या की शादी की प्लानिंग चल रही थी, जबकि अनन्या अपने सिंगिंग करियर को लेकर मुंबई भागने की फिराक में थी। दो-दो बार इंडियन आइडल का ऑडिशन मिस करा दिया था पापा और भैया ने। लेकिन इस बार वो चांस नहीं लेना चाहती थी। सीधे मुंबई में जाकर अपनी गायकी का जलवा दिखाना था और हमेशा की तरह उसके इस राज़ के राज़दार भी हम ही बने।

रामलीला में हमारी परफ़ॉरमेंस देख के अनन्या भी बहुत तारीफ़ करती थी हमारी। उसी ने दिमाग़ में ये कीड़ा डाला था कि सुनो अगर मुंबई गए तो तुम्हें साथ ले के भागेंगे। तुम हीरो बन जाना और हम तुम्हारी हीरोइन के लिए गाना गाएँगे। इतना कहकर वो ख़ूब हँसती थी और हम साला गूँगे हो जाते थे। कह ही नहीं पाते थे कि हमारी हीरोइन के लिए गाने वाली भी तुम हो और हमारी हीरोइन भी तुम हो।

वसंत पंचमी का दिन, जब माँ सरस्वती की पूजा की जाती है। और ऐसे शुभ दिन पर अनन्या ने घर से भागने का प्लान बनाया था। हमने इंटरनेट कैफ़े से मुंबई शहर की सारी जानकारी का प्लान बनाया था। मैंने अपनी तरफ़ से घर वालों को मेरे मुंबई जाने की बात पर कन्विंस कर लिया था, क्योंकि उनकी नज़र में मैं अकेला हीरो बनने जा रहा था। पिता जी को क़सम खाकर ये बात

बोल चुका था कि सिर्फ़ तीन महीने का ख़र्चा दे दो, बाक़ी मैं सुपरस्टार बनते ही आपका पैसा सूद समेत वापस करूँगा। अनन्या ने घर में अपनी फ्रेंड डॉली के घर पूजा में जाने का बहाना बनाकर मुझे हनुमान मंदिर चौराहे पर मिलने की बात कही थी। तो कुल मिलाकर सब कुछ प्लान के मुताबिक़ सही था। मैं और अनन्या एक-दूसरे के साथ प्रयागराज जंक्शन पर टिकट ले रहे थे कि अचानक मुन्ना भैया का फ़ोन आया। अनन्या फ़ोन काटना चाहती थी लेकिन हमने कहा कि शक ना हो इसलिए उठा लो। और बस यहीं से कहानी में ट्विस्ट आया।

डॉली अनन्या के घर पर अपनी दूसरी फ्रेंड के साथ सरप्राइज़ देने आई थी क्योंकि छह महीने से अनन्या हमारे साथ घूमने में बिज़ी थी और डॉली का ये सरप्राइज़ पूरे परिवार के लिए बहुत बड़ा सरप्राइज़ बन गया कि आख़िर अनन्या ने झूठ क्यों बोला? थोड़ा और विचार विमर्श और खोजबीन हुई तो सबको समझ आया कि ऐसे और भी कई झूठ बोलकर पिछले कुछ महीनों में अनन्या घर से निकलती रही है। किसी को समझ नहीं आ रहा था कि आख़िर बात क्या है। ऐसे में मुन्ना भैया ने मिला दिया अनन्या को फ़ोन जो हमारे कहने पर अनन्या ने उठा लिया था। पीछे होती ट्रेन की अनाउंसमेंट सुनते ही मुन्ना भैया को समझते देर नहीं लगी कि अनन्या इस वक़्त रेलवे स्टेशन पर है। उन्होंने ऊँची आवाज़ में अनन्या से जब बात करनी शुरू की तो अनन्या ने डर के मारे आधे-अधूरे शब्दों में अपनी प्लानिंग की पोल-पट्टी खोल दी। कह दिया कि भैया हम मुंबई जा रहे हैं और बड़ी सिंगर बन के ही लौटेंगे। और बस, ये बोलकर उसने फ़ोन काट दिया और एक गहरी साँस ली। इस वक़्त हम दोनों को ही समझ नहीं आ रहा था कि करना क्या है। अनन्या हमारा हाथ पकड़कर प्लेटफ़ॉर्म की तरफ़ बढ़ रही थी। तभी हमारा फ़ोन बजा और इस बार हम ये फ़ोन नहीं लेना चाहते थे। पर अनन्या में जाने कौन-सी शक्ति आई थी कि उसने फ़ोन उठाया और बहुत ही फ़िल्मी अंदाज़ में बोला कि भैया ये फ़ोन भी हमारे पास है और ये भी हमारे साथ है। हम दोनों ही अपने सपने पूरे करने मुंबई जा रहे हैं।

और बस, फ़िल्में देखकर बड़ी हुई अनन्या ने ये जो फ़िल्मी हरकत की

थी उसके बाद जैसे कायनात ने मुसीबतों का पहाड़ धकेल दिया हम पर। जो ट्रेन पाँच मिनट में प्लेटफ़ॉर्म पर आ रही थी, उसके एसी कोच में शॉर्ट सर्किट होने की वजह से अब पाँच घंटे का डिले हो गया। वैसे इलाहाबाद का जंक्शन है काफ़ी बड़ा और हम सिर्फ़ 2 लोग। हमने सोचा कि छिपछिपा के आराम से पाँच घंटे काट सकते हैं। हमने कभी इस बात की कल्पना भी नहीं की थी कि इतने बड़े प्लेटफ़ॉर्म पर जुगाड़ू मुन्ना भैया हमें अगले पंद्रह मिनट में ढूँढ़ लेंगे। स्टेशन मास्टर को हमारा हुलिया बताया गया और पलक झपकते जीआरपी यानी रेलवे पुलिस के जवान और टीटी ने आ के हमें बंधक बना लिया और उसके अगले पंद्रह मिनट में विलेन की तरह मुन्ना भैया ने एंट्री मारी। आँखों पर काला चश्मा और हाथ में इस वक़्त लाइसेंसी रिवॉल्वर थी। जिसे देखते ही अनन्या समझ चुकी थी कि मामला कुछ भी हो सकता है। आख़िर, जो आदमी शादी-बरात में ख़ुशी-ख़ुशी ऐसे दस-बारह राउंड की ओपन फ़ायरिंग करता है, वो इस मौक़े पर तो फ़ुल सर्जिकल स्ट्राइक करेगा।

बड़ी चतुराई से अनन्या ने इशारा करके मुझे भागने को कहा था। साथ में क़सम भी दे दी थी। ये वो हिंदी फ़िल्मों का क्लाइमैक्स वाला सीन जैसा माहौल था। अनन्या की क़सम में बँधे हम अपने बैग के साथ पटरियों पर कूद के दूसरे प्लेटफ़ॉर्म से दिल्ली जाने वाली ट्रेन पर चढ़ लिए।

धीरे-धीरे स्पीड पकड़ती उस ट्रेन से अनन्या का मुस्कुराता हुआ चेहरा देखा था हमने। जब उसने हवा में हाथ हिलाकर बाय कहा था। और बस, उसके बाद घर से फ़ोन-पर-फ़ोन, धमकियाँ, गालियाँ, और ये सिलसिला हफ़्तों नहीं, महीनों चला। घरवालों को बहुत कुछ सहना पड़ा, लेकिन पापा ने सब सँभाल लिया। पापा ने हाथ जोड़ लिए थे कि अब मैं कभी लौटकर वापस शहर ना जाऊँ, क्योंकि मुन्ना भैया की रिवॉल्वर और राइफ़ल दोनों हमारे ख़ून की प्यासी हो चुकी थीं। भले ही उन्होंने जबरन अनन्या को शादी करके ससुराल भेज दिया था पर उन्हें हमसे बदला लेना था। इसलिए एक अनचाहा वनवास झेल रहे थे हम। पापा कभी-कभार थोड़े पैसे भेज देते थे, बाक़ी ख़ुद जुगाड़ करना पड़ता था। पूरे एक साल दिल्ली में थिएटर करने के बाद सबकी तरह हमने मुंबई का रुख़ किया और पाँच साल से यहाँ-वहाँ बस जी रहे हैं।

अनन्या की तो कोई ख़बर मिली ही नहीं। अपनों के साथ-साथ अपने शहर वालों ने भी मुँह मोड़ लिया था, पर अनन्या की यादें साथ थीं। वो हमेशा हमसे कहती थी कि हर कलाकार के लिए एक ड्रीम रोल बना होता है। बच्चन साहब को भी बारह-चौदह फ़िल्मों का सफ़र तय करना पड़ा था ज़ंजीर का एंग्री यंग मैन बनने के लिए। तो अपने उसी ड्रीम रोल की तलाश में पाँच साल काट चुका हूँ। सोचता हूँ कभी किसी कामयाब फ़िल्म का हिस्सा बनूँगा तो अनन्या जहाँ भी होगी हमें देखकर ख़ुश ज़रूर होगी।

तभी आवाज़ आई- "सुनो, यू आर नेक्स्ट।" फ़ौरन अपनी सिगरेट बुझाकर श्रीजी होटल से उठाई हुई एक्स्ट्रा सौंफ के कुछ दाने मुँह में डाले और अंदर भागा। रोल छोटे शहर के एवरेज लुकिंग लड़के का था, जो एक लड़की से एकतरफ़ा मोहब्बत करता है और उसके साथ भागकर मुंबई आना चाहता है। अचानक से अनन्या की ड्रीम रोल वाली बात याद आ गई और चेहरे पर ये बड़ी-सी स्माइल आ गई। मन-ही-मन हमने तो ऑटोग्राफ़ देने की प्रैक्टिस भी कर ली। आख़िरकार हीरो बनने जा रहे हैं हम। तभी कास्टिंग डायरेक्टर ने कहा अरे नहीं नहीं! इंपोर्टेंट रोल है भाई। एक काम करो, इसे हीरोइन के भाई का रोल दे दो ना, सपोर्टिंग है, पर बहुत बढ़िया रोल है। वो उस सपोर्टिंग रोल को बहुत अच्छे से करेगा।

मेरे नैना मेरी नैनों को ढूँढ़ते हैं

कहते हैं भगवान हर जगह नहीं हो सकता इसलिए उसने माँ बनाई। और भगवान हर जगह हमारी हेल्प नहीं कर सकते इसलिए उन्होंने दोस्त बनाए। पर दोस्ती वाले रिश्ते में शायद थोड़ा-सा वायरस आ गया, इसलिए उस रिश्ते के दो मॉडल आ गए मार्केट में- एक अच्छा दोस्त और एक सच्चा दोस्त।

अच्छा दोस्त वो, जो आपको लाइफ़ में बताए कि क्या सही है क्या ख़राब। लेकिन सच्चा दोस्त वो, जो आपके साथ ट्राई करे कि लाइफ़ में क्या सही है और क्या ख़राब।

और जैसे ही इस बात से उत्साहित होकर हम अपनी ज़िंदगी में सच्चे दोस्त को चुनते हैं, वो हमारा बहुत कुछ ख़राब करते हैं। जैसे कि स्कूल कॉलेज के सेमेस्टर ख़राब करने वाला दोस्त, जो हमेशा आप को इस ग़लतफ़हमी में रखता है कि- "भाई क़सम भगवान की, वो तुझे ही देख रही थी।"

फिर मूड ख़राब करने वाला दोस्त जो आपसे पहले हर सुंदर लड़की को देख के बोल देता है- "साफ़-सुथरी नज़रों से देखना साले, तुम्हारी भाभी है।"

फिर बजट ख़राब करने वाला दोस्त जो सुअर जैसी शकल बना के हमेशा बोलेगा- "भाई आज बिल तू दे दे। नेक्स्ट टाइम खिला दूँगा।"

उसके बाद होता है इमेज ख़राब करने वाला दोस्त, जो दारू पी के आपसे गाड़ी चलवाएगा और फिर अपनी EX की गली में जाके उसे गालियाँ बोलेगा- "तू साली छोड़ गई तो क्या, अपना भाई अपने साथ है।"

और इन सबके बाद वो एक कमीना नीयत ख़राब करने वाला दोस्त जो व्हॉट्सएप्प Group पर सुबह शाम सिर्फ़ गंदी तस्वीरें और मैसेज भेजता है

और मिल के बोलेगा- "भाई दूसरे भेजते हैं, मैं तो फ़ॉरवर्ड करके डिलीट कर देता हूँ।"

तो basically लाइफ़ ख़राब करने में सच्चे दोस्तों का ही हाथ होता है। और अगर वो लाइफ़ में नहीं हैं तो लाइफ़ ख़राब लगने लगती है।

लेकिन हमारे पापा ब्वॉयज़ स्कूल के इन्हीं सारे दोस्तों से तंग आ गए थे। क्योंकि हर रोज़ घर के बाहर कोई-ना-कोई खड़ा होके आवाज़ लगाता और हम फट्ट से बैट लेकर निकल जाते थे पार्क में क्रिकेट खेलने।

यूपी बोर्ड के हिंदी मीडियम ब्वॉयज़ स्कूल में पढ़ने वाले लड़कों से आख़िर और उम्मीद ही क्या की जा सकती है? हम सब 'तेरे नाम' से 'आशिक़ बनाया आपने' तक के हिमेश रेशमिया के गानों का फ़ैन क्लब चलाते थे। सनी देओल की फ़िल्मों से adrenaline rush फ़ील करते थे और गर्ल्स स्कूल की लड़कियों को दूर से देख के ठंडी आहें भरते थे। पर अपने सच्चे दोस्तों के साथ हँसता-खेलता हमारा ये जीवन पापा को खटक रहा था। इसलिए घर में इस बात पर आख़िरी फ़ैसला हो चुका था की अब हमें इंग्लिश मीडियम क्रिश्चियन वाले स्कूल में डाला जाएगा।

हमारी 'गर्व से कहो हिंदू हैं' से लेकर 'क्रिश्चियन नॉन वेज खाते हैं' जैसी सभी दलीलों को नकारा जा चुका था। Request तो ख़ैर वैसे भी कभी किसी ने नहीं सुनी थी हमारी। तो सीधे पापा का आदेश मिल गया था हमें कि सुबह नहा-धोके तैयार रहना है नये वाले स्कूल में एडमिशन के लिए।

लेकिन रात जिस फ़ैसले पर सबसे ज़्यादा आँसू बहाया था हमने। अगले दिन पापा के उस फ़ैसले को अपने जीवन का सबसे ख़ूबसूरत decision बोलते हुए मैंने रात को माँ के साथ सारे जूठे बर्तन धोए थे। बाथरूम में जाकर गीले कपड़े तार पर सूखने के लिए डाले और अपने साथ-साथ पापा के जूते भी एक्स्ट्रा पॉलिश के साथ चमकाए। क्योंकि दिन में आज कांड ही ऐसा हो गया था कि पूरे दिन हमारे चेहरे पर एक बकलोल टाइप की स्माइल चढ़ी रही। हमारी इस एक्स्ट्रा ख़ुशी की वजह थी वो जो दिन में मिली थी स्कूल में एडमिशन के वक़्त। नैना, नैना मैथ्यूज़। और बस इस एक नाम की वजह से हमने झट से उस स्कूल में एडमिशन के लिए हाँ कह दी थी। जहाँ जाने के

लिए एक रात पहले हमें मौत आ रही थी और जहाँ जाते हुए भी हमें मौत आनेवाली थी। क्योंकि स्कूल की दूरी 10 किलोमीटर थी। परंतु परम पूज्य पिता जी ने इस Birthday पर हमें साइकिल दिला दी थी। डीज़ल-पेट्रोल महँगा होने की वजह से स्कूल बस वालों ने अपने रेट बढ़ा दिए थे। तो बेटा मारो पैडल 10 किलोमीटर। लेकिन यही कमाल था कि हमें ये भी मंज़ूर था।

ख़ैर ये तो बीच वाला हिस्सा है। शुरू से कहानी सुनाएँ? ताकि आप लोगों का भी सुर न बिगड़े और हमारी कहानी अच्छे से समझ आए।

तो फिर बात यूँ है कि UP के ब्राह्मण होने के नाते और Interiors में गाँव होने के नाते हम अपनी पूरी पढ़ाई UP Board के Boys School से ही करने वाले थे। मतलब ऐसा हमें लगता था, तभी तो अपना ब्वॉयज़ गैंग बनाकर बड़े ही सुख से रह रहे थे। अत्यंत मज़े में दिन बीता करते हम लोगों के। रोज़ कोई-ना-कोई ख़ुराफ़ाती टॉपिक उठाया जाता था और बस हम लोग (दे बकैती, दे बकैती) उस टॉपिक का चीर हरन करते थे। हम में से कई लोगों का कहना था कि फ़िल्मों में ये हीरो-हीरोइन कभी आपस में kiss नहीं करते। वो बस दूर-दूर से acting करते हैं फिर कैमरा से उन्हें मिला दिया जाता है। हमारा मन भोला था लेकिन दिमाग़ बहुत कमीना। मानने को तैयार ही नहीं होता था। तो ऐसी बातों पर पक्ष-विपक्ष तैयार करके हम लोग घंटों वाद-विवाद प्रतियोगिता खेलते थे। ऐसा हमारा शक है जिसकी आज तक कोई पुष्टि नहीं हो पाई है, पर हमें लगता है कि पिताजी को हमारे ऐसे ही किसी एडल्ट टॉपिक और उस पर होती इस परिचर्चा की भनक लग गई थी शायद। इसलिए उन्होंने हमारा अपने गैंग के साथ घूमना-फिरना कम करवाया और फिर उसके बाद उनसे दूर करने की साज़िश रच डाली।

वैसे उनके इरादों को साज़िश ना भी कहे तो चलेगा क्योंकि असलियत में हमारे बाबूजी हमेशा से ही थोड़े महत्त्वाकांक्षी टाइप के थे। इसलिए क्लास 10th तक जूनियर ब्वॉयज़ हाई स्कूल में रखने के बाद उन्होंने हमें 11th से उस शहर में खुले नये-नये इंग्लिश मीडियम स्कूल में एडमिशन दिलाने का फ़ैसला ले लिया था। बाबूजी की सोच थी कि प्रगतिशील देश में अगर co-ed convent school में पढ़ने का experience रहेगा तो बच्चे को

जीवन में आगे बढ़ने की प्रेरणा मिलेगी। अब अगर आज प्रेज़ेंट में आके हम ये बात सोचते हैं तो बाबूजी पर गर्व होता है और मन-ही-मन लाखों-लाख thank you निकलता है। क्योंकि उस co-ed school में जाते ही हमारी ज़िंदगी जो पलट गई।

ख़ैर, उस दिन जब एडमिशन के लिए भरी धूप में पिता जी के साथ स्कूटर पर बैठ के हम वहाँ पहुँचे तो देखा कि प्रिंसिपल ऑफ़िस के बाहर वेटिंग थी। वहाँ ठीक वैसा ही हाल था, जैसे सिलेंडर भरवाने वाली गैस एजेंसी या राशन की दुकान वाले बनिया के सामने होता है।

मन तो हमारा पहले से ही किलसा हुआ था। ये भीड़ देखकर और भन्ना गया क्योंकि स्कूल बदलने की बात पर सभी दोस्त यार गाली दे रहे थे। Boys gang में एक अलग तरह की गैंगवार चालू हो गई थी। कोई भी हमें farewell तक नहीं देना चाहता था। सच्ची दोस्ती लगभग टूट चुकी थी और हम यहाँ मन-ही-मन अपने पिताजी को अपना सौतेला बाप मानने के फ़ुल मूड में थे कि तभी आस-पास परेशान दिखते अभिभावाकों के बीच दिखी थी हमें वो। अचानक दिमाग़ में अक्षय कुमार की मोहरा फ़िल्म का गाना- 'तू चीज़ बड़ी है मस्त मस्त' के पहले वो जो 'क्वा... क्वा... क्वा...' करके म्यूज़िक बजता है सायरन टाइप, कुछ वैसा वाला संगीत बजा। दिल लगा फ़टकर कलेजे से बाहर आ जाएगा। आँखें कटोरियों से बाहर निकल चुकी थीं। और ऐसे में जब बाबूजी ने पूछा स्कूल कैसा लगा, तो हमने नैना को आँख भरकर देखा। आह भरी और ठंडी साँस छोड़ते हुए कहा- "कमाल!"

मतलब एडमिशन तो ले लिया था लेकिन सच्चे दोस्त पुराने स्कूल में छूट गए थे और नये दोस्त यहाँ बन नहीं पाए थे। नैना भी दूसरे सेक्शन में थी। क्योंकि पापा ने बिरादरी में अपनी नाक ऊँची करने के लिए हमें मैथ्स दिलवा दी थी और अब सबको बोलते फिर रहे थे कि हम IIT क्लियर करेंगे।

कहने को स्कूल co-ed था पर लड़कियाँ यहाँ सीधे मुँह बात नहीं करती थीं और लड़के कुछ ज़्यादा ही शरीफ़ थे। साला गाली भी नहीं देता था कोई यहाँ। ये बताओ ज़रा किसने बोला था कि 11th क्लास में जाओ तो मौज-ही-मौज रहती है। यहाँ तो सिलेबस ही अलग हो गया। विज्ञान के भी 3 हिस्से

हो गए- एक किताब से तीन किताब में फैल गया था विज्ञान- Physics, Chemistry और Biology. सबके अपने-अपने एक अलग पीरियड थे। कहीं पढ़ा था हमने कि काश कि न्यूटन के सर पर सेब नहीं किसी आशिक़ का love letter गिरा होता तो आज physics के हर चैप्टर में इश्क़ की बातें होतीं। लेकिन नहीं, यहाँ तो सिलेबस में अलग सुनामी आ गया था भाई। मैथ्स की algebra, trigonometry का आतंक दिल से उतरा नहीं था कि अब उसमें permutation- combination भर दिया गया। कुल मिलाकर ज़िंदगी तबाह हो रखी थी हमारी।

कुछ भी मन मुताबिक़ नहीं था हमारे। पर फिर भी एक वजह थी कि स्कूल के कुछ पीरियड्स अच्छे लगते थे। ख़ासकर तब जब नैना हिंदी की कॉमन क्लास में हमारे आगे वाली सीट पर बैठती तो हिंदी क्लास हिंदी फ़िल्म में तब्दील होती दिखाई देती। जहाँ के हीरो हम ख़ुद और हीरोइन नैना। पर इतने क़रीब रहते हुए भी हमारी नैना तक पहुँचने की जो राह थी वो काफ़ी लंबी थी। क्योंकि जो लड़की एक साँस में अंग्रेज़ी के 74 वर्ड प्रति मिनट के हिसाब से बात करती हो, उसके आगे Hello, Hi, Sorry, Thank you से ज़्यादा एक हिंदुस्तानी हिंदी भाषी स्कूल का पढ़ा लौंडा क्या बोल पाएगा। इसलिए नैना को नैनों में भरकर मन भर देख तो लिया था पर उससे बात करने का कोई जुगाड़ नहीं हो पा रहा था। अपने पुराने ब्वॉयज़ स्कूल वाले दोस्तों से consult करने की कोशिश की तो मदद करना तो दूर सिर्फ़ ताने मिले सब से। और तो और एक-दो तो ये भी नहीं मान रहे थे कि क्लास में 15 लड़कियाँ थीं। लेकिन जब अटेंडेंस शीट दिखाई तो उनके लिए हमारी अटेंडेंस शीट में लिखे वो 15 लड़कियों के नाम भी अश्लील साहित्य जैसा फ़ील दे रहे थे।

हमारी स्कूल assembly को वो समारोह का दर्जा देते थे, जहाँ एक साथ इतनी लड़कियों के बीच खड़े होकर प्रेयर करना अपने-आप में दुआ क़बूल होने जैसा था।

ख़ैर, जिन्हें दोस्त माना था उन्होंने मेरी एक नहीं मानी, ना ही कोई रास्ता सुझाया। हम भी 'frustrate' हो रहे थे कि अब अपने देश में अपने ही क्लास की अपनी-अपनी लगने वाली नैना को अपना बनाने के लिए हमें किसी दूसरे

देश की भाषा को अपनाना होगा- "अबे ये क्या हरामीपना है!"

"देखा, देखा, आई ना फ़ील? जो मज़ा अबे-तबे, चुप बे, का बे, हट बे आदि बोलने में है, वो मज़ा Excuse me में या Listen buddy में कहाँ। मतलब किसी को bastard बोलो तो लगता है साला साहित्य अकादमी पुरस्कार दे रहे हैं। लेकिन चिरकुट बोल के देखो, आत्मा तृप्त हो जाती है क़सम से। और वो बताओ ज़रा, वो कसके छींक आने के बाद excuse me बोलना सही लगता है या हरि ओम। यानी कि फ़ील है ना हिंदी में? तो अब बताओ ऐसी भाषा को Ignore करके नैना की ख़ातिर हमें फ़र्राटेदार अंग्रेज़ी बोलनी सीखनी थी ताकि नैना से बात हो। पर कैसी विडंबना थी। उसको इंग्लिश आती थी, हमें हिंदी। वो A section की bio stream की थी, हम B section के maths वाले। मिलन हो ही नहीं पा रहा था। ऐसे में एक दिन कॉमन हिंदी क्लास में किसी कविता की एक लाइन मिस करने पर जब हम ने पीछे से नैना को prompt किया तो पहली बार उसे हमारे existence का पता चला। क्लास के बाद एक महीन-सा thank you बोलके नैना तो आगे चली गई, लेकिन जुलाई के उस आख़िरी दिन में कानपुर में भले बारिश का सीजन समाप्त हो गया था, हमारे दिल में जज़्बात की मूसलाधार बारिश हुई थी।

ख़ैर, एक तो नैना से हमें इश्क़ था, ऊपर से इकतरफ़ा, तो बात तो करनी ही होगी। ऊपर से उसने thank you बोल दिया था, जिसे हमने अपने दिमाग़ में कोई तीन हज़ार बार रिवाइंड करके सुना था। तो उस thank you के कुछ 1300 मतलब निकालने के बाद जो मेन मुद्दा सामने आया कि नैना से बात करने के लिए इंग्लिश सीखनी ही होगी। और इंग्लिश सीखने के लिए एक ही रास्ता दिखा था- इंग्लिश स्पीकिंग कोर्स वाली कोचिंग, जिनके बड़े-बड़े पोस्टर लगे थे शहर में। साथ में एक खुल्ला चैलेंज भी कि तीन महीने में सीखें फ़र्राटेदार अंग्रेज़ी।

तो बस कोचिंग के वाउचर मँगवा लिए गए। पर सवाल ये था कि आख़िर तीन महीने की 5000/- वाली कोचिंग की फ़ीस भरे कैसे?

अब उस वक़्त तक क्योंकि आईफ़ोन आया नहीं था, तो किडनी बेची जा

सकती थी, ऐसे वाले option का भी ज्ञान नहीं था। और तभी 14 सितंबर आ गया। 14 सितंबर यानी हिंदी दिवस। क्लास में टीचर ने घुड़की दे दे के सबको हिंदी पर कुछ-ना-कुछ तैयार करने को कहा था। क्योंकि स्कूल इंस्पेक्टर और डीएम सर के सामने रंगारंग कार्यक्रम होने वाला था।

13 की दोपहर इंटरवल के बाद बाक़ी चार पीरियड फ्री रखे गए थे ताकि कल के कार्यक्रम की प्लानिंग हो सके। जहाँ हम एक्साइटमेंट में थे कि नैना के साथ फ्री पीरियड मिलने वाला है वहीं वो पसीने में डूबी हाँफ रही थी। वजह, कल उसे स्टेज पर चीफ़ गेस्ट के सामने हिंदी में कविता बोलनी थी।

अच्छा ये भी एक परम कमीनापंती होती है स्कूल वालों की। जो भी सबसे सुंदर चेहरा होता है, साले नुमाइश बनाकर खड़ा कर देते हैं स्टेज पर कि बेटा तुम पोयम पढ़ो। हम जैसों को ज़िम्मेदारी मिलती है कुत्ते खदेड़ने की ताकि कोई आवारा कुत्ता पीछे से स्टेज पर ना चढ़ जाए!

ख़ैर नैना की परेशानी हमारे लिए भारत की गिरती अर्थव्यवस्था से कहीं ज़्यादा चिंताजनक थी। मन में 'क्या हुआ नैना? तुम ठीक तो हो?' का डेढ़ सौ बार इंग्लिश अनुवाद कर चुके थे ताकि फ़र्राटेदार तरीक़े से ये सवाल उससे पूछ सकूँ- "Naina, are you okay?"

लेकिन जब-जब उसके सामने पड़ा, दिल मिल्खा सिंह और ज़ुबान मनमोहन सिंह हो गई। हम पूरी तरह mute थे। पर शायद हमारी अम्मा की सारी मनौतियों का एक साथ फल दिया भगवान ने हमें उस दिन। तभी तो नैना ने ख़ुद से बात शुरू की थी और कहा- "लिसन, तुम्हारी हिंदी अच्छी है ना? तुम प्लीज़ मेरी हेल्प करोगे? I can't do it on my own.

बस उसके बाद बहुत कुछ बोला था उसने इंग्लिश में, पर हम मन-ही-मन हर बात के लिए क़बूल है बोल रहे थे।

हाँ हाँ जानते हैं। हिंदू लौंडों का क़बूल है बोलना awkward है, पर इश्क़ तो सेक्युलर होता है ना बे! तो नैना ने जो कुछ भी कहा, सब क़बूल है।

अगले दिन स्टेज तालियों की गड़गड़ाहट से गूँज रहा था। क्योंकि हमारी लिखी उस हिंदी कविता को जब नैना की आवाज़ और अदायगी मिली तो मानो वो शब्द मोती हो गए। सबने नैना को उस दिन इंग्लिश में congratulation कहा था। पर नैना दूर से भागती हुई हिंदी में हमारा नाम चिल्लाते हुए आई थी, जब हम एक गली वाले अवारा कुत्ते से आधे खाए नाश्ते की प्लेट छीनने की कोशिश कर रहे थे।

और बस। ये वो पल था। जिसका इंतेज़ार हर फ़िल्म, सीरियल और वेबसीरीज़ में होता है।

जब हिरोइन भागते हुए आके हीरो को कसके गले लगाती है। हमने तो बैकग्राउंड वाला गाना भी सोच लिया था। जज़्बात थोड़ा-थोड़ा शाहरुख़ हो रहे थे। बाहें उठ रही थीं तभी नैना ने इंग्लिश में आके कहा था- "Listen, you saw how amazing it went? अब मुझे वो वाली बुक बताओ ना जहाँ से ये पोयम कॉपी की थी। नेक्स्ट टाइम मैं भी वहीं से कॉपी करूँगी।"

धत्त तेरे की। कूत्ते से जिस प्लेट की लड़ाई लड़ रहा था, उसके साथ-साथ यहाँ अपना इश्क़ भी हार गए। मतलब नैना हमें चीटर समझती है! जो कविता अपनी आँख फोड़ के रात भर में कॉपी पर लिखी वो उसे copied लगती है। दिल दुखा था ज़रा-सा। लेकिन अच्छा ये लगा कि उस दिन नैना की मुस्कुराहट की वजह हम थे और हमें अब नैना से बात करने के लिए अंग्रेज़ी बोलने की ज़रूरत नहीं थी। क्योंकि हम ना सही हमारी हिंदी ने उसके दिल में हमारे हिस्से की थोड़ी-सी जगह बना दी थी, तभी तो क्रिसमस पर उसने हमें अपने घर बुलाया।

हमारी ये बात हमारी एक्स मित्रमंडली में फैल चुकी थी कि अब हम लड़कों से नहीं सिर्फ़ लड़कियों से दोस्ती रखते हैं। उसमें भी नैना मैथ्यूज़ से जो कि Christian है और हमारे यहाँ कि लड़कियों की तरह मंदिर नहीं चर्च जाती है।

अब क्योंकि हम सब ने इंग्लिश फ़िल्में भर-भर के देखी थी तो सबको ये पता था कि Christian लोग अपनी शादी के बाद पूरे ख़ानदान के सामने उसी चर्च में एक-दूसरे को चुम्मी देते हैं, वो भी lip to lip वाली French kiss और इसी बात को दिमाग़ में रख के हमारी एक्स मित्रमंडली का हर बंदा हमें और नैना को लेके चुम्मी वाली Imagination बना रहा था। ये उनकी जलन कहूँ या over Imagination कि इस चक्कर में वो लोग अब हमसे

और बात नहीं कर रहे थे।

हमने भी इस हालात का भरपूर फ़ायदा उठाया और सबको सुनाते हुए निकला था कि हम नैना के साथ चर्च जा रहे हैं क्रिसमस मनाने।

अब जिन इंग्लिश फ़िल्मों में हमने लड़का-लड़की की शादी के बाद kiss देखा था, उन्हीं में ये भी दिखाया गया था कि ड्रैकुला ने चर्च से ही अपने उत्पात की शुरुआत की थी। क़सम से डर लगता था हमें उस तरफ़ जाने में भी। लेकिन जब नैना ने हमारा हाथ पकड़कर हमें अंदर खींचा तो उसे ना नहीं कह पाए। अंदर Christmas carol गाए जा रहे थे। बड़ा हॉलीवुड टाइप का माहौल था। उन सबके सुर-से-सुर मिलाकर नैना अंग्रेज़ी में गाने लगी। तब समझ आया हमें कि साला जिनकी पूजा पाठ के मंत्र भी अंग्रेज़ी में हैं, उनके सामने हमारी क्या बिसात है। पर कोई बात नहीं अब तो नैना से दोस्ती थी हमारी, वो भी स्पेशल वाली, तभी तो एक पल को भी हमारा हाथ नहीं छोड़ा था उस दिन नैना ने।

और जिस चर्च को हम ड्रेकुला का अड्डा मानते थे, वहाँ क्रिसमस कैरोल गाके फिर केक पेस्ट्री खिलाकर हमारा बचपन वाला डर मिटा दिया नैना ने।

ख़ैर, Christmas के बाद New year party और फिर सीनियरों को दी जानेवाली फ़ेयरवेल पार्टी में हमने और नैना ने मिलकर ख़ूब गदर काटी। जमकर धमाल मचाया। सबकी आँखो में चुभती थी हमारी जोड़ी क्योंकि नैना हमारे साथ सबसे ज़्यादा हँसती थी। हमारी सीट पर साथ बैठती थी। हमारे साथ अपना टिफ़िन शेयर करती थी। क्लास की पहली गुड मॉर्निंग और छुट्टी का आख़िरी गुड बाय हमसे किया करती थी। तो एक तरह से celebrity status इंज्वॉय कर रहे थे हम। पर लगता है ब्वॉयज़ स्कूल के दिलजले दोस्तों की बुरी नज़र थी वो या हमारे इस नये स्कूल के लड़कों की जलन कि जब फ़रवरी महीने में वैलेंटाइन्स डे पर हमने नैना को Red rose देना चाहा तो उसने ये कहकर मना कर दिया की Red rose is for love, तुम मुझे yellow rose दो, क्योंकि तुम मेरे बेस्ट फ्रेंड हो। प्रपोज़ल रिजेक्ट हुआ था सीधे-सीधे मुँह पर। और हमें तब पता नहीं चल पाया था कि हम Friend zoned हो चुके हैं। लेकिन नैना मैथ्यूज़ का फ्रेंड होना भी उस वक़्त दीपिका-आलिया को डेट करने जितना ही सम्मानित काम माना जाता था, इसलिए हम ख़ुश थे। उसी ख़ुशी में हँसते-खेलते 11th गुज़रा था हमारा। लेकिन 12th में जाते ही आनेवाले बोर्ड की परीक्षा के प्रेशर के साथ एक और तकलीफ़ जुड़ गई थी हमारे जीवन में। क्योंकि क्लास में Dominique pareira ने एडमिशन ले लिया।

क़द 5 फुट 10 इंच। यानी हमसे 5 इंच लंबा। बॉडी में ऋतिक रोशन जैसा। basketball player. लेकिन सबसे बड़ी ख़ासियत कि वो गिटार बजा लेता था। वैसे शुरू-शुरू में नैना ने उस पर ज़्यादा ध्यान नहीं दिया था और हमने भी घमंडी, अकड़ू और हम बच्चों की क्लास में बड़ा दिखने वाला अंकल बोल-बोल के नैना के दिल में उस ग्रीक गॉड के लिए एक्स्ट्रा नफ़रत भर दी थी। लेकिन जहाँ कहानी में हीरो-हीरोइन होते हैं, वहीं विलेन भी तो होता है। यहाँ विलेन बनी थी वो म्यूज़िक वाली निहारिका मैम। जाने क्या चुल्ल मची थी डायन को कि अच्छा-ख़ासा nobody बनकर जी रहा था वो डोमिनिक और एक दिन उसे बुलाकर सबके सामने कुछ गाने को बोल दिया। ये उस डोमिनिक की कोई साज़िश थी या मेरे ही करम फूटे थे। तब दो बातें हुईं। एक, उसने इंग्लिश गाना गया जो हमें घंटा समझ नहीं आया। और दूसरी, उसने ये गाना नैना के सामने गाया जिससे सब कुछ समझ आया और बहुत ज़्यादा समझ आया। भाई फिर क्या। ऋतिक रोशन जैसी बॉडी, रणबीर कपूर जैसा आकर्षण और अब अरिजीत सिंह जैसा सिंगिंग टैलेंट लिए हुए ये लौंडा हमारी नैना के नैनों में बस गया। उसके दिल में घर कर गया। मतलब फ़ुल नैना को लट्टू कर गया वो।

पूरे दो घंटे उसकी बातें कर-करके उस दिन नैना ने हमारे कान से ख़ून निकाल दिया था। मतलब जिस लड़की ने कुल टोटल हमारे बारे में हमसे कभी इतनी बातें नहीं की होंगी उसने लगातार दो घंटे बस उस लंबू का महिमामंडन किया। उसके नाम की आरती गाई। तो बस हमें समझ आ गया कि कहानी के इस प्वॉइंट पर हमें हर्ट होना है, क्योंकि अनजाने में ही सही, नैना ने इस एकतरफ़ा आशिक़ी में पागल हमारे एक्स्ट्रा सेंसिटिव दिल को तोड़ दिया था।

ग़लत कहते हैं कि दिल टूटने पर दिल दुखता है। भाई यहाँ छाती से लेकर अँतड़ियों-पसलियों तक का दर्द हुआ था उस heart break में।

नैना तो नहीं है अब। सुनने में आया था कि अमेरिका में settle हो गई है, डोमिनिक के साथ नहीं, बल्कि अकेले। सिंगल मदर है। MBA करने LONDON गई थी। वहीं किसी फिरंगी से शादी की पर देश और रिश्ता दोनों छूट गया और वो अमेरिका चली गई। मतलब जैसे अंग्रेज़ी थी वो, वैसे अंग्रेज़ों के बीच सेट है।

हम तो शायद उसे याद भी ना हों। लेकिन उसकी बचपन की कमज़ोरी यानी हिंदी को अपनी ताक़त बनाकर हम आज भी उसे याद कर लेते हैं और पन्नों पर उसकी यादों को शब्द बनाकर कविताएँ लिखते हैं। हर ओपेन माइक की शान और कॉलेज फ़ेस्ट का जाना-पहचाना नाम हैं हम। पर अपनी हर कविता में नैना से जूड़े अपने जज़्बात का एक क़तरा ज़रूर डालते हैं। जब कभी बहुत nostalgic होते हैं ना तो बैठकर क्रिसमस वाली वो एक रात सोच लेते हैं। सब क्रिसमस को बड़ा दिन कहते हैं, हमारे लिए वो बहुत ही बड़ी और ख़ूबसूरत रात है, जिसे याद करते हुए दिल के अंदर वही गुमशुदा पोस्टर वाला कंटेंट चलता है- नैना तुम जहाँ कहीं भी हो लौट आओ। कोई तुम्हें कुछ नहीं कहेगा। क्या है कि तुम्हें अपनी कविताओं से मिलवाना है ताकि उन्हें भी तो पता चले कि जिस नैना ने आज तक हमें इतना हिंदी-हिंदी कर रखा है वो ख़ुद में कितनी अंग्रेज़ है!

बीमारी

घुटन क्या होती है पता है? कई प्रकार होते हैं इसके। लेकिन वो एक ख़ास हालत इमेजिन करो जब किसी शादी-ब्याह या किसी ख़ास फ़ंक्शन में जाने के लिए ग़लती से आप कोई बहुत टाइट और ना स्ट्रेच होने वाला स्वेटर या एक नंबर छोटा जूता पहन लेते हो। फिर पूरे फ़ंक्शन में लोक-लाज के डर से आप उस को अपने शरीर से अलग नहीं कर सकते क्योंकि वो आपकी वेशभूषा का हिस्सा है, जिसे समाज ने स्वीकार कर लिया है। फ़ंक्शन की फ़ोटोज़ में आपको संपूर्ण रूप में दिखना है। भले ही जूता काट रहा हो या स्वेटर से आपका दम घुट रहा हो, आप उसे नहीं उतार सकते वर्ना लोग क्या कहेंगे? समाज क्या कहेगा?

तो बस, ऐसा ही एक टाइट स्वेटर मैंने भी पहना हुआ है, जिसमें घुटन हो रही है मुझे। जी कर रहा है उतारकर फेंक दूँ ये स्वेटर लेकिन नहीं- 'लोग क्या कहेंगे?'

मैं गौतम, गौतम सिंह राजपूत। मुंबई के बांद्रा इलाक़े में अपनी गर्लफ्रेंड आर्या के साथ रहता हूँ। 2-बीएचके का ये फ़्लैट बारहवीं मंज़िल पर है। यहाँ से एक तरफ़ मुंबई की सड़क का ट्रैफ़िक और शोर सुनाई देता है और दूसरी तरफ़ समंदर का शांत और ख़ामोश मंज़र, जहाँ वो आसमान से मिलता हुआ दिखता है। एक ही घर की दो खिड़कियों से दो अलग दुनिया दिखती है। अपनी हर हाउस पार्टी में किसी-ना-किसी मेहमान से मुझे ये कॉम्प्लीमेंट मिलता ही मिलता है- "गौतम, घर बड़ा सही ढूँढ़ा तूने।"

"एक्सक्यूज़ मी, लेकिन इसे घर जैसा बनाकर मैंने रखा है।" ये आर्या का डायलॉग होता है। और उसके बाद एक बड़ा-सा ठहाका। किसी सीरियल की स्क्रिप्ट के इंपोर्टेंट सीन जैसी घटना है ये, जो हमारी हर हाउस पार्टी में होती है। और फिर धीरे-धीरे समाज के ठेकेदारों और उनके विचारों की तरह हाउस पार्टी में आए सभी मेहमान भी अलग-अलग टुकड़ों में बँट जाते हैं। कुछ अपनी सिगरेट लिए बालकनी से समंदर को ताकते हैं तो कुछ शहर की उस भाग-दौड़ और चिल्लम-चिल्ली को 12th फ़्लोर से खड़े होकर एन्जॉय करते हैं। हाथ में JD या शीवास रीगल वाले पैग के साथ। सब अपनी-अपनी जगह पर स्थिर, दूसरे को जज करते पार्टी एन्जॉय करते हैं। मैं और आर्या एक-दूसरे का हाथ थामे इस भीड़ की आँखों में अपने लिए वैलिडिटी और प्यार ढूँढ़ते हैं।

मुझे इस घर में रहते हुए अब दो साल हो गए हैं। वो समंदर की तरफ़ वाला व्यू और बालकनी का वो झूला मेरा फ़ेवरेट स्पॉट है। हर रोज़ सुबह की कॉफ़ी और अख़बार वहीं ख़त्म होता है। आज भी वहीं उसी जगह बैठा हुआ था कि काम वाली दीदी एक डायरी ले के आई और कहने लगी- "भैया ये डायरी मिली स्टोर रूम की सफ़ाई में। आपके मतलब की है या फेंक दू?" कॉफ़ी और अख़बार से ध्यान हटाकर मैंने देखा उसे। डायरी? वो डायरी नहीं थी। मेरे बचपन की 'अलिफ़-लैला' थी क्योंकि उस डायरी में तो मेरा तिलस्मी बचपन था। सब कुछ छोड़कर उस डायरी के पन्ने पलटने लगा और सबसे पहले ही पन्ने पर मेरी कमज़ोरी का नाम लिखा था। नाम बाद में बताता हूँ।

ये बात उस वक़्त की है जब हमारे यहाँ टेलीफ़ोन नहीं था, इसलिए पापा ने सारे रिश्तेदारों को गदौलिया चौराहे वाले निगम पीसीओ एंड एसटीडी वाले का नंबर दे दिया था। पीसीओ का नियम ये था कि रिश्तेदार कॉल करके सिर्फ़ मैसेज दे सकते हैं, बात करनी है तो पिता जी को कॉल बैक करना होगा। इस व्यवस्था से निगम जी भी ख़ुश और रिश्तेदार भी ख़ुश, क्योंकि पीसीओ का बिल बनता था और रिश्तेदारों का बिल बचता था।

बनारस में नॉर्मली सुबह का शुभारंभ कचौड़ी-सब्ज़ी और जलेबी से होता है। पर आज की सुबह लट्टू की चीख़ से हुई। तीन बार कुत्ते से भी तेज़ आवाज़ में चिल्ला के लौटा है। वैसे ये प्राणी लट्टू जी महाराज निगम पीसीओ

के अगले उत्तराधिकारी हैं यानी निगम अंकल के बेटे। तीसरी बार तो शायद ईगो ही हर्ट हो गया उसका इसलिए ग़ुस्से में बोला था- "अरे यार अंकल जी फ़ोन पर फ़ोन आ रहे हैं। आ जाओ वर्ना अब नहीं आएँगे बताने।" लेकिन पापा टस से मस नहीं हुए। मम्मी के पूछने पर बस इतना कह पाए- "किस मुँह से जाएँ? आपके लाडले ने नाक जो कटा दी। अरे 68% ये भी कोई मार्क्स होते हैं? बाक़ी सब के बच्चे यूपी बोर्ड में 70% से ऊपर मार्क्स लाए हैं। ये सीबीएससी बोर्ड में 70% नहीं छू पाया। जाने कौन से जन्म का पाप है, जो इज़्ज़त मिट्टी में मिलाने के लिए पैदा हुआ है।"

रात को ही हमारी दसवीं का रिज़ल्ट आ गया था। उसकी पूछताछ के लिए सवेरे से ये फ़ोन खड़क रहे थे। शाम पाँच बजे तक जब नौ कॉल आ गए तो थक-हारकर पापा को जाना ही पड़ा। वैसे ग़लत कहते हैं लोग कि जब दिल दुखी हो तो दिमाग़ काम करना बंद कर देता है, क्योंकि ऐसी दुखी अवस्था में भी पापा ने दिमाग़ लगाते हुए सिर्फ़ छोटी बुआ को मेरा रिज़ल्ट बताया। उन्हें पता था इस एक फ़ोन कॉल के बाद हमारे ख़ानदान तो क्या हमारे पूर्वजों तक भी किसी-ना-किसी माध्यम से मेरा रिज़ल्ट पहुँचा देंगी छोटी बुआ। नाम भारती था उनका लेकिन मम्मी ने उनका नाम विविध भारती रख दिया था, क्योंकि हर ख़बर का प्रसार उनसे तेज़ स्वयं नारद मुनि भी नहीं कर सकते।

ख़ैर पिताजी मेरा 68% नंबरों का मातम मना रहे थे और रिश्तेदार जश्न। पर सच कहूँ, मुझे कोई फ़र्क़ नहीं पड़ रहा था क्योंकि पापा का मुझसे यूँ नाराज़ होना या बात ना करना कोई नया नहीं था। काफ़ी दिनों से वो ऐसे ही थे। मुझसे नाराज़ और दूर-दूर। मम्मी बताती हैं कि आख़िरी बार वो तब खुलकर हँसे थे जब मैं पैदा हुआ था। मुझे गोद में उठाकर पूरे हॉस्पिटल में दौड़े थे। देसी घी की मिठाई बाँटी थी और मुझे सीने से लगाकर हॉस्पिटल से घर लौटे। लेकिन वक़्त के साथ जैसे-जैसे मेरी उम्र बढ़ी, पापा का मुझको लेकर ग़ुस्सा और बीपी बढ़ता गया। उन्हें मैं पसंद आना बंद हो गया। और क्लास नाइंथ में था मैं, जब उन्हें मेरी 'बीमारी' का पता लगा। तबसे पापा मुस्कुराते भी नहीं। सीधे मुँह बात नहीं करते और कोशिश करते हैं कि मैं उनसे

दूर ही रहूँ। पर जिसे वो बीमारी कहते हैं वो मेरा बिहेवियर है, मेरा व्यवहार है। मुझे छत पर कसरत करते हुए अभिजीत भैया की बॉडी अच्छी लगती है या फिर मुझे हर बर्थडे, हर फ़ंक्शन में मम्मी का दुपट्टा ओढ़कर डांस करना अच्छा लगता है। ये बीमारी कैसे हो सकती है ? अगर मैं छिपकर कभी लिपस्टिक लगा लेता हूँ तो पापा मारते क्यों हैं मुझे ? आख़िर मान क्यों नहीं जाते कि भले मैं उनका बेटा हूँ, भले ही समाज की नज़र में एक लड़का हूँ, पर मुझे लड़के पसंद हैं और ये बिलकुल नॉर्मल बात है। कोई 'बीमारी' नहीं।

मेरे दादा जी इंडियन आर्मी के राजपूत रेजिमेंट में थे और सिर्फ़ इक्कीस साल की उम्र में उन्होंने 1965 की भारत-पकिस्तान की लड़ाई लड़ी थी। परमवीर चक्र विजेता अब्दुल हमीद के क़िस्से सुना-सुना के बड़ा किया था उन्होंने पापा को, इसलिए पिता जी में अलग जोश दौड़ता था देश के नाम पर। लेकिन बचपन में दादी की ग़लती से पापा बिस्तर से गिर गए और उनकी दाहिनी आँख में ऐसी चोट आई कि वो मेडिकली अनफ़िट हो गए फ़ौज के लिए। इसलिए इंडियन आर्मी ज्वॉइन करने का उनका सपना पूरा ना हो पाया तो हर टिपिकल इंडियन बाप की तरह उन्होंने अपने सपने मेरी पीठ पर डाल दिए। पर मेरा कोई भी क़दम उनकी मर्ज़ी के मुताबिक़ नहीं रहा इसलिए उनकी मुझसे चिढ़ लाज़मी थी।

ये क्लास 8th की बात है जब मेरे साथ के सभी लड़कों की आवाज़ें अचानक से फटने लगी। सबकी खाने की खुराक़ बढ़ चुकी थी लेकिन मेरे साथ ऐसा कुछ नहीं हो रहा था। मेरी आवाज़ अब भी महीन और पतली-सी थी। दो रोटी से ज़्यादा खा नहीं पाता था। ज़्यादा दौड़ने पर थक जाता था और स्पोर्ट्स मुझे फूटी आँख नहीं भाता था। आधे से ज़्यादा लड़के अब गद्दी पर बैठकर साइकिल चलाना सीख चुके थे और मैं अब भी कैंची साइकिल ही चला पाता था, वो भी डरते हुए। पर मेरी इन सब बातों से पापा जितना नाराज़ होते रहते थे, एक शख़्स था जो मुझे सपोर्ट करता रहा। मुझे कैंची से गद्दी चलाने के लिए मोटीवेट करता था और वो था अमन।

हमारी डायरी के पहले पन्ने पर लिखा यही वो नाम है जो सच में हमारी सबसे बड़ी कमज़ोरी भी था और हमारी सबसे बड़ी ताक़त भी। अच्छा पहले

कभी ऐसा वाला जुड़ाव या लगाव किसी से महसूस नहीं हुआ था जैसा मुझे अमन से था। हमारी दोस्ती को मोहल्ले वाले जय-वीरू की जोड़ी बुलाते थे क्योंकि सब बुड्ढों ने शोले ही देखी थी तो उन्हें यही नाम पता था। पर मेरे लिए अमन सिर्फ़ दोस्त नहीं बल्कि मेरा पहला क्रश और पहला प्यार भी था। मेरा उसके साथ जय-वीरू वाला नहीं, लैला-मजनू वाला जुड़ाव था। पापा को भी मेरी पसंद बहुत पसंद थी। वो अमन से ख़ूब बातें किया करते थे और मैं मन-ही-मन सोचकर ख़ुश होता था कि चलो कहीं तो ऐसा हुआ कि मैंने पापा को मायूस नहीं किया।

अमन के पापा के पास RX100 थी। नाइंटीज़ के बच्चों की ड्रीम-बाइक। अमन बड़ी छोटी उम्र से ही बाइक चलाना भी सीख गया था तो पहली बार पापा से छिपकर उसने जब बाइक निकाली तो मुझे बिठाकर बाबतपुर रोड तक घुमाया था। यही नहीं अपने पापा की जेब से चुराई हुई कैप्सटन सिगरेट भी सबसे पहले उसने मेरे साथ ही सुलगाई थी। ये अलग बात है कि मैं इतनी बुरी तरह खाँसा कि अब उसका साथ देने के लिए मैं सिगरेट कैंडी रख लेता था मुँह में और वो मुँह से धुएँ के छल्ले निकालता हुआ मुझ पर हँसता था। ऐसी जाने कितनी खुराफ़ातें मिलकर की हैं हम दोनों ने। यूँ कहूँ कि लाइफ़ के लगभग सारे 'फ़र्स्ट' यानी कि ज़िंदगी की लगभग सारी पहली बार की जाने वाली चीज़ें मैंने अमन के साथ की थी इसलिए अमन को मेरे पहले प्यार का दर्जा प्राप्त था।

हम नर्सरी से एक-दूसरे के साथ हैं और ये पापा के जींस है या मेरा बैड लक कि मुझे सेवेंथ के बाद से ही काफ़ी ज़्यादा दाढ़ी मूँछ आने लगी थी लेकिन अमन एकदम गोरा चिट्टा, गुलाबी होंट और सुनहरे बालों वाला। और जब हँसता था तो उसके गालों पर भी शाहरुख़ जैसे डिंपल पड़ते थे। बस, अब आप ख़ुद सोचो, इसके बाद तो मेरे पास कोई वजह ही नहीं बची थी उससे प्यार ना करने की। पर ये एहसास संपूर्ण उस दिन हुआ जब पहली बार चुपके से बियर पी के अमन ने मेरे सामने उलटी की थी और जब मुँह धोकर, कपड़े पोछकर मैं उसे घर ले जा रहा था तो नशे में कहता है- "गट्टू, आई लव यू। तू मेरी जान है यार। ज़िंदगी की हर बियर अब तेरे साथ ही पीऊँगा।"

बस, उस दिन से मुझे लगा कि अब मुझे अभिजीत भैया को छिपकर छत पर कसरत करते हुए नहीं देखना चाहिए क्योंकि अमन के सिवा मैं किसी का नहीं हो सकता। या यूँ कहूँ कि होना नहीं चाहता।

क्लास में हम साथ बैठते थे। स्कूल भी एक ही रिक्शा में जाते थे। अगल-बग़ल घर होने की वजह से हमारी पढ़ाई और कई बार खाना भी साथ होता था। कौन किसके घर खा रहा है, कौन किसके यहाँ सो रहा है ये कभी तय नहीं हुआ। रिश्तेदारी में शादी से लेकर बर्थडे, मुंडन या अन्नप्राशन तक का कोई भी फ़ंक्शन हो, हर जगह मुझे अमन अपने साथ चाहिए तो चाहिए। घर वाले इसे हमारी सच्ची दोस्ती कहते थे लेकिन मेरे लिए ये सच्चा प्यार था।

अमन को WWF देखने का बड़ा शौक़ था। सब बताया हुआ था उसने मुझे कि उसमें जो फ़ाइटर्स हैं उनमें एक Undertaker है जिसके पास बारह ज़िंदगियाँ हैं। वो हर बार मरकर ताबूत से निकल आता है। और एक शॉन माइकल था, जो हमारे अक्षय कुमार की तरह लगता था। अमन के साथ बैठकर मैं वो विदेशी कुश्ती इसलिए देखता था क्योंकि जब अमन एक्साइटेड होकर अपने किसी फ़ेवरेट पहलवान को चीअर करता था तो उसका चेहरा लाल हो जाता था और मेरा मन फुल गुलाबी।

अमन का एक पल भी मेरे बिना गुज़ारा नहीं होता था। हमेशा मेरे कंधे पर हाथ रखकर चलता था। क्लास में सोशल स्टडीज़ वाली क्लास में पीछे जाकर मेरे कंधे पर लुढ़ककर सोता था। मैं होमवर्क करके नहीं आता तो मेरे साथ वो भी क्लास से बाहर जाता था। चित्रहार और संडे वाली फ़िल्म मेरे साथ देखता था। विष अमृत में कभी मुझे विष नहीं किया और जब भी किसी ने अमन से स्लैम बुक भरवाई, तो जनाब ने माय बेस्ट फ्रेंड ही नहीं बल्कि माय कंपैनियन फ़ॉर लाइफ़ वाले स्पेस में भी मेरा नाम लिखा था। अब इससे ज़्यादा इम्पोर्टेंस भला किस प्यार करने वाले को मिली है ? मतलब साफ़ था कि अमन के दिल में भी मेरे जितना ना सही पर मेरे लिए प्यार बहुत सारा है।

वैसे अगर आप बनारस से हो तो 90% चांस है कि आप शिवभक्त होंगे और मान लो नहीं भी हुए तो घरवालों के दबाव में थोड़ी-बहुत शिवभक्ति तो आप में आ ही जाएगी क्योंकि शिव जी के त्रिशूल पर टिकी विश्व की सबसे

प्राचीन और बाबा विश्वनाथ की नगरी है ये बनारस। मम्मी-पापा सालों से हर सोमवार जल चढ़ाने जाते थे विश्वनाथ मंदिर। फिर उनके साथ मैं जाने लगा और मेरे साथ अमन, और क्योंकि अमन को तो मैंने ख़ुद से या परिवार से अलग कभी माना ही नहीं था तो एक तरह से अब ये हमारा फ़ैमिली रिचुअल बन चुका था।

दशाश्वमेध घाट से लोटे में गंगा जल भर के बेलपत्र के साथ ख़ुशी-ख़ुशी चढ़ाता था मैं क्योंकि मुझे लगता था भोलेनाथ ने मुझ से अच्छी लव स्टोरी किसी की बनाई ही नहीं। पर मुझ अज्ञानी को नहीं पता था कि अपने जीवन में ज़हर का घूँट तो भोलेनाथ ने भी पीया है। तो फ़िलहाल, 8th यानी कि जूनियर हाई स्कूल ख़त्म हो चुका था और मैं और अमन अब बच्चे नहीं बड़े कहलाने लगे थे। मेरे पूरे चेहरे पर भरकर दाढ़ी आने लगी थी। पापा को लगने लगा था कि अब तक भले मैं थोड़ा नाज़ुक-सा रहा पर अब वक़्त आ गया है कि मुझे आर्मी में जाने के लिए तैयार किया जाए। इसलिए मेरी ख़ुराक में देसी घी और दूध बढ़ा दिया गया था और यही नहीं, उन्होंने अब मेरा ओनली ब्वॉयज़ इंटर कॉलेज में एडमिशन करवा दिया था। और नियम के हिसाब से जहाँ मैं वहाँ अमन।

वैसे जिन लोगों को पता नहीं उन्हें ये जानना बहुत ज़रूरी है कि ब्वॉयज़ स्कूल नॉर्मली वो जगह होती है जहाँ लड़कियों के ना होने की वजह से लड़के खूँखार भेड़िये बन जाते हैं। सभ्यता और संस्कार से दूर, गाली-गलौज के साथ फ़ुल अश्लील बातों वाला माहौल होता है वहाँ। क्या कहते हैं उसे, अडल्ट्स टॉक।

एडमिशन के बाद पहले ही दिन हमारे साथ सब अजीब-सा हुआ। स्कूल में पहुँचते ही सबने हमारा मज़ाक़ बनाना शुरू कर दिया कि हम एक-दूसरे का हाथ पकड़कर चलते हैं। फिर अचानक से सबने मेरी चाल का मज़ाक़ उड़ाना शुरू कर दिया। कुछ लड़कों ने तो मेरे साथ-साथ चलते हुए मेरी एक्टिंग भी की और फिर उनके बीच से एक भद्दी गाली देते हुए सामने आया प्रवीन। क्लास नाइंथ में हमारी उम्र रही होगी पंद्रह साल लेकिन वो बीस का लगता था। लंबा चौड़ा। पहली नज़र में ना वो मुझे पसंद आया और ना मैं उसे। लेकिन

मेरी नफ़रत सिर्फ़ इस हद तक थी कि मैं उससे बात नहीं करना चाहता था, पर उसकी नफ़रत ऐसी थी कि वो हर रोज़, हर दिन मुझसे किसी-ना-किसी बहाने बात करता था और परेशान करता था। कभी मेरे बालों में च्युइंग गम लगाता, कभी मेरी पतली आवाज़ का मज़ाक़ उड़ाता, कभी मेरे चलने की एक्टिंग करता और उन सब बातों से जब मैं रो पड़ता तो वो मेरे रोने की भी नक़ल उतारता। सब मिलकर हँसते थे लेकिन फिर वो मुझे डराता भी था कि ग़लती से कहीं मैंने इस बात की शिकायत करनी चाही तो वो मेरा जीना हराम कर देगा। ख़ैर, जीना हराम तो हो ही चुका था। और इन सबके बीच अमन, वो तो जैसे गुम ही हो गया था इस स्कूल में आ के। शुरू-शुरू में हम साथ में स्कूल आते थे। फिर धीरे-धीरे वो घर से जल्दी निकलने लगा क्योंकि प्रेयर से पहले गेम्स सर क्रिकेट प्रैक्टिस कराते थे। स्कूल के बाद भी एक्स्ट्रा एक घंटा रुकना पड़ता था इसलिए साथ आना-जाना दोनों छूट गया था हमारा। मैं लाख ज़िद्द करूँ पर वो मुझे आँखें दिखाकर घर भेजता था। ख़ैर, उसकी ये फ़िक्र और उसका मुझ पर हक़ जताना अच्छा लगता था इसलिए मान लेता था उसकी बात। पर इस स्कूल में मेरा बिलकुल मन नहीं लग रहा था क्योंकि यहाँ आने के पंद्रह दिन बाद ही पता नहीं क्यों क्लास टीचर ने अमन का सेक्शन बदल दिया। अब बड़ी मुश्किल से हम लंच में मिल पाते थे, उसमें भी अमन अपने क्रिकेट टीम के साथ बिजी रहता था। और कई बार तो उन्हीं के साथ लंच भी कर लेता था। उसका कुछ भी फ़ेवरेट अगर बनवाकर लाता भी था तो वो मुझसे पूरा डब्बा ले के चला जाता था और इंटरवल ख़त्म होने से पहले टिफ़िन पकड़ाकर अपने सेक्शन में भाग जाता था। और तो और बिना मुझे बताए उसने प्रवीन के साथ मैथ्स की ट्यूशन लगवा ली थी, जहाँ मैं चाहकर भी नहीं जा सकता था, क्योंकि मुझे मैथ्स पढ़ाने के लिए पापा के किसी फूफा जी का बेटा आता था, जिन्हें ट्यूशन के वक़्त सर और बाक़ी वक़्त राजीव चाचा कहकर बुलाना पड़ता था।

जानता हूँ कि नाइंथ से कोर्स, किताबें, स्कूल, माहौल सब बदल जाता है लेकिन हमारी और अमन की दोस्ती, प्यार, वो सब कैसे बदल सकता है? और वो छोड़ो, अमन ऐसे कैसे बदल सकता है? भूल गया हम एक ही साथ

वॉकमेन पर हेडफ़ोन लगा के सोनू निगम का दीवाना एल्बम सुनते थे। और वो- 'अब मुझे रात दिन तुम्हारा ही ख़याल है' वाला गाना! वो तो मैंने अमन को ही डेडीकेट कर रखा था।

पता है, उसके बर्थडे पर कैसेट डब कराई थी सोनू निगम वाले गानों की और उसे प्रॉब्लम ना हो इसलिए ए साइड का पहला गाना- 'अब मुझे रात दिन' और बी साइड का आख़िरी गाना- 'दीवाना मैं हूँ दीवाना तेरा' रखा ताकि ए साइड का पहला गाना सुनकर वो कैसेट पलटकर चलाए तो बी साइड का आख़िरी गाना चले। और वो अपने दोनों फ़ेवरेट गाने आराम से सुन सके।

डीडी पर हर साल का न्यू इयर वाला प्रोग्राम हमने हमेशा साथ बैठकर देखा है। न्यूज़पेपर से उसकी सारी फ़ेवरेट हीरोइनों की पिक्चर काट के चार्ट पेपर पर चिपकाकर गिफ़्ट करने वाला भी मैं हूँ। ऐसी कम-से-कम सौ और बातें हैं जो हमारे बीच हुई हैं। उन्हें भूलकर अमन उस कमीने प्रवीन के साथ कैसे मैथ्स ट्यूशन जा सकता है? सवाल कई थे लेकिन अमन से जब मिलता था तो वो सवाल पूछकर टाइम बर्बाद करना सही नहीं लगता था। तो बस सोचता था कि ज़्यादा-से-ज़्यादा उससे अपनी बातें करूँ। ये बताऊ कि मैंने उसे याद किया। उसके बारे में सोचा। पर वो कुछ सुनता ही नहीं था। या तो क्रिकेट की बात करता या फिर कमीने प्रवीन के साथ बाइक रेसिंग के क़िस्से सुनाता। और ये सब बातें करते हुए उसके चेहरे पर जो चमक आती थीं वो मुझे नहीं पसंद आ रही थी, क्योंकि उस चमक की वजह मैं जो नहीं था।

दिल दिमाग़ सब कंफ़्यूज़ हो रहे थे। और सबसे ज़्यादा कंफ़्यूज़ करने वाली बात ये थी कि अब अमन मुझसे स्कूल में या पब्लिकली दूर-दूर रहता था। उसकी ये हरकतें मुझे चुभने लगी थीं। बात-बात पर बेवजह रोना आ जाता था। ऊपर से स्कूल वाले लड़कों के ताने और मज़ाक़ और भद्दे हो चले थे। उनकी आँखों में मेरे लिए हर पल एक अजीब-सी खिल्ली और मज़ाक़ वाले भाव थे और मुझसे ये सब बर्दाश्त नहीं हो रहा था। इसलिए एक दिन घरवालों को झूठ बोलकर कि मेरा क्रिकेट मैच है, मैं अमन की ट्यूशन क्लास जा पहुँचा। जब क्लास ख़त्म हुई थी वो किसी लड़की के साथ बाहर आ रहा था। मैंने आगे बढ़कर उससे बात करनी चाही तो वो उस लड़की का हाथ

पकड़े आगे बढ़ गया जैसे उसने मुझे देखा ही ना हो। फिर उसे अपने पापा की RX100 पर बिठाकर वहाँ से चला गया। वैसे, कोई और पल होता तो मैं शायद अमन से वहीं लड़ जाता। पर इस वक़्त मैं पहले ही इतनी परेशानी में था, ऐसे में अमन का इस तरह अजनबी हो जाना, मुझे इग्नोर करना, कुछ समझ नहीं आया। बहुत रोया मैं बाथरूम में बैठकर। खाना भी नहीं खाया गया। फिर रात में लाइट बुझते ही बिस्तर पर हिचक-हिचक के रोया। पापा को लगा हिचकी आ रही है तो चीख़कर बोले- "पानी पी ले। हिचकी बंद हो जाएगी। ऐसे नींद ना ख़राब कर मेरी।" सुबह आँखें लाल हो रखी थी और सूजन भी आ गई थी। माँ को लगा आँख आ गई। वो इंग्लिश में क्या कहते हैं- कंजक्टिवाइटिस [conjuctivitis] तो उन्होंने काला चश्मा पहना दिया ताकि ये और किसी को ना हो।

मैं उसी हुलिए में स्कूल पहुँचा। चश्मा उतार लिया था पर सूजी हुई लाल आँखें देखकर सबको डर लग रहा था तो उस दिन किसी ने मज़ाक़ नहीं बनाया। पर अजीब बात है कि अमन ने ये भी नोटिस नहीं किया। प्रेयर के बाद देखा था मुझे। दूर से हेलो बोलकर निकल गया। अब पानी सर से ऊपर उठ गया था इसलिए मैंने सोचा सीधे प्रवीन से लड़ाई करता हूँ कि आख़िर मेरे दोस्त को ऐसा क्या पढ़ा दिया तूने कि वो बात नहीं कर रहा? लेकिन जैसे मैं उनके सेक्शन में पहुँचा, बाहर दरवाज़े पर ही रुकना पड़ा क्योंकि अंदर क्लास में सबने अमन को हवा में उठा रखा था और प्रवीन लाइव कमेंट्री कर रहा था। जिसका सार ये था कि ट्यूशन वाली लड़की का नाम आकांक्षा था, जिसे अमन ने घर छोड़ने से पहले किस किया और अब वो उसकी गर्लफ्रेंड है।

अब कोई बताएगा इस वाली हालात में क्या करना चाहिए? मैं तो अमन से उसकी ज़िंदगी में अपना हक़ माँगने चला था यहाँ उसने तो मुझे अपनी ज़िंदगी से ही निकाल फेंका और वो जगह किसी और को दे दी। मैंने फ़ैसला किया कि इस बारे में अमन से कोई शिकायत नहीं करूँगा। भोलेनाथ की तरह मैंने भी विष का घूँट पी लिया और चुपचाप अपनी क्लास में लौट आया।

शाम को जैसे ही राजीव चाचा ने अपनी मैथ्स सर की भूमिका और ट्यूशन ख़त्म किया, मैं चुपचाप जाकर छत पर बैठ गया। सुबह की लाल

आँखें नार्मल हो गई थीं इसलिए माँ ने भी ज़्यादा सवाल नहीं किए। मैं अकेले छत पर बैठकर सुकून से रोने ही वाला था तभी मम्मी की आवाज़ आई- "गट्टू नीचे आ जा। अमन का फ़ोन है पीसीओ पर!"

"अमन का फ़ोन? बगलवाले घर में रहता है तो फ़ोन क्यों कर रहा है? घर ही आ जाता।"

मम्मी ने कहा- "अरे गधे अपने ट्यूशन क्लास से किसी के मोबाइल से फ़ोन किया है। जल्दी जा। कुछ ज़रूरी काम है।"

भाग कर PCO पहुँचा मैं। तभी फिर से फ़ोन बजा और लट्टू ने फ़ोन उठाया। एक लंबा-सा हम्मम बोलकर मेरी तरफ़ देखा और कहा- "बीएचयू मेन गेट के पास वेट कर रहा है तुम्हारा। जाओ जल्दी।"

अमन को अचानक क्या हो गया कि मुझे बुला रहा है? वो भी मोबाइल की नौ रुपये प्रति मिनट वाली कॉल से फ़ोन किया। कहीं कोई प्रॉब्लम तो नहीं? बाइक भी बिना हेलमेट चलाता है। कहीं कुछ हो तो नहीं गया? क्या प्रॉब्लम होगी? मन में कई हज़ार सवाल ले के पहुँचा था वहाँ तो देखा हीरो सिगरेट ले के सबको धुएँ का छल्ला बनाना सिखा रहे थे। प्रवीन उसके साथ खड़ा हो के अपने पापा के फ़ोन पर स्नेक वाला गेम खेल रहा था। ये वो फ़ोन था जो अपने पापा से अक्सर भीख माँगकर लाता था वो, हमारे सामने शो-ऑफ करने के लिए और हम पर रौब जमाने के लिए।

ख़ून खौल गया मेरा अमन को उन सबके साथ देखकर। पर मैंने पूछा- "हाँ क्या हुआ?" और उस दिन पहली बार सब लोगों के सामने हग करते हुए अमन ने कहा- "कहाँ रहता है तू आजकल? चल मेरे साथ। कुछ बात करनी है।" और ये कहते हुए उसने पुराने दिनों की तरह बड़े दिनों बाद मेरे कंधे पर हाथ रखा और आगे बढ़ गया। और मैं, मेरे अंदर का सारा ग़ुस्सा, सारी शिकायत अमन की इस एक अपनेपन वाली हरकत के आगे दम तोड़ गई। बहुत ख़ुश था उसकी RX100 पर वापस बैठकर कि अब तो सब कुछ पहले जैसा हो रहा है बल्कि आज तो उस प्रवीन के सामने से चुराकर लाया हूँ अपने अमन को। अब कोई क्या कर सकता है? तभी अमन ने बाइक एक पीसीओ के सामने रोकी। मैंने पूछा कि यहाँ क्यों ले आया है? कहने लगा

यहीं तो काम है। नॉर्मली उस पीसीओ पर एक गीता दीदी नाम की लड़की बैठती थी इसलिए सारे बनारस के मनचले वहाँ पहुँचे रहते थे। दीदी को छेड़ने नहीं बल्कि अपनी वाली को फ़ोन करवाने। दरअसल, दीदी की आवाज़ सुनकर कोई माँ-बाप शक नहीं करेगा इसलिए वो सहेली बनकर फ़ोन करती थी। और उसी वक़्त मनचला आशिक़ पीसीओ से लगे हुए केबिन में पैरेलल लाइन पर होता था। और जैसे ही फ़ोन पर उसकी वाली आती थी, वो इशारा कर देता था और दीदी फ़ोन रखकर अपना स्वेटर बुनने लग जाया करती थी। दीदी की इस अद्‌भुत समाजसेवी टैलेंट की वजह से वहाँ मनचले आशिक़ों की भीड़ रहती थी। अब आज के टाइम पर डायरेक्ट व्हॉट्सएप्प मैसेज और वीडियो कॉल करने वाले लोगों को ये बात भले अजीब लगे पर भाई नाइंटीज़ के ज़माने में लड़की के घर लड़कों के डायरेक्ट फ़ोन अलाउड नहीं थे यार। तो पंगा ये हुआ कि गीता दीदी को आज हो गया बुख़ार। इसलिए अमन जी मुझे यहाँ ले के आए ताकि मैं उनकी कोचिंग वाली दोस्त आकांक्षा को कॉल करूँ, क्योंकि मेरी आवाज़ थोड़ी पतली है और अगर हल्का-सा गला बिठा लिया तो बिलकुल पता नहीं चलेगा कि लड़का बोल रहा है। पहले मुझे थोड़ा अजीब लगा लेकिन फिर अमन ने कहा- "आकांक्षा सिर्फ़ उसकी कोचिंग की दोस्त है। सबने फ़ालतू में इतनी बकवास कर रखी है क्योंकि वो सिर्फ़ मुझसे बात करती है और आज कोचिंग आई नहीं तो नोट्स डिस्कस करना है वर्ना बेचारी का कोर्स छूट जाएगा।"

"सबने तो ये भी कहा कि वो गर्लफ्रेंड है तुम्हारी?" मैंने पूछा

"अबे कहाँ यार? गर्ल है और फ्रेंड है वो मेरी बस। तो सबने बना दिया क़िस्सा।" इतना कहकर अमन उसका नंबर डायल करने लगा और मेरी जान में जान आई। मतलब वो किस, वो गर्लफ्रेंड वाली बात, सब झूठी थी। सबने ऐसे ही कहानियाँ बनाई हुई हैं और अपनी हेकड़ी दिखाने के लिए ही अमन ने किसी को चुप नहीं कराया। ये लो। मैं भी ना। किस बात को लेकर दुखी हो रहा था। ग़ुस्सा, शिकायत तो दूर अब उल्टा मुझे आकांक्षा पर दया आ गई कि बेचारी का नाम बेवजह बदनाम कर रहा है ये कुत्ता प्रवीन। फ़ोन डायल करके अमन ने मुझे रिसीवर पकड़ा दिया था लेकिन क़िस्मत से आकांक्षा ने ही फ़ोन

उठाया तो अमन ने फ़ौरन आँख दिखाकर फ़ोन रखने को कहा और वो घुस गया केबिन में फ़ोन के साथ। और मुस्कुरा-मुस्कुराकर शुरू हो गई उसकी बातें। मैं तो केबिन के बाहर से बस उसके डिंपल देख रहा था, जो बार-बार उसके गालों पर बन रहे थे। लेकिन अब इंतज़ार करते-करते चालीस मिनट और पीसीओ के मीटर पर 108 रुपये हो गए थे। कई बार इशारा किया अमन को निकलने का, लेकिन वो सुन ही नहीं रहा था। फिर आख़िर में मुझसे रहा ना गया और मैंने केबिन का दरवाज़ा खटखटा दिया। ग़ुस्से में आँख दिखाते हुए बाय बोलकर फ़ोन काटा और बाहर आकर लगा चीख़ने- "अरे यार नोट्स की बात थी। टाइम तो लगेगा ही। तू भी ना गट्टू!"

मुझे लगा मुझसे ही ग़लती हो गई तो मैंने कह दिया सॉरी। इस पर मुस्कुराते हुए बोला- "वैसे ठीक किया तूने। मेरे पास 110 रुपये ही थे।"

अमन अब मुझसे ऐसे ही मिलता जब उसे आकांक्षा से फ़ोन पर नोट्स डिस्कस करना होता था और क्योंकि गीता दीदी वाला पीसीओ दूर था तो वो अब मुझे लेकर निगम अंकल के अलावा किसी भी आस-पास के पीसीओ में चला जाता था। मैं आकांक्षा की ट्यूशन वाली सहेली गौतमी के नाम से उसके घर में मशहूर था। ऐसे में एक दिन अमन ने मुझे शाम को तैयार रहने को कहा। मेरा बिलकुल मन नहीं था कि पापा से झूठ बोलकर मैं किसी पीसीओ में गौतमी बनकर जाऊँ, लेकिन अमन ने ऐसी बात कही थी कि मना नहीं कर पाया। लाइब्रेरी वाले शर्मा जी के झूठे रिटायरमेंट की फ़ेयरवेल पार्टी का बहाना करके घर से बड़ी मुश्किल से निकला मैं और सीधे अस्सी घाट के पिज़्ज़ेरिया पर पहुँचा। अमन ने वहीं बुलाया था और कहा- "आ जा कमीने। आज हम दोनों साथ टाइम स्पेंड करेंगे।"

ये मेरी ज़िंदगी की पहली डेट थी इसलिए थोड़ा तैयार हुआ था। हाथ में हलकी-सी लिपस्टिक लगा के निकला था ताकि घर से बाहर आकर होंटों पर मल लूँ। अस्सी घाट के पिज़्ज़ेरिया की कोने वाली सीट पर अमन बैठा था। हलकी गुलाबी वाली टी-शर्ट और ब्लू जीन्स पहनी थी उसने। ये कॉम्बिनेशन मैंने ही बताया था उसे। पर जैसे मैं पहुँचा, बिना कुछ सुने सीधे उसने मेरा हाथ पकड़ा और अपनी तरफ़ खींचते हुए बहुत ही ख़ुफ़िया अंदाज़ में बोला-

"सुन, थोड़ी देर में आकांक्षा भी आ रही है यहाँ। तो एक ही पिज़्ज़ा ऑर्डर करेंगे। वेटर या आकांक्षा कितना भी बोले तू यही कहना कि घर से खा के आया है। ठीक है?"

मुझे कुछ समझ ही नहीं आया कि आकांक्षा के साथ आना था तो मुझे क्यों बुलाया? और उसे आकांक्षा के साथ आना ही क्यों था? मैं मर गया हूँ क्या? मन तो हुआ उठ के चला जाऊँ पर क्या करूँ? इस अमन से ग़ुस्सा भी होता हूँ तो लगता है इसी के पास रहूँ। मन मारकर बैठ गया वहीं और थोड़ी देर में आ गई मैडम आकांक्षा। अमन उसके सामने बिलकुल बदल ही गया। गौतमी बोल-बोलकर मेरा ख़ूब मज़ाक़ उड़ाया। आकांक्षा ने खिलखिलाकर अपने दाँत फाड़े तो ये भाई साहब और चौड़े हो गए। कुछ भी अच्छा नहीं लग रहा था वहाँ मुझे। और ग़ुस्से में एक बार तो मन हुआ कि वेटर को बुलाकर सबसे महँगा वाला पिज़्ज़ा ऑर्डर कर ही दूँ, लेकिन फिर तकलीफ़ तो अमन को ही होगी ना और उसे दर्द देकर मैं कौन-सा ख़ुश रह पाऊँगा।

उटपटांग बकवास बातें किए जा रहे थे दोनों। या उनके लिए अच्छी भी थी, तो मेरे लिए बकवास ही थी। ग़ुस्से में मेरा दिमाग़ काम करना बंद कर चुका था इसलिए पूरे एक घंटे इन्होंने क्या गप्पें लड़ाई मुझसे नहीं सुना गया, या यूँ कहो मैंने सुना ही नहीं। हम घर जाने के लिए निकले तो अमन ने कहा कि वो आकांक्षा को घर छोड़ने जा रहा है। मैं रिक्शा ले लूँ।

"पर मैं तो तेरे साथ आया था ना?" मैंने पूछा।

"हाँ पर आकांक्षा को अकेले कैसे जाने दूँ।" उसका जवाब था।

अब मुझसे रहा नहीं गया- "सच-सच बता क्यों बुलाया था मुझे यहाँ?" मैंने पूछा।

"ताकि हम दोनों को यहाँ अकेला देखकर कोई परेशान ना करे। तुम्हें पता है ना लड़का-लड़की को साथ देखकर वो गंदे अंकल लोग मुर्ग़ा बना देते हैं और फ़ैमिली वालों को फ़ोन कर देते हैं।" ये बात आकांक्षा ने कही थी।

अमन मेरी तरफ़ देख भी नहीं रहा था। मैंने आकांक्षा को घूरते हुए पूछा- "क्या लगता है ये तुम्हारा?"

"ब्वॉयफ्रेंड!"

इसके आगे कुछ भी सुनने के लिए रुक नहीं पाया। पैर काँपने लगे, लेकिन भाग आया। घर आकर मम्मी से लिपटकर रोने लगा। उन्हें लगा लाइब्रेरियन शर्मा जी के जाने का मुझे कुछ ज़्यादा ही अफ़सोस है। पर सच ना उन्हें समझ आया, ना मैं बता पाया। लेकिन रातभर में एक बात थी जो मैंने तय कर ली थी कि सच अब सामने आकर ही रहेगा। जैसे आकांक्षा का सच बाहर आया, वैसे ही अमन को मेरे दिल का सच भी जानना होगा।

स्कूल में घुसते ही सब गौतमी दीदी बोलकर मेरा मज़ाक़ उड़ाने लगे। किसी ने अमन और आकांक्षा की स्टेपनी बुलाया। किसी ने कबाब में हड्डी। कुछ लोग और भी गंदे शब्द बोलते रहे पर आँख के आँसुओं को रोककर मैं सीधे अमन के सेक्शन में पहुँचा और जाकर उसे होंटों पर किस किया और बोल दिया- "आई लव यू! और कोई आकांक्षा नहीं आएगी हमारे बीच। तू मेरा ब्वॉयफ्रेंड है।"

मुझे नहीं पता आज तक ये चुप-चुप के, डर-डर के रहने वाला गौतम इतनी हिम्मत कहाँ से लाया था पर जब ऐसा लगा कि अमन को खोने वाला हूँ तो दिल की बात कहने का मौक़ा खोना नहीं चाहता था तो कह दिया। और पता है इसका क्या जवाब मिला मुझे? एक करारा थप्पड़ और उसके बाद मुझ पर थूकते हुए अमन बोला था, "साले! छह नंबर- सिक्सर! तेरी हिम्मत कैसे हुई मुझे टच करने की? हाफ़ लौंडिया कहीं का! अबे तेरे पापा ने रिक्वेस्ट करके कहा था कि तेरे साथ रहूँ। तुझे अपने जैसा बना के रखूँ इसलिए साथ घूमता था। तुझ में लड़कों वाली बात आए इसलिए तुझसे बात करता था। बियर सिगरेट भी इसलिए तेरे साथ जा के पी ताकि तुझ में भी ये मर्दों वाले शौक आएँ। लेकिन तू ठहरा हाफ़ लौंडिया, बस मेरा पिछलग्गू बना घूमता रहा। पहले प्रॉब्लम भी नहीं थी तेरे से पर यहाँ स्कूल में सब मौज लेने लगे मेरी कि हाफ़ लौंडिया के साथ मुझ जैसे को नहीं घूमना चाहिए इसलिए दूर रहने लगा। सर को बोलकर मैंने सेक्शन चेंज करवाया था ताकि तुझसे दूर रह पाऊँ। अबे बेस्ट फ्रेंड और कंपैनियन बुलाता था तुझे क्योंकि तेरा नाम ना लिखो तो लौंडिया जैसे मुँह बिसोरकर मेरा दिमाग़ चाट लेता। पर तूने किस कैसे किया साले?"

और ये कहकर एक और घूँसा मारा उसने लेकिन तब तक चक्कर खाकर बेहोश हो चुका था मैं।

यही 9th वाली वो घटना है जिसके बाद स्कूल भर में मेरा नाम बदनाम हो गया और पापा जी की आँखें शर्म से झुक गईं क्योंकि मुझे 'बीमारी' थी। राजपूत का लड़का ऐसे हाफ़ लौंडिया है। उसको लड़कों में दिलचस्पी है। मेरी ये बीमारी वाली बात पूरे मोहल्ले में महामारी की तरह फैल गई। पापा ने स्कूल प्रिंसिपल और अमन के पापा के सामने बहुत हाथ जोड़े थे कि ये बात दबा दें, वर्ना उस ज़माने में गे लड़कों का ऐसे पब्लिकली किसी को चूमना क़ानूनन जुर्म था, जिसके लिए मुझे जेल हो सकती थी। ज़बरदस्ती मुझसे सॉरी नोट लिखवाया गया जिसमें इस घटना को मैंने अपनी ग़लती मानते हुए अमन से माफ़ी माँगी।

नहीं, ये सही नहीं था। मेरे दिल के जज़्बात ग़लती थोड़ी हो सकते हैं पर क़ानून से मुझे बचाने के लिए पापा ने उसे ग़लती का नाम दे दिया और मुझे उनकी सुननी पड़ी।

अब कोई दोस्त नहीं बचा मेरा। लड़कों को जैसे अचानक मुझसे घिन आने लगी। गली के बूढ़े-बुज़ुर्ग और अंकल्स भी दूर-दूर रहने लगे। बस माँ और बड़ी दीदी थी जो ऐसे वक़्त में कभी-कभार बात कर लेती थीं पर बहुत सन्नाटे और घुटन में बीता वो साल।

ख़ैर, नाइंथ के बाद स्कूल बदलवा दिया गया मेरा और मेरी बीमारी शायद ठीक हो जाए इसलिए पापा ने मुझे अब को-एड स्कूल में डाल दिया। यहाँ लड़के-लड़कियाँ साथ पढ़ते हैं और पापा को लगा कि जैसे मेरे चेहरे पर वो मर्दों जैसी दाढ़ी-मूँछ है, क्या पता मेरे मन में भी वैसी ही मर्दानगी जग जाए इन लड़कियों के बीच जाकर। पर मन की भावनाओं का दाढ़ी-मूँछ से क्या लेना-देना, ये पापा समझ ही नहीं पा रहे थे।

नये स्कूल में भी सबने बहुत परेशान किया लेकिन कुछ लड़कियों ने बात करनी शुरू कर दी। क्योंकि लड़कियों से मेरी जमने लगी तो उनका नंबर माँगने के बहाने लड़के मुझसे बात करने लगे। पर अमन के उस थप्पड़ के बाद मेरी ज़िंदगी में कुछ भी नार्मल नहीं हो पाया। किसी से बात करने का

दिल नहीं करता था। पढ़ाई में भी मन नहीं लगता था, इसलिए सीबीएससी बोर्ड होने के बावजूद सिर्फ़ 68% आए थे बोर्ड्स एग्ज़ाम में। ये बात भी पापा को थप्पड़ जैसी लगी। 10th पास करते ही घर में कुछ क़ायदे-क़ानून बना दिए गए। अब मेरा जिम जाना अनिवार्य था। लड़कों से मिलने या बात करने पर रोक थी। बार-बार ये बात मेरे दिमाग़ में घुसाई जाती थी कि मैं जो सोच रहा हूँ वैसा करना पाप है। भगवान की नज़र में भी और क़ानून की नज़र में भी। भगवान वाली बात का एक्सप्लेनेशन भले ना हो पापा के पास, लेकिन क़ानून की धारा 377 का पूरा ब्यौरा लेकर आए थे वो भी प्रिंटआउट में।

कितनी अजीब बात थी कि मुझे अपनी मर्ज़ी का प्यार चुनने का भी हक़ नहीं था, लेकिन मम्मी-पापा और पूरे समाज की ख़ुशी शायद मेरे बीमार ना होने में थी। तो 'आई एम फ़ाइन' वाला दम घोंटू स्वेटर पहन लिया था मैंने। धीरे-धीरे वापस मन लगाकर पढ़ने भी लगा था। बीच-बीच में कई पंडित जी आया करते थे घर ताकि पूजा-पाठ से मेरी ये बीमारी दूर हो सके। तांत्रिक, अघोरी के चक्कर भी लगे। तावीज़, कड़े और अँगूठियाँ पहनाई जाने लगीं मुझे। अपने दिल पर पत्थर रखकर ही सही पर पापा चोरी-छिपे मेरे कमरे में अडल्ट्स मैगज़ीन छोड़कर जाने लगे जिन में सिर्फ़ औरतों के अश्लील पोस्टर थे। मुझे 'मर्द' बनाने का हर जतन कर रहे थे वो लोग और मैं अपनी उस बीमारी से ठीक हुआ नहीं। इस बात का जायज़ा हर हफ़्ते लिया जा रहा था। माँ नहीं तो बहन पूछ ही लेती थी- "अब कैसा लग रहा है? मन में क्या चल रहा है?" और मेरा जवाब वही- "आई एम फ़ाइन।"

लोगों के ताने, पापा की डाँट, माँ का रोना, दीदी के सवाल, रिश्तेदारों का मज़ाक़ सब कुछ झेलते हुए मास कॉम से ग्रेजुएशन किया, लेकिन इतने सालों में भी अमन का ख़याल कभी-ना-कभी आ ही जाता था। सच कहूँ तो उसका रिजेक्शन कभी बर्दाश्त ही नहीं हुआ।

अभी साल भर पहले भी किसी लड़की के साथ दिखा था। पर उसकी नज़र में नफ़रत की जगह अब घिन थी। जैसे कि कोई अछूत हूँ मैं उसके लिए। पर मैंने भी सोच लिया कि इन बातों से ख़ुद को कमज़ोर नहीं होने दूँगा। मेरे जैसे लाखों होंगे, जो शायद टूट चुके होंगे और ऐसी हालत में हार भी मान

ली हो शायद। पर मैं ऐसा नहीं करूँगा।

मुझसे मुँह मोड़कर ही सही पर अमन ने मुझे ज़िंदगी जीने का मक़सद दे दिया। तो नौकरी की तलाश में मैं मुंबई चला आया। एक दो इंटरव्यूज़ और थोड़ी-सी स्ट्रगल के बाद एक बड़ी-सी फ़िल्म प्रोडक्शन कंपनी में जॉब भी लग गई और क्योंकि मैं सबको बहुत ही सीधा सरल और छोटे शहर का बड़े दिमाग़ वाला क्रिएटिव बंदा लगा तो लोग यहाँ मेरे आइडियाज़ सुनते थे। ये शहर बनारस से काफ़ी अलग था। लोग खुले विचारों वाले थे। बहुत ज़्यादा औपचारिकता या बनावट भी नहीं थी। पर अपने शरीर से लिपटा हुआ बचपन वाला वो सामाजिक स्वेटर जो मम्मी पापा ने डरकर पहना दिया था, उसे मैं उतार नहीं पा रहा था। जब तक बनारस में रहा पापा ने कोई कसर नहीं छोड़ी कि अपनी बीमारी की वजह से मैं कभी क़ानून के पचड़े में पड़ूँ। मेरी असलियत को बचपने का नाम देकर सबके दिमाग़ से धुँधला कर दिया था उन्होंने। पर जब से मुंबई आया हूँ उन्हें फिकर होने लगी थी। मुंबई में लड़कों के साथ रहना पड़ेगा तो कहीं मैं फिर से ना बहक जाऊँ। कहीं मेरी बीमारी की वजह से किसी मुसीबत में ना फँस जाऊँ।

फ़ोन पर मम्मी ने बताया कि पापा की तबियत ख़राब रहने लगी है। बीपी की शिकायत रहती है आजकल, तो मैंने उन्हें एक ख़ुशखबरी भेज दी। मैंने बता दिया कि मैं एक लड़की के साथ शिफ़्ट हो रहा हूँ। उसका नाम आर्या है, मेरे साथ ही काम करती है और हम एक-दूसरे के साथ बहुत ख़ुश हैं।

मेरा बचपन वाला स्वेटर अब और टाइट होता जा रहा था। वैसे आर्या मुझे दो वजह से पसंद थी। एक तो उसकी कन्विंसिंग पावर, वो किसी से भी अपनी बात मनवा लेती थी। यही वजह थी कि तीन महीने में चार फ़िल्म की स्क्रिप्ट्स पास करा ली थी बॉस से। और दूसरी वजह उसका नाम। सालों पहले मैंने एक साउथ इंडियन फ़िल्म देखी थी, आर्या और उसका हीरो अल्लू अर्जुन मुझे इतना पसंद आया कि उसके नाम आर्या से प्यार हो गया। तो यही वजह थी कि जब बैचलर होने की वजह से मुझे रूम नहीं मिल पा रहा था तब आर्या और मैंने एक-दूसरे का गर्लफ्रेंड और ब्वॉयफ्रेंड होने का नाटक किया और शिफ़्ट हो गए बांद्रा के उस ट्वेल्थ फ़्लोर वाले घर में। वैसे भी अमन की वो बात

भूली नहीं थी मुझे कि अगर वो गर्ल है और मेरी फ्रेंड है तो हुई ना गर्लफ्रेंड।

नया घर और साथ में लड़की। इस बात को सुनने के बाद मम्मी-पापा भागते हुए मुंबई आए थे। और मज़े की बात, आर्या से मिलकर बहुत ख़ुश हुए थे दोनों। आर्या भी ऐसी दुष्ट है कि फ़ुल इम्प्रेशन बनाकर दो दिनों में पापा-मम्मी की फ़ेवरेट बन गई। एक हफ़्ते के लिए आए थे और बीस दिन रह कर गए थे मम्मी-पापा। और इन बीस दिनों में आर्या ने उन्हें वो बात समझा दी जो बीस सालों में मैं नहीं समझा पाया। बोला था ना, आर्या के पास लोगों को कन्विंस करने वाली कोई सुपर पावर थी। कैसे किया, पता नहीं। क्या कहा, पता नहीं। पर कुछ जादू ही हुआ और जाते हुए पापा ने पहली बार गले से लगाया और बस इतना कहा कि- "तू जैसा भी है, हमारा बेटा ही है। बस कभी ऐसा कुछ सोचा नहीं तो समझ ही नहीं पाया कि हम इंसान में ऐसे कुछ जज़्बात भी हो सकते हैं। ख़ैर, अपना ख़याल रखना और ख़ुद से ज़्यादा इस आर्या का। प्यारी बच्ची है।" बहुत सेंटी होकर गले लगाकर ये बात बोली थी उन्होंने। अब उन्हें क्या पता कि इस प्यारी बच्ची के तीन-तीन अकाउंट हैं डेटिंग साइट पर। और जिस छोटी आलमारी को 'जाम हो गई है' बोलकर लॉक किया था, उसमें कंडोम्स छिपाए हुए हैं मैडम ने। ख़ैर, आर्या की पोल-पट्टी क्यों खोलूँ मैं? उसने मेरा इतना बड़ा काम कर दिया। और उस दिन के बाद से अब पापा फ़ोन करके सच में मेरा हाल-चाल पूछते थे। मेरे काम के बारे में बातें करने लगे थे। मुझे ये भी कहा कि मैं उस 1971 वाली वॉर पर कोई फ़िल्म या वेब सीरीज़ क्यों नहीं बनवाता अपने बॉस को बोलकर? उनके पास ढेरों कहानियाँ हैं। मम्मी भी मुझसे ढेरों सलाहें लेने लगी। घर के परदे, सोफ़े का कुशन, उनकी सारी और उसका मैचिंग ब्लाउज। सब मैं करता था वीडियो कैमरा से और बीच-बीच में आर्या कूदकर मेरी शिकायत और अपनी तारीफ़ कर लिया करती थी।

ये जो डायरी है, इसमें मैंने बस बनारस से यहाँ आने तक की बातें लिखी थीं क्योंकि अमन के बाद जब कोई दोस्त नहीं बना तो इस डियर डायरी को दोस्त बना लिया था और अपनी सब बातें इससे कहता गया।

मन भारी हो गया था और ये सारी बातें सोचते-सोचते आँख भी भर

आई थी मेरी। तभी भागते हुए आर्या मेरे पास आई और कस के मुझे हग कर लिया। स्वभाव के हिसाब से आर्या उन लड़कियों में से है जो जब जिससे मिलती है बड़ी गर्मजोशी से गले लगकर मिलती है। और तब ऐसा लगता है कि जैसे आपके सारे बिखरे हुए टुकड़े जुड़ गए हों लेकिन इस वक़्त उसके इस आलिंगन में प्रेम था, ममता थी, ख़ुशी थी, दर्द था, चेहरे पर बड़ी-सी मुस्कुराहट, आँखों में ढेर सारे आँसू और ज़बान पर ढेर सारी बातें, पर रुँधे हुए गले से कुछ भी बाहर नहीं आ रहा था। फ़िलहाल, वो सिंगल थी। इसलिए ब्रेकअप वाला मामला नहीं हो सकता। कोई नया लड़का मिला? इस बात पर ऐसी मिक्स्ड इमोशन वाली ख़ुशी भी नहीं होगी। तो फिर माजरा क्या है? और वो बस इतना बोल पाई- "तुम जीत गए गौतम। भागकर कैलेंडर की उस तारीख़ को बड़े से हार्ट के साथ हाइलाइट किया था उसने। 6 सितंबर 2018, दिन गुरुवार। और फिर मुस्कुराकर बोली- "इंडियन गवर्नमेंट ने धारा 377 को डीक्रिमिनलाइज़ कर दिया है। अब तुम्हारी पहचान, तुम्हारा प्यार कोई अपराध नहीं है।"

ठंड में जैसे कान सुन्न पड़ जाते हैं, बस वैसा ही महसूस हुआ था। और मैं आर्या को देखकर कसकर रोने लगा क्योंकि घर में सबसे पहले रोनेवाला डिपार्टमेंट मेरा था। हम चाहे फ़िल्म देख रहे हों, कोई सेंटी गाना या इन्स्टा, फ़ेसबुक पर बेबी, डॉगी, बिल्लियों का वीडियो देख रहे हों या फिर रियलिटी शो में किसी ग़रीब बच्चे का डांस देख रहे हो, फूट-फूटकर पहले मैं ही रोता था। पर आज इन आँसुओं में ख़ुशी थी और उम्मीद भी कि शायद आज अमन मुझे याद करे और ये एहसास हो उसे कि मैं जैसा हूँ, वैसा होना नॉर्मल है। वो जो दम घोंटू स्वेटर था अब उसे उतारकर समाज में खुलकर साँस ले सकूँगा मैं। अपनी मर्ज़ी से अपना साथी चुन सकूँगा। उसका हाथ पकड़ सकूँगा। उसे गले लगा सकूँगा। और ये सब सोचकर ही इतना कस के चींख़ा कि नीचे वाले गार्ड का फ़ोन आ गया इंटरकॉम पर कि सब ठीक तो है ना?

ख़ैर, डिसाइड हो गया था। आज फिर से पार्टी होगी इस घर में। सड़क या समंदर, जिसे जो व्यू चाहिए वहाँ खड़ा हो जाए। आज से कोई किसी को जज नहीं करेगा। कोई किसी को अपनी साइड नहीं खींचेगा। सब अपनी-अपनी

जगह से एक-दूसरे को चीयर करेंगे। तभी पापा ने फ़ोन किया। मैंने जैसे ही हेलो बोला तो पापा ने बस इतना ही कहा- "मुबारक हो बेटा, आज से तेरी बीमारी ख़त्म हो गई!"